ディス・イズ・ザ・デイ　目次

第1話　三鷹を取り戻す　13
第2話　若松家ダービー　43
第3話　えりちゃんの復活　79
第4話　眼鏡の町の漂着　109
第5話　篠村兄弟の恩寵　145
第6話　龍宮の友達　175
第7話　権現様の弟、旅に出る　201

第8話　また夜が明けるまで　249
第9話　おばあちゃんの好きな選手　291
第10話　唱和する芝生　317
第11話　海が輝いている　353
エピローグ——昇格プレーオフ　379
あとがき　395
解説　星野智幸　397

アドミラル呉FC

広島県　現4位

カングレーホ大林

東京都　現1位

オスプレイ嵐山

京都府　現5位

倉敷FC

岡山県　現2位

桜島ヴァルカン

鹿児島県　現6位

ヴェーレ浜松

静岡県　現3位

琵琶湖トルメンタス

滋賀県　現10位

奈良FC

奈良県　現７位

伊勢志摩ユナイテッド

三重県　現11位

姫路FC

兵庫県　現８位

CA富士山

山梨県　現12位

泉大津ディアブロ

大阪府　現９位

松江０４

島根県　現16位

白馬FC

長野県　現13位

三鷹ロスゲレロス

東京都　現17位

鯖江アザレアSC

福井県　現14位

熱海龍宮クラブ

静岡県　現18位

松戸アデランテロ

千葉県　現15位

川越シティFC

埼玉県　現22位

遠野FC

岩手県　現19位

モルゲン土佐

高知県　現20位

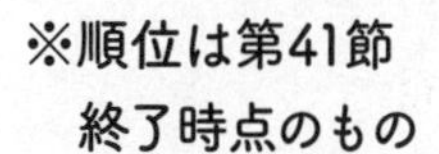

※順位は第41節
終了時点のもの

ネプタドーレ弘前

青森県　現21位

ＰＫ：ペナルティーキック。相手側の反則行為に対し、ＧＫと一対
一の状態で特定の位置からボールを蹴ることができる。
クリア：味方ゴール前の危険なボールを安全な場所に蹴り出すこと。
オウンゴール：誤って味方のゴールに入れてしまった得点。
アディショナルタイム：怪我の処置など競技外で空費された時間。
主審がその時間を計測し、規定時間終了後に追加する。

〈ポジション〉
ＦＷ：フォワード。前線で主として攻撃にあたる。
ＤＦ：ディフェンダー。後方で主として守備にあたる。
ＭＦ：ミッドフィールダー。ＦＷとＤＦの間の中盤の選手。
ＧＫ：ゴールキーパー。手を使ってゴールポスト前で守備にあたる。

ディス・イズ・ザ・デイ

第1話　三鷹を取り戻す

なんでそんな吐瀉物みたいな名前を付けるんだ、と中学生の時から貴志は思っていたし、貴志の周囲の中学生たちはより思っていた。三鷹ロスゲレロス。ロス・ゲレロスとは、los guerreros と書き、スペイン語で「戦士たち」という立派な意味があるのだ、ということは大学でスペイン語の授業に出るようになって知ったのだが、わかりにくすぎるわ、と貴志は苦情を言いたくなる。中学生にそんな意図が理解できるわけがない。というか、そもそも三鷹をバカにしようと決めてかかっている連中がそんなことを調べるわけもないのだ。だからこそ、無難な名前でいてほしかったのだが、三鷹は「ロスゲレロス」とうっかり名乗りを上げてしまった。

三鷹は、名前がそんな様子で、かつ、強かったということがないので、貴志を何度か窮地に立たせてきた。一度目は、三鷹が国内プロサッカーリーグの三部から二部に昇格した中学二年の時だった。貴志の母親が職場でバックスタンドホーム側自由席のチケットをもらってきたので、一人で観に行き、そこで巨漢でスキンヘッドのディフェンダーである若生の忍耐強い守備と視野の広いパスに感嘆したまではよかったが、他の選手が不慣れすぎて結局試合には0－3で負けた。貴志はそれでも、自分の家から自転車で二十分という範囲にホームがあるサッカークラブが二部にまで昇格してきたことはうれしかった。しかし不都合だったのは、近いところにスタジアムがあるせいで、中学校の連中もまた、三鷹の試合結果を知っていたり、テレビ放映を観たりしていたということだった。

試合の次の日、貴志は学校で、特に三鷹ロスゲレロスを「観に行ってよかった」という話をしたいわけではなかったけれど、「観た」という話ぐらいはしようと思っていた。それで、他にも「観た」という生徒がいたなら、DFにいい選手がいた、とほんの少しだけいいことを言おうと思っていた。あわよくば、あと何回かは、今シーズン中に観に行ってみようと思った、と打ち明けようと思っていた。そしてその相手と、スタジアムに行くことができればいいなと思っていた。男子でも女子でもよかったけれども、できれば女子だとうれしいなとぼんやり考えていた。

しかし、一時間目の休み時間に貴志を待ち受けていたのは、サッカー部の磯山の、三鷹なんだあれ、という尖った声だった。声がでかくて運動神経がいい磯山は、クラスの中心的な存在で、特に全体に向けて強く発表するということをしなくても、その意向はなんとなくクラス全体に伝わっているというタイプだった。

「親が券くれたし、キックオフが練習の後だったから部のやつと行ってみたんだけどさ、なんだあれ。ぜんぜんだめじゃん。簡単に自陣に押し込まれるしさ、キーパーだめだめすぎて打ったら入るみたいな状態でさ、おれでも入れられるわあんなん」

磯山の言葉に、その周囲にいた男の生徒たちはどっと笑って、おれもテレビで観たけどひっどかった、とか、巻くれても行かねー、とか、センターバックにハゲのおっさんいた、などと口々に言い始めた。貴志は、ハゲじゃねえよスキンヘッドだ、もしくは坊主だ、と若生について反論をしたかったけれども、磯山たちは定位置である教室の後方でげらげら笑っていて、貴志はそこからは離れた前方の席に座っていたので、何も言うことができなかった。

磯山の言うことはもっともではあったけれども、でも何もそこまで、と貴志は思った。しかし、磯山はサッカー部ではレギュラーだったし、ただの塾通いの帰宅部だった貴志に反論の隙があるようには思えなかったし、あえて話をしにいくにしても、磯山や、磯山の周囲に控えている笑い声のでかい男たちにどんなふうにやりこめられるかわからなかったので、貴志は口をつぐんだ。

二度目の窮地は、シーズン最後に訪れた。結局貴志は、学校では一切三鷹の話はしないまま、周囲を注意しつつ三鷹の浮上を願いながら、そのシーズンはできるだけスタジアムに足を運んだ。若生は相変わらず孤軍奮闘していたが、チームは結局大して良くはならず、三鷹は初めて二部に昇格した年に最下位でシーズンを終え、あっさり三部に降格した。弱い貴志は、自分でも意外なほど落胆して、しばらく食事に味がないという日々を送った。弱いチームなのは知ってただろ、と自分に言い聞かせていたのだが、身体がなぜか立ち直ることを拒否していた。

三鷹が三部に降格した中三の時は、学校の廊下に三鷹の選手が登場する人権啓発のポスターが貼られるようになったのだが、生徒たちは皆、誰これ？　という様子だった。一学年に一人ぐらいは貴志と同じように足を止めて眺める生徒がいたかもしれないが、貴志はとにかく、自分以外にそのポスターに目を向けている生徒は一人も知らなかった。

貴志は、三鷹が二部から三部への降格を決定させた日以来、なるべく三鷹のことを考えないようにして、二年の時に試合に行ったことも注意深く話さないようにして、自分は一度も三鷹ロスゲレロスには関わったことがないという態を装っていた。自分でそれが唾棄すべき態度だということは自覚していたが、そもそも貴志が三鷹の試合に行ったことを知っているのは貴志の家族だけだったので、誰も「このヘタレが」と貴志を罵ることはなかった。むしろ、貴志の変節を最も謗り、気にしているのは貴志自身だった。

そうやって、三鷹ロスゲレロスをなかったことのように過ごしていた貴志の前に、三鷹は特に悪びれもせず、学校で掲示されているポスターという形で姿を現した。貴志は、保健室の前に貼られているそれから、必ず目を逸らして廊下を行き来していたのだが、同時に、くそ弱いチームが！　などと言われて破られたり落描きなどをされたりするのではないか、という心配も発生していた。そしてある日、それが抑えられなくなった貴志は、ポスターを貼ってある壁の前にある保健室の主である高山先生に、ポスターをもらえないだろうか？　と相談したのだった。高山先生は、べつにいいけど、次のやつに貼り換える時にね、と答えた。貴志が、破られたり落描きされたりしたくないんですよね、と呟くと、高山先生は、そういうこと自体だめだけど、特に若生はいい選手だから、そんなことされたらかわいそうだよね、と言った。初めて、現実に対面している人の口から若生の名前を聞き、貴志が驚いて黙っていると、高山先生は、若生は一部の自分の好きなチームに十代の頃からいたのだが、大きな怪我をして一年ほど試合に出なかったことがあって、その後もしばらくはそのチームにいたものの、素早さがやや衰えて、控えに回ることが多くなってきたので三鷹に移籍したのだ、と説明してくれた。

監督のライセンスの勉強もしているらしくて、三鷹に移籍したのはその取得に協力的だったからだそうだ、と高山先生は語り、ポスターが掲示されている間は破ったり落描きをさせたりはしない、ということも貴志に請け合った。貴志は、自分以外にポスターを欲しがった生徒はいますか？　と高山先生にたずねたが、先生は、今のところはいないね、と首を横に振った。

ポスターの貼り換えの時期が来て、先生は約束通り貴志にポスターをくれたのだが、貴志は部屋には貼らなかった。三鷹は、三部でもあまりさえない成績で、中位をさまよっていたからだった。三部で中位なんてもう、また二部に昇格するのに何年かかるのだろうと思っていた。三鷹がいつ、自分がクラスで好きだと話しても恥ずかしくないチームになってくれるのか、貴志には見当もつかなかった。だからといってポスターを捨てる気にもならず、貴志はポスターを細く丸めてゴミ箱と本棚と壁の間の隙間に立てて置いていた。特に眺めることもなかったが、かといって捨てるということもなかった。

高校に入ってからの貴志は、家からかなり離れた学校に通い、地元に接することもほとんどなくなっていたので、三鷹ロスゲレロスのことはほとんど考えなくなり、代わりにFCバルセロナだとか、FCバイエルンのことを考えるようになった。どちらのチームも強かったので、貴志の心は三鷹のことを気にしていた時よりはずいぶんらくになった。高校の友人たちは、みんな海外のサッカーが好きだった。貴志の好きなチームは、しょっちゅう勝っていて、いつもその国の最高のリーグの1位か2位で、超人的ですばらしい選手たちがいて、優れた監督がいて、別のことに関してはともかく、サッカーについて貴志が心を悩ませることはほとんどなかった。

一方で三鷹は、貴志が高校一年の時に三部を2位の成績で終え、二部の21位との入れ替え戦に勝って、また二部に昇格した。

高校に入って、ほとんど地元のことにかまわなくなった貴志だったが、入れ替え戦での三鷹の三部から二部への再昇格は、初めての二部昇格の時と同じぐらい大きなニュースになっていた。街灯に三鷹の旗が少しずつ飾られるようになったり、駅前のコンビニでグッズが売られるようになったり、市長が三鷹の緑と白のストライプのユニフォームを着て監督と対談する様子が市民だよりに載ったり、貴志の家の隣に住む池山さんという老夫婦が、日曜日に三鷹のユニフォームを着て出かけていく様子が見られたりするようになった。

入れ替え戦は、たいそう感動的な試合だったのだという。ホームでの第一戦を0－1で落とした三鷹は、アウェイでも前半に一点リードされながら、後半に三点をとって逆転し、二部三部の入れ替え戦に勝利した。後半の三点のうち二点は、若生を起点としたセットプレーによるもので、若生の正確な位置にボールを蹴る技術によって、球を渡された側がさして難しいことができなくても得点できるような場面を作っていたのだそうだ。という話を、貴志は隣家の池山さん夫婦の奥さんと、自分の母親との玄関先での立ち話で知った。そして、若生がその入れ替え戦を最後に選手を引退したことも知った。そうやって貴志は、中二の時に好きだった若生がプレーする姿を見る機会を失ったことに気付いた。

隣の家の奥さんの熱心さにあてられた様子の母親は、サッカー行ってみようかな、どうなの？　ぜんぜん知らなくても楽しい？　と貴志にたずねてきたけれども、貴志は、さあ、と答えただけだった。あんたも行ってたよね、行かないの？　と訊かれた貴志は、黙って首を横に振った。自分は一度三鷹を見捨てた人間なのだ。三鷹のことを語る資格は、もはや自分にはないのだ。

糸川おまえ再来週の日曜空いてる？　と荷物の仕分け中に声をかけてきたのは磯山だった。日曜の何時？　と貴志は訊き返し、磯山は、夜の七時から、と答えた。

「飲み会。大学の幼児教育学部の女子と。男の方が一人欠席することになっちゃってさ」

貴志は、へえ、とうなずいて、空いてるよ、と即答しそうになりながら、再来週の日曜は、サッカーの二部リーグの最終節かもしれないということを突然思い出した。中学の時のあいまいな記憶に基づくものなので正しいものなのかどうかはわからないし、そのことがいったいなぜ、飲み会に行かない理由になるのかもわからなかったのだが、とにかく磯山の打診をすぐに承諾することは避けた。

「なんだよ、かわいい子来るぞ」

「ちょっと考える」

「だめだぞ考えてたら、機会を逃すぞ」

磯山は諭すようにそう言ってくるのだが、どうせ自分の都合のことしか考えていない様子なので、貴志は簡単に同意するのは避けた。そして、二部の最終節が、という話は、磯山には絶対にしないでおこうと決める。また何を言われるかわかったものではないと思う。磯山は、とっくに中学でサッカーをやめていて、中二の時に教室で三鷹ロスゲレロスの悪口を言っていたことも、おそらく試合を観に行ったことも忘れているのだが、貴志は慎重を期すことにする。今磯山が三鷹にどういう感情を抱いているのかなんて知りたくもない。

「他にも、このバイトに来てるだけでも地元のやつそこそこいるだろ。北野とか佐川とか中島とか」

「何の用事?」

「誰も予定合わないか、今付き合ってる相手いるかなんだよ」

べつにいいよな黙って来たら、と磯山は憤慨する。貴志が大学二年からアルバイトをしている地元の配送会社の倉庫は、中学まで学校が一緒だった連中が何人か働いている。仲が悪いわけではなかったやつもいるし、磯山のように、貴志にいやな思い出を残しながらも今はまったくどうということもないというやつもいる。二十歳も過ぎると、中学の時の人間関係にはそれほどこだわりもなくなる。サッカーをやめた磯山は、貴志と同じぐらいの偏差値の大学に通っていて、落ちぶれたというわけではぜんぜんないけれども、中学の時に振りまいていた輝きや威圧感のようなものはとうになくしてしまっている。あるいは貴志がそういうものに鈍感になったのかもしれない。それは悪くないことだった。

しかし、磯山に三鷹をばかにされたことは、なぜかずっと覚えていた。貴志自身が三鷹ロスゲレロスにこだわりがなくなっても、どうしても忘れられなかった。

「じゃあ松下くんとか誘えば？　年一緒らしいよ」

「ありえないだろ。しゃべったこともねえしなんかこええよ」

磯山や貴志と一時間しかシフトが重ならない、あいさつを交わすぐらいしか関わったことのない同僚の男の名前を出すと、磯山は顔をしかめて首を横に振った。松下広務(ひろむ)は、学校に行っているのかフリーターなのかもよくわからない人間で、磯山や貴志といった地元から働きに来ている若い連中とはほとんどしゃべらず、ごくたまに一緒のシフトに入る五十代とか六十代の人たちと話しているのを見かける程度だった。髪の毛を金色に染めていて、黒が基調のマイナーっぽいバンドTシャツばかり着ていたので、少し近寄りがたい感じがした。

松下はときどき、早めに出勤して磯山と貴志が入っているシフトで働くこともあるのだが、休憩時間に磯山たちがさかんにしゃべっている時にも、まったく話に入ってくることはなく、休憩室の隅でたいていフリーペーパーを読んでいた。貴志は、磯山ほどは松下を避けようとしてはいなかったのだが、一度、自分が帰る時間に倉庫の敷地の門のところで待っていた女の子に、松下を探しているのだが、とすがるように言われたことがあって、それ以来苦手になった。

貴志は結局、その場では磯山の打診は保留にして、後で考えることにした。本当に予定はないし、女の子のいるところに行きたいのは行きたいのだが、なぜそんなふうに即答を避けたのか、自分でも不思議に思った。

休憩に入る前に、貴志は社員に呼び止められ、職場環境に関するアンケートを取るから、前後のシフトに入っている人々全員のロッカーにこれを挟んでおいてくれ、と封筒の束を渡された。時給上がったりするんでしょうか？　とたずねると、形式的なもんだからそれはない、と答えられた。

べつに期待はしていなかったけどさ、と思いながら休憩室に戻り、使われているロッカーの一つ一つに封筒を挟んでいると、こんばんはー、というぶっきらぼうな声が部屋に入ってきたのでそちらを見ると、松下が携帯を操作しながら出勤してきたところだった。今まさに松下のロッカーに封筒を挟もうとしていた貴志は、これ、アンケートなんだけど、社員さんから、と松下に直接封筒を渡し、また封筒の配布を再開した。

休憩室に松下と二人でいるのは初めてのことで、何の意外性もなくただ気まずかった。貴志は、休み時間になんだよ、とわずらわしく思いながら封筒をすべて挟み終わり、廊下で休もうかと考えていると、松下がテーブルに紙を置いて、さっそくアンケートに記入している様子が見えた。松下は右手にリストバンドをしていて、何かチャームの付いたボールペンを動かしていたのだが、どちらもが同じようなレモンイエローなのが目に付く。そしてご丁寧にも下敷きを使っているのだが、それも目がチカチカするような黄色で、なんだこいつ、黄色が好きなのか、とつい観察してしまった貴志は、リストバンドにエンブレムらしきものがついているのを発見する。りんごの形をしていて、髭のあるいかつい男性が片足を突き出した体勢でりんごの中から無理矢理出てこようとしているというわけのわからないもので、どこのメーカーのだ、意味わからんな、と少し胸苦しくなるような不可解さを覚える。松下は、貴志のそんな心中も意に介さない様子で、さっさとアンケートを書き終わり、封筒にしまう。

「これ、どうしたらいいんですか？」

松下に話しかけられ、それが意外にも敬語だったことに驚きながら、貴志は、浜田さんに渡したらいいとおも、いますよ、とつっかえながら社員の名前を答える。松下はうなずいて、下敷きをリュックにしまって携帯を眺め始める。貴志は、エンブレムの妙な感じに何か覚えがあることに引っかかりながら、しかしいつまでもそれにとらわれるのも本意ではなかったので、廊下に出て休むことにした。

結局その日は、磯山に飲み会の返事はせずに家に帰った。松下の持ち物になんて関心を払ったこともない貴志だったが、あのリストバンド、ボールペン、下敷き、という、なんだか小学生じみた揃(そろ)いの一式を松下が使用している違和感は、アルバイトからの帰り道の貴志を軽く苦しめることになった。

家のガレージの隅に自転車を停めていると、隣の家の池山さんの奥さんの方が、あ、糸川さんの息子さん、これね、お母さんに渡しといてくれる？ と丸くて大きくて重い何かが詰まったビニール袋を渡してくる。受け取って中をちらっと見ると、野菜とも果物ともつかない、大きな丸っこいものが入っていた。

「それね、夫の故郷で採れたものなのね」

隣の奥さんの言葉に、はあ、とうなずきながら、ガレージの電灯が映し出す奥さんのストールにどうしても目がいってしまう。緑と白のチェックで、三鷹ロスゲレロスのエンブレムがあしらわれている。どんだけ好きなんだ、と貴志は思う。夫婦はずっと隣に住んでおり、貴志が生まれて物心付いてからなんとなく知っている人たちなのだが、この年になって、普段着に採り入れるぐらいサッカーチームに入れあげるとは。

それにしてもまたエンブレムだ。三鷹のエンブレムは、三鷹市の地図の形の中ほどに、馬に乗った甲冑(かっちゅう)の戦士が横向きに三人配置されている。戦士は右手に槍(やり)を持っている。たしかに『戦士たち』ではある。でも左の小脇にはサッカーボールを抱えていて、意味がわからない。

「三鷹、調子いいですか？」

べつに隣の奥さんにいい顔をしたいというわけではないのだが、ストールに縫いつけられたエンブレムをけっこうじいっと見てしまったので、貴志はそう言ってみる。隣の奥さんは、今シーズンはあと二試合なんだけどね、どうかな、降格はないと思うんだけど、と言った後、ちょっと詳しい勝ち点を見るわね、と携帯を取り出して調べ始める。いや、いいんだけど、どうでも、と言いたいのだが、奥さんの真剣な顔を見ていると断るのもままならない。

「あ、出た出た。えーとね、次のカングレーホ大林は首位だから勝ち点は諦めるとして、最終節のネプタドーレ弘前（ひろさき）に引き分け以上なら入れ替え戦の21位にも行かなくていいはず」

引き分けなら余裕よ、と奥さんは言いながら、携帯の画面を見せてくる。しかし貴志は、奥さんが見せてきた順位表の中身以上に、それぞれのチームの名前の先頭に表示されるエンブレムに目がいった。画像では小さいが、目を凝らしてみると、確かにそこにあったのだった、りんごの中から片足を上げて出てくる髭の男のエンブレムが。松下の持っていたリストバンドと文具にことごとくあしらわれていた変なエンブレムだ。そのチームの名前は、ネプタドーレ弘前という。

「最終節で戦うとこ……」

「弘前？」

「そうです」

「三年前に昇格してきて、すぐに最下位で降格したんだけど、二年三部でやって、また入れ替え戦で上がってきたのよ」

でも、あと一勝一分とかしないといけないから、今年も21位になりかねないかも、と奥さんは付け加えた。

「なんかそれ、三鷹と同じ感じですよね。二部に上がってすぐに降格して、って」

貴志の言葉に、奥さんは、そうかなあ、と首を傾げる。貴志は、そうなんだよ、と言ってやりたくなる。奥さんは五年前の、貴志が高一の時の入れ替え戦で三鷹のファンになったそうだから、その前に三鷹が一度昇格してあっけなく降格したことには頓着していない様子だった。

とにかく、松下が持っていたリストバンドや文具の数々は、ネプタドーレ弘前のものだということが判明して、貴志は何か、拍子抜けというか、あいつ二部のサッカーなんかに興味があったのか、それも下位の、と少し面食らったような気持ちになった。

隣の奥さんがくれたのは、瓜だった。それを母親に渡して自室に戻り、ベッドに寝ころんだ後も、貴志は三鷹ロスゲレロスのことと弘前の変なエンブレムのことが忘れられず、最終節か、と呟きながら携帯で『三鷹　弘前　42節』などと検索をしてみる。ブラウザがもじもじと情報を探している間、再来週だからプレビューはまだ出てないか、と思い出し、アプリを閉じようとすると、少し前のニュースが引っかかった。十月のはじめの頃のもので、前監督が体調不良で退任したため、ヘッドコーチをつとめていた若生賢治氏が三鷹の監督に昇格した、というものだった。

　貴志は、自分が息を呑んでいるのを感じながら、どうしてそんな身体反応が起こるのか疑問にも思った。自分は二部にやってきた最初の一年で三鷹を捨てた人間のはずだ。だから若生の引退試合にも立ち会わなかった。それが何を今さら、若生が監督になったからといって、腕や脚が固まるような思いをしているのか。

　携帯をリュックの中にしまいにいった後、またベッドに戻って、うつ伏せになって目をつむる。とにかく、磯山の飲み会には行かないことに決めた。そして、しばらくじっとして、自分が三鷹の試合をちょくちょく観に行っていた頃のことを考えた。どんなふうに自分が三鷹ロスゲレロスのことを好きだったのかについては、ほとんど思い出せない。なにしろ、かっこよかったとか、強かった、という記憶がない。

　けれども、地元の電車を使わないでいい距離にスタジアムがあってサッカーのチームが別の遠いところからやってきたチームを迎えてそこで試合をやる、ということに、なんとはなしにわくわくしたものだった。すごい歌手が来たり、大きなお祭があるわけではないのに、特別なことが自分の町で行われるような気がして、そして自分がその一部になるような感じがしてうれしかった。

貴志は、そういえば中学三年の頃、学校の保健室の前の廊下に掲示されてあった三鷹ロスゲレロスの人権啓発のポスターを、保健の先生からもらったなと思い出して起き上がった。あれはいったいどこにやったのだろう。捨てた覚えはないので、部屋のどこかにあるはずなのだけれども。

貴志は立ち上がって部屋を見回し、テレビ台の裏や、クローゼットの中といった、自分が筒状に丸めたポスターを突っ込みそうな場所を探したのだが見つからず、雑然とした部屋をひっくり返しながら、前にゴミ箱を置いていた場所の後ろ側に差したのではないか、ということを思い出した。中学の頃にゴミ箱を置いていた場所には、今は、上から下まで引き出しで組まれている背の高い木製のキャビネットが収まっている。貴志は、自分の身長ほどはあるその家具を見つめながら、意を決してそれを手前に動かしてみる。細長いキャビネットは、なにをするのという具合にふるふると揺れて、貴志をおびやかしたのだが、何とか踏み留まって背後にスペースを空け、携帯電話の光で裏側をのぞき込むと、キャビネットの隣の本棚の裏側に、細長い筒が倒れているのが見えた。

貴志は、埃を吸い込んでいったん顔をそむけ、しかしまた本棚の裏に目を凝らして、やがて、中学の時に見失ったままだったその筒に手を伸ばした。

最終節である42節の一つ前の41節で、三鷹は意外にも首位のカングレーホ大林に4-3で勝利した。大林が、残り二試合を二敗しなければ二部優勝ということで自動昇格、というところまで勝ち点を重ねていたため、油断していたということも考えられたけれども、大林が特段メンバーの質を落としてきたということもなかったし、大林が今シーズン一部から降格してきた比較的大きなチームであること、また、大林にとってはこのシーズンのホームの最後の試合であることを考えると、三鷹はとてもよくやったと言える。

そういう結果を受けて貴志は、これで三鷹対弘前の最終節に行ったら、チームが勝っている時だけ試合を観に行くヘタレなやつみたいなんじゃないか、と悩んだのだが、この機会を逃すと来年の二月の終わりまで試合がないので、最終節の三鷹ロスゲレロス対ネプタドーレ弘前の試合には行くことにした。三鷹のホームスタジアムを訪ねるのは、十四歳の時以来だった。というかそもそも、スタジアムそのものに行くのも中学生の時以来だった。

キックオフの一時間前に到着して、バックスタンドの自由席の券を買った。自分がまったく行かない間に、三鷹はそこそこ集客を増やしていて、見たところ、スタジアムの半分ぐらいの席が埋まっているように見えた。子供もその親も、中年も若者も年寄りも、男も女も、いろいろな人間がいた。ユニフォームを着ている客もたくさんいて、強い弱いは関係なく、三鷹を好きで応援する人がたくさんいるのだということを貴志に知らしめた。

いい席はすでにかなり埋まっていたのと、自由に出入りできる通路側が良かったので、貴志はバックスタンドの自由席のビジター側の、かなりフィールドからは遠い場所に席を取った。そちらは、半分ほどが対戦相手である弘前のサポーターで占められていて、レモンイエローのユニフォームを着た人々が目立っていた。芝生にはすでに弘前の選手たちが出てきていて、レモンイエローの人たちは、選手たちに手を振ったり、ウォーミングアップの様子を撮影したりしていた。三鷹は、前節のカングレーホ大林に対する勝利で、すでに二部残留を決めていたが、弘前は先週のホーム最終戦で引き分けていて現在21位のため、20位以上の確実な二部残留のためには、他の残留争いをしているチームの状況と照らし合わせても、まずは三鷹に勝つことが必要だった。もし自分が弘前を好きなら、胃が痛くて家から出られなかっただろうと貴志には思われたのだが、レモンイエローの人たちは、表情はどことなく硬いものの、アウェイのスタジアムの食事や空間を楽しんでいるように見えた。貴志も、何か食べるものを買いに行くために席を立った。中学生の時はどうしていただろうと思い出すのだが、お茶を飲んだなということしか思い出せなかった。当時は、屋台といっても出来合いの弁当や、さめたからあげとフライドポテトぐらいしか売っていなかったし、それらも高かったから、買う気にはならなかったのだろう。

ほとんど勝手がわからなくなっていたスタジアムのコンコースに入り、とりあえず一周してみることにする。店は中学生の頃より明らかに増えた。グッズの屋台では、タオルマフラーやユニフォームはもちろん、三鷹で暮らした太宰治とのコラボレーションTシャツなども売っていた。緑と白のストライプの真ん中に、太宰治の顔のイラストが唐突に印刷されているというものだったが、SサイズとMサイズは売り切れとのことだった。選手のクリアファイルなども売っていて、貴志は反射的に若生のものを探したのだが、そうだ、引退したんだった、と思い返した。食べるものは、からあげとフライドポテトに加えて、焼きそばやカルビ丼、ケバブやホットドッグなどが増えて、大きな名物というものはなさそうだが、どこも人が並んでいて賑わっている様子だった。

　カルビ丼の列は、食べ物の屋台の中でいちばん長い行列ができていたが、特に誰を待たせるということもないので並ぶことにする。どうせ割高なんだろうという諦めの気持ちもあるけれども、開放感のあるスタジアムの座席で食事をするという気分の良さそうな感じには抗えなかった。

　カルビ丼を待つ行列は、貴志の後にもどんどん長くなっていて、貴志の後ろの三人目から折り返して人が並んでいた。確かに、丼を持ってほくほくとその場を離れる客の様子を眺めていると、人が集まってくるのも仕方がないだろうと思う。貴志は、屋台の行列に並ぶという経験が今までの人生でほぼないので、いつ自分の番が来るのかまったく予想がつかず、前の人数を数えたり、店の方をのぞき込んだりしながら待っていた。ほかの客は、屋台に並ぶことに慣れているのか妙に落ち着いている感じがする。

折り返した行列で隣に進んできた男が、やはり屋台の方をのぞき込んでいるので、こいつもせっかちなんだろうかと姿を確認すると、金色に染めた頭に見覚えのある顔をしていた。アルバイト先の松下だった。やはりバンドっぽいTシャツを着ていたが、首からレモンイエローが基調のタオルマフラーを引っかけていた。貴志が、そうか、弘前のグッズ持ってたしこいつ、とぼんやり考えていると、ああ！ と松下が目を見開いて大声をあげた。その声が本当に大きかったので、貴志は驚いてのけぞった。

「弘前見に来たの？」

あ、こいつとはですますなんだった、しまった、と貴志が後悔していると、ネプタ見に来た、と松下は引き続き大きな声で答えた。訛りがあった。

「糸川くん、どこらへんに座ってるんだ？」

「バックスタンドのビジター側だよ」

「バックスタンド？」

「選手が出てくる側じゃない方」

貴志がそう答えると、松下は少し考えて、ああ、とうなずいて、おれもそっち、とうなずいた。

その会話が終わったところで列が進んで、松下は貴志の五人あとに並んでいることがわかった。貴志は、さっきよりも妙に緊張しながら、列が進むのを待つことになった。松下は話しかけてこなかったが、自分はカルビ丼を手に入れた後、松下に対してどう振る舞うべきなのか考え込んでいるうちに、店の中にいる女性が話しかけてきたので、カルビ丼一つください、と貴志は答えた。もしかしたら、松下の分を注文してやったりもすべきだったのではないかとも思ったのだが、今さら申し出るのもまぬけなので、貴志は店の中の人が立ち働く様子を眺めながら、極力松下のことは考えないようにつとめた。

ずっしりと重いカルビ丼を受け取って列から出ると、ちょっと待ってて、と松下があっさり声をかけてきたので、貴志はそうすることにした。コンコースを行き交う、弘前を応援していると思わしき人々の訛りに耳を傾けているうちに、松下は丼を持って出てきて、このスタジアムの、量多いな、とちょっとうれしそうに言った。

「べつのスタジアムに行ったことあるの？」

「あるよ。青森の地元で何回か行ったことあるし、あと、CA富士山とか、熱海龍宮クラブのとことか」

カングレーホ大林との試合にも行った、すげえ負けたけど、と言いながら、松下は今度は飲み物の屋台に向かう。貴志も何か買っておこうと思ったので、そのままついて行く。

「ていうか、おれの行った試合、ネプタ全部負けてるような気がするわ。行かない方がいいのかな」

地元ではまあまあ勝ってるんだけどな、そんなに帰れないしな、と言いながら、松下はビールを買う。貴志は呑まないので、お茶を買うことにする。

「近所のアウェイに遠征するぐらい、弘前を応援してるんだ？」

「わかんないけど、夏に実家さ帰った時にスタジアムさ試合観に行って、なんか楽しかったから、こっち戻ってきても、ネプタが試合で来る時は行けそうな場所だば行ってる」
松下は、今年の夏まで一度もサッカーなんか観たいと思ったことがなかった、と言った。でも、親がタダ券を懸賞で当てたのと、妹が車を出してほしがったので、付き合いで観に行った。どことの試合？　と貴志がたずねても、どこだっけ、と覚えていない様子だったので、松下はそれまで本当にサッカーに興味がなかったんだろうと貴志は思う。カットソーの上に着ているTシャツには、〈BLACK　FLAG〉とプリントされている。よくわからないのだが、バンドTシャツだろう。

　夏に実家に帰ってる時は、結局二回観に行った、という松下の話を聞きながら、二人はバックスタンドに出る。席どこ？　と訊かれたので、かなり高いところにある自分の席を指さすと、おれもっといいところだし、まだ隣空いてるから来たらいいよ、と松下は言った。貴志は、前の方で両側を人に囲まれて観るぐらいなら、後ろの方の片側が空いている席で観たいというのが本音だったが、松下は通路側に席を取っていて、その隣二つが空いていたので、貴志も、知り合いならいいか、とそちらに移動することにした。

　自分の荷物を取りに戻って、松下のいるところに行くと、松下は内側に一つ席を詰めて、通路側を貴志に譲った。二人で並んでカルビ丼を食べた。左手で持っているのがちょっと苦痛なぐらいそれは重くて、外で食事をするということがここ何年かなかった貴志には、そのことだけでも新鮮なことのように感じた。肉も思ったより米の上に載っかっていた。

松下も、すごくうまい、と言いながら箸を上下させていた。そして、三鷹は強いなあ、と練習を終えてメインスタンド側に戻っていく選手たちを眺めながら言った。貴志は耳を疑った。初めてそんなことを言う人間が現れた、と思った。隣の池山さん夫婦だって、三鷹はべつに強くないことを前提に応援しているはずなのに。

「強くはないだろ三鷹」

「いや、先週ケーブルテレビで三鷹の試合やるって番組表で見てさ、そいじゃ次にネプタと試合やるからちょっと観でみるかなあってなったんだけど、カングレーホ大林って強いんだろう、解説の人がずっとそうしゃべってたし。で、いきなり前半に二点入れられたんだけど、前半の、アド？　アディなんとかタイムに一点返して、でも、後半になってすぐに、ピーケー？　になって……」

松下は、自分でも何を言っているのか確信の持てない様子で、しかしとにかく点の取り合いのシーソーゲームでとてもおもしろかった、で最終的に三鷹が大林に勝った、三鷹は強い、という話をした。

「三鷹は17位だよ。強くないよ」

「へー。もっと上かと思ってた」

こいつ順位表見てないのか、という驚きと、それでも弘前のアウェイの試合の行けるところには行っている、という事実の落差に、貴志は、自分はなんだか窮屈なところにいたのではないか、という疑いが胸を衝くのを感じた。自分でも少し驚くような価値観の変化だったが、不快ではなくて、むしろ、空の下で食事をするのと同じような開放感があった。

大型ビジョンでは、今日のメンバーが発表され始め、松下は、お、この曲ナインインチネイルズ、しぶい、などと呟いていた。選手が入場してくると、松下は、弘前のタオルマフラーを頭の上で掲げ、ネプタけっぱれー、と叫んでいた。それはなんだか、判で押したようなサポーターの行動を松下が一所懸命なぞっていて、しかもそれを楽しんでもいるようで、貴志には微笑ましかった。

試合は重苦しい展開になった。三鷹の選手は、先週の大林を撃破した試合で攻める力を使い果たしたのか、一様に自陣で守りに入っていたし、弘前も、不用意に攻め入ってカウンターを食らうことを警戒している様子で慎重だった。なんとしてでもこの試合に勝って二部残留に力を尽くさないといけないのは弘前だったのにもかかわらず。貴志は、正直言っておもしろい試合とは思えなかったのだが、松下はずっとおとなしく試合を見ていた。

監督になった若生は、ラインの際に立って戦況を見つめていた。貴志は、試合の途中だったが、その佇まいをしばらくじっと見下ろした。相変わらず坊主だったが、きちんとスーツを着て、腕を組んでしっかりと立っている若生は、ユニフォームを着ていた時よりもいっそう大きく見えるようだった。

前半が終わりハーフタイムになると、貴志は先週の大林と三鷹の試合の評の記事を確認した。前半に大林に二点入れられ、前半終了直前に一点を返したものの、また後半開始のすぐ後にＰＫを与え、大林に一点を献上した三鷹は、そこからＤＦの選手をフォワードの選手に替え、一転攻勢に出たそうだ。前線に大きく比重を置いた采配は当たり、三鷹はそれから三点を取った。三鷹はもともと、前監督の意向で守りを主体としていたのだが、若生自身にはいずれ攻撃的なチームにしていきたいという構想があり、よく練習もしていたそうだ。

席を外していた松下は、熱燗を買ってきて、おでんをあてに呑んでいた。その様子があまりにも幸せそうで、外でめし食うのはうまいよな、とつい貴志が言うと、松下は、うんうんと何回も大きくうなずいて、おれ大根好きじゃないから食うか？と訊いてきた。貴志も好きではないのでそれは断った。

後半に攻勢に出たのは、弘前の方だった。守っていても状況は変わらない、ということを強く自覚したのか、前半に自陣に引っ込んでいたのがうそのように、選手たちは全員が走って積極的に前に行くようになった。松下も、身を乗り出し気味で試合を見守るようになり、貴志も前半より緊張していた。

それでもなかなか実を結ばなかった弘前の攻撃だったが、後半の四十四分に、一度三鷹のＧＫに弾かれたボールをもう一度蹴り込み、それも三鷹の選手に掻き出された後、更に一度目のシュートをした弘前の選手が体を投げ出してヘディングをして、それがポストに軽く当たり、さらにＧＫの体に当たり、最終的にネットの内側にさわる、という複雑な事態が訪れて、弘前は得点した。貴志は、ああ、と声をあげ、松下は両手を突き上げた。諦めずに攻撃に人数をかけ続けた末の僥倖だった。

三鷹は力つき、一点を返すことはできず、そのまま負けた。貴志の周囲に点在していたレモンイエローの人たちは、手を叩き合い、肩を組んで喜び合っていた。そうこうしているうちに、他会場の結果が大型ビジョンで映し出され、ネプタドーレ弘前が20位で二部に残留することが決まり、レモンイエローの人たちの喜びは安堵へと変わった。泣き出す人もいた。松下は、彼らに手を差し伸べて、うれしそうにいくらか握手をしたり肩を叩き合ったのち、申し訳ない、と貴志に向き直って言った。

「いやいや、でもこっちは先週大林に勝ったし、残留は確実だったし。弘前の方がこれに負けたら降格とかだったかもしれないし」

こっちってなんだこっちって、と貴志は自嘲した。おれは三鷹のファンでもなんでもないくせに。

「降格？　やばかったってこと？」

「そうだよ。よそのチームの結果にもよるけど、負けたら21位で入れ替え戦に回るか、22位で自動降格のどっちかだった」

そんなことも知らないでこいつは試合を観ていたのか、と貴志は少しあきれるのだが、それ以上に驚く。そんなことを知らなくても、好きなチームの応援はできるのだということに。

「これでネプタは来年も二部？」

「そうだね」

「三鷹に来る？」

「来るよ」

「そっか、じゃあ来年もおれこのへんに住もう」

　松下は首からタオルマフラーを外し、バックスタンド側にあいさつにやってきた弘前の選手たちに向かって振り回した。ひとしきりそうやって気が済んだと思われた後、糸川くんもまた試合に来ようよ、と言いながら、松下は席に座った。

　やがて、ホームの三鷹の選手たちがメインスタンドの前に並んで、最終節のセレモニーが始まった。松下が座ったまま、さめた大根を食べているので、帰らないの？　と訊くと、なんで？　と訊き返された。若生がマイクの前に立って話している様子が、大型ビジョンに映し出された。最終節を勝利で飾れず申し訳ないということ、来年も自分たちは二部で戦うということ、来年は昇格プレーオフ圏内である6位以上を目指すということを、若生は硬い表情で語り、深々と一礼した。貴志が選手として初めて見た時点で、若生は充分に大人だったけれども、より大人になったように見えた。

　松下は結局、最後まで三鷹のセレモニーを観て、貴志と一緒にスタジアムを出た。松下は電車で来たとのことで、貴志は自転車を押して、家に帰る方向とは逆の人の流れに乗って駅へと向かった。

「松下くん、学校に行ってんの？」

「そう、理学療法士の資格の。高校出て一回働いたんだけど、なんか資格あった方がいーなと思ったのさ。まあ東京さ来たかったっていうのが本音だけど。バンドとかやりたかったしなあ。で、学校の連中とちょっとやってたんだけど、すぐに解散してしまって、暇だなあと思ってた時にネプタを観たんだ。でもまたバンドやりたいな」

「おれ一回、倉庫の門のところでおまえのことを待ってる女の子に出くわして引いちゃったことがあってさ」

「あれなあ。なんで引くんだ？　まあおれがあいつが毎日観てるっていうバンドの映画のDVD借りて返さねーままけんかしたのが悪いんだけど」

彼女は同じ学校に通っていて、同じように音楽が好きで、五月から付き合い始めて、今も続いているらしい。彼女のアルバイトは日曜がメインなので、観戦にはまったく付き合ってくれないと松下は愚痴った。

貴志はうなずきながら、駅へと戻っていく人波を眺めた。満足げな顔の人も、隣の人と笑い合っている人も、無表情な人も、険しい顔の人も、みんなどんな思いで帰っているのだろうと考えた。そして自分はどうなのだろう。試合には負けたけれども。

「来年はユニフォーム買いたいんだけど高いしなー」

松下の話にうなずきながら、自分は何かを自分自身から取り返したのだということを貴志は知った。頭を上げて息を吸った。十一月の三週目の空気には、冬の冷たさが入り交じっていた。次の春が待ち遠しかった。

第2話　若松家ダービー

　息子である高一の圭太が、家族と泉大津ディアブロの試合に足を運ばなくなってから、すでに半年が過ぎようとしていた。思えば、ゴールデンウィーク初日のカングレーホ大林と対戦するホームの試合からだった、と供子ははっきりと思い出せる。朝、顔を合わせた時に圭太は、今日は試合には行かない、と言い残して出かけていった。高校でボードゲーム部に入ったというから、その仲間たちと遊んでいるのかもしれない。とにかく、供子はさして気にもかけず、その日も夫と圭太の妹である小五の娘の真貴と共に、泉大津ディアブロのホームスタジアムへと出かけていった。試合は0－3で負けた。帰りは家族三人でファミレスに寄り、まあカングレーホは去年までは一部におったしね、仕方ないわ、と話し合った。若松一家としては、よくある休みの日の夕方の風景だった。

　圭太が連休中にアルバイトをしていたということが判明したのは、居間のゴミ箱から見慣れない会社の封筒に入った給与明細が出てきたからだった。休みの間に圭太は、約三万円を稼いだようだった。供子は、べつに圭太を叱ろうなどとは考えなかったが、ただ、どうして黙っていたのだろうと疑問に思って、連休中バイトしてたん？　と圭太にたずねてみた。圭太がいくらできた子であるとはいえ、十五歳という微妙な年齢を考えると、プライバシーの侵害である、放っておけ、と激怒することもまあるだろう、と供子は覚悟していたのだが、圭太はあっさりとそれを認めた。お小遣い足りひんの？　と、だからといって値上げすることもできないなと思いながらさらに訊いてみると、圭太は、ちょっと高いゲームが欲しいから、とやはりあっさり答えた。

「来月誕生日やし、買ってあげよか？」

「いいよ」

圭太は、供子の詮索に対して、決して激怒などはしなかったが、供子の親としての申し出もまた静かに拒絶した。結局、圭太がちょっと高いゲームを買ったのかどうかはわからずじまいだった。その話を夫の仁志にすると、学校に持ってってやってるんやないの？　と、なんでそんなことを気にするのかわからないとでもいうように首を傾げられた。

次のホームゲームでの奈良ＦＣとの試合にも、圭太は来なかった。午前中に身支度を始めて、試合なんやけど？　と玄関先で言う供子に、今日は出かける、と言い残して出て行った。圭太が帰ってきたのは、夜の九時頃だった。

それからというもの、圭太は、土日はだいたい一日じゅう外出していて、家族の当然の予定であった泉大津ディアブロのホームの試合に出かけるということもなくなってしまった。供子は、圭太はボードゲームに熱中してサッカーに興味がなくなったのだろう、と判断して、そのことを追及するのはよしておいたのだが、テレビの試合やハイライト番組は相変わらず観ているようだった。

　サッカーにはまだ興味があるようなのに、私たちとサッカーを観に行かなくなったのはどういうことだろう？　ということについて供子が夫にたずねてみると、仁志は、家族でサッカーを観に行くことに興味がなくなったんじゃないだろうか？　という主旨の答えを返した。

「なんで？　家族で観に行ったら交通費もごはん代もチケット代も出るのに」

「お金の問題やないんと違うの」

　夫の仁志もそう言いながら、供子ほどではないものの、圭太の行動の変化には解せないものを感じているようだった。

　そして一家と泉大津ディアブロは夏場を迎えたのだが、泉大津の左サイドバックであるフナことディフェンダーの舟井倫明選手が、怪我でもないのに猛烈に調子を落とし、ミスを乱発して二点を取られる原因になるという試合が二回も連続したので、供子は圭太が試合に来ないどころの騒ぎではなくなってしまった。供子は、自分でちゃんと順位をつけたことはなかったのだが、プロ一年目からの六年間をいい時も悪い時も見守ってきたフナのことを、この世で家族の次に心配していた。その時期はフナのことを心配しすぎて、頻繁に帰りの電車を乗り過ごしたり、夕食の食材を買い忘れたりした。ある日、会社の昼休みに、次の試合で突然フナがスタメン落ちどころかベンチ外に追いやられてしまうのではという不安に襲われ、夫にメールを送りかけたもののさすがにそれはやめ、代わりにフナの名前で検索を始めた。誰かのブログで、舟井はいい選手だと思うのだが、後半によく集中力が切れている、という記述を読んで、供子は、フナってそうなのか、と初めて知って驚いた。

家に帰って仁志に、ネットで読んだけどフナ、集中力ないらしい、と話すと、仁志は、集中力ないよフナは、と今更何をといった様子で応対した。その時同じ部屋に居合わせていた圭太は、冷蔵庫を開けて、奥の方にあるプリンを手に取ったところだったのだが、供子には、圭太が背後を通り過ぎながら「ふん」と鼻で笑ったような気がした。供子は、圭太もそう思う？　とたずねたかったのだが、なぜか口にできなかった。圭太は振り返りもせず、廊下を通って自分の部屋へと消えていった。

そして秋になり、事件は起こった。洗濯の際に確認した圭太が上着にしているパーカのポケットから、雄琴のコンビニのレシートが四枚も出てきたのだった。滋賀の雄琴である。圭太とは何の関係もない土地で、かつ、関西でも有数の歓楽街のある場所だった。

「別の場所やったらわかるけれども、雄琴よ？」

「ううむ」

「たとえば和泉砂川とか丹波篠山やったらうちにぜんぜん縁ないわりにまだここまでびっくりせんかったと思うんやけど、雄琴になんの用が？」

「温泉に……行ってたんかな」

「高校一年で？」

供子と仁志は、レシートを食卓の上に並べて凝視した。四枚のうち三枚には、りんごのサイダーとミネラルウォーターとポテトチップスの三品の商品名が印字されており、もう一枚には、その三品に加えて油性ペンの印字があった。圭太の高校が創立記念日で平日休みだった日のものもあったし、日曜日のものもあった。土曜日のものもあった。

「彼女とかおってもおかしくない年ではあるけれども、先にこんな遊びを覚えるやなんて……」

「いやいや、そもそも店入られへんし、単に雄琴に知り合いできたんかもしれへんやろ。ボードゲームの」

「それやったら、どんな子か知らんけどこっちに来てくれたらいいのに」

「事情があるんやろ」

圭太は、べつに学校で起こったことを逐一話してきたりする子供ではなかったけれども、信頼できる子だと供子は考えていた。自分の頭で考えて、馬鹿なことはしでかさない子だと思っていた。同年代の子供と比べて、少し背が小さかったり色白だったり視力が悪かったりして、一見弱々しく見える圭太だが、学校の成績は良く、頭の回転も速くて口が立った。しかも、始終それを見せびらかすようなことはせず、ここぞというところでそういう部分を出した。小学五年の時にいじめられそうになった時には、おれをひどく扱うのはいいけど、おまえらの親の上司におれにしたことを十倍にして話すよ、と言い返したそうだ。何回も会社に電話かけておまえらの親の上司をうんざりさせるように仕向けてやる、そしたらそんな子供のやったことに巻き込まれてるおまえらの親は会社で信用をなくして、しまいに仕事もなくして、おまえらも貧乏になるかもな。

圭太をいじめようとしていた子供たちの中には、CMできれいごとを連呼している名の知れた団体に勤める親を持つ子がいた。その親が、息子が圭太にこんなことを言われたと教師に打ち明けたのである。その親はまともで、自分の息子がいじめに加担しようとしなくてすんだことに安堵(あんど)はしていたものの、若松君がそんなきついことを言う子だとは思わなかった、としきりに驚いていたそうだ。教師も、どこか困惑した様子で、供子にその話をした。供子は、うちは夫婦ともにぼーっとしてて、そんなものの言い方をしたりはしないんですが……、とやはりぼーっとしたことを話すに終わった。

そのように圭太はしっかりしている。供子の思い出せる限りでは、圭太が身を持ち崩すような厄介ごとを好んだ記憶はない。なので、雄琴に行っている問題について、脅されているのでは？　と仁志に話したのだが、誰にどう脅されてると思うの？　と訊き返されて、すぐに答えに窮した。そうなるとやはり、圭太は自分の意思で歓楽街に、少なくとも歓楽街のコンビニに行っているということになる。

夏に大変なことになっていたフナの調子が七割がた戻ったと思ったら、今度は息子がらしくない場所に通っている疑惑が持ち上がる。供子は、自分は平穏無事に泉大津ディアブロの試合に行くことだけが望みなのに、と思いながら、ある日意を決して、月曜日のサッカーの試合のハイライト番組を観ていた圭太に、滋賀に行ってるの？　とたずねてみた。

「行ってる」

「何の用事で？」

「遊びに」

　圭太の簡潔な答えに、供子はいよいよ困惑が押し寄せてくるのを感じて、遊びに、と繰り返した後、雄琴ってどういうとこかわかってんの？　と続けた。圭太は目を眇(すが)めて首を傾げ、べつに変な遊びはしてないよ、と供子を見返してきた。

「変じゃない遊びってじゃあ何なん？」

「べつに」

「べつに、ってあんたね」

「べつに、としか言いようがないし」

　圭太は頭を振って立ち上がり、部屋を出て行ってしまった。供子は、我ながら間抜けな問いだと思いながら、本当に変な遊びやないんよね？　女の人絡みの、と訊くと、圭太は、女の人は関係ない、と振り返らずに答えて自室へと戻っていった。入れ替わりに部屋に入ってきた風呂上がりの仁志にその話をすると、ますますようわからんなあ、と腕組みをし、夫婦二人して、特に問題はないと思われている我が子がなんだかよくわからないことになっていることに困って天井を見上げた。

　次の日の昼休み、突然仁志からメールが来て、供子は小さく驚いた。供子と仁志は、勤務時間の間はほとんど連絡を取り合わないのだが、その日は例外だったようだ。件名は、

「もしかしたら」で、文面は以下だった。

『去年三部から初めて上がってきた琵琶湖トルメンタスのスタジアムはおごと温泉が最寄り駅なんですが（駅から三十分ほどシャトルバスに乗る）、もしかしたら圭太はそれに行ってるんではないでしょうか？』

供子は、携帯をじっと見たまま、もしそうなら確かに女の人は関係ないかもな、と呟いた。

「挑戦者である私たちのハードにおける戦力、つまりお金のことですが、それは二部でも最も困難なレベルにあります。だからこそ、ソフト面である選手たちのハードワークと勇気を拠り所としています。ハードはあらかじめ規定されていて変えられない。けれども、ソフトの可能性はゼロになるか一万になるかは未知数です。我々は必ず後者を誇れるチームになります。だから私たちを支えてください。応援してください」
琵琶湖トルメンタスの峰岸青児監督がそう言っていた動画を、圭太は七回は見たと思う。抽象的な発言の中身以上に、その厳粛な顔付きを純粋にかっこいいと思ったからだった。
現在三十六歳の峰岸監督は、三十五歳の時、三部での監督就任一年目で、琵琶湖を二部に押し上げた。常にスーツを着てネクタイをしていて、身体は細く、背はあまり大きくない。というか小さいと言っていい。一六〇センチだという。けれども、声には落ち着きがあって、ときどきオーバーアクションで選手たちに指示をする様子は、実際よりも大きく見える。わかりやすい美男ではないが、顔立ちは知的できりっとしている。だからといって堅苦しいわけではなく、タオルマフラーのエンブレム部分にサインを求めると、私でいいのかな、他の選手のをもらってきたほうがいいんじゃないですか？　と冗談を言った。学校が創立記念日の日に、雄琴の練習場に見学に行った日のことだった。そして、圭太が首から下げていたりんごのサイダーのボトルを指さして、それ、うまいよね、と笑った。峰岸監督は、自分の親や教師や、近所やテレビで見かけるどんな大人たちよりも、大人に見えた。

三部からの初昇格チームを率いて、リーグ終盤の時点で10位という成績をおさめている峰岸監督には、一部のクラブからのオファーも何件か来ているという噂があるけれども、来季も琵琶湖を指揮すると監督は早々と公言していた。圭太は、最終節を迎える前からすでに、来季が待ちきれなかった。

圭太が初めて琵琶湖トルメンタスを観たのは、四月の二週目の泉大津ディアブロのホームの試合でのことだった。家族全員で二週間に一度、家の最寄り駅から急行で一駅の泉大津ディアブロの試合を観に行くのは、圭太が物心付く前からの習慣で、それが当たり前だった。圭太が受験の時はさすがに家族全員で自粛したが、圭太が高校に受かった時の母親の第一声は、よかった、またこれでみんなでサッカーに行けるなあ、だった。若松家にとってのサッカーとは、他でもない泉大津のホームスタジアムに行くことだった。圭太は、そのことに特別不満を感じているわけではないし、どうせアトレティコ・マドリードやアーセナルFCの本拠地であるスペインやイングランドに行くということはできないのだから、現地での観戦は近くの泉大津のスタジアムで、ということでも悪くないと思っていた。とはいえ去年から今年にかけての泉大津は、いったいどんな山師のような代理人にだまされたのか、スウェーデンからへっぽこな監督を呼んできてすぐに解任したり、圭太の見立てではもう二年ばかり迷走しているフナを相変わらず先発で使い続けたりと、さすがに長年泉大津に付き合っている圭太の我慢も限界寸前というどうしようもなさだった。しかし若松家の他の人々は、勝てないねー、の一言で泉大津の敗戦を流し、何事もなかったように泉大津のスタジアムに通い続けていた。圭太は、毎度帰りのファミレスで、あの選手があそこで決めてればねー、とか、みんな一所懸命だと思うんだけどねー、といった芯のない話にうつつをぬかすことに、次第に疑問を感じるようになっていた。

そんな時分に、琵琶湖トルメンタスは泉大津にやってきた。そして、無名の選手たちの圧倒的な運動量と、明確な目的を持った組織立った動きで泉大津を1-3で粉砕した。母親も父親も、圭太の後ろに座っていた中年の男二人組も、なんだこの三部から上がってきたよくわかんないチーム、と最初は言っていたのだ。いかにも田舎の、金のなさそうなチーム、という声さえ聞こえた。しかし圭太は、もしかしたらこの人たちはやるんじゃないか、と峰岸監督がさっそうと姿を現した時に思ったのだった。予感は当たった。

その試合が終了した時から、圭太にとっては、琵琶湖トルメンタスの紺色とラベンダー色の縦縞（たてじま）のユニフォームも、とても若いかキャリアの終盤かという両極端な年齢構成の選手たちも、そして峰岸監督もみな、かけがえのないかっこいいものになった。それと同時に、泉大津ディアブロが急速に色あせて見えるようになった。自分はいったい今まで何をしていたのだろう、と圭太は思った。

そして圭太は、家族が二週に一回訪れるのとは違うスタジアムに行くために、短期のアルバイトをときどきやるようになった。今は、土日のどちらかはだいたい、近所の倉庫会社で荷物の仕分けのアルバイトをしている。ボードゲーム部の活動には、平日の放課後にきちんと出席している。二年生がおらず、先輩がみんな三年生なので、圭太を含めて入部した三人の一年生はとても大切にされていたので、土日は部活に出られない、と言っても、圭太は咎（とが）められることはなかった。

圭太が琵琶湖の試合を観るために離脱するまで、両親と自分と妹の四人家族は、それまでみんな泉大津のファンだということになっていたのだが、実はその濃淡は様々で、いちばん泉大津を好きなのは母親だった。もともと母親は、父親と交際をしている時期に付き合いでサッカーを観に行っていたのだが、気が付いたら自分の方がチームを好きになっていたという手合いであるらしい。その頃、泉大津はまだ一部に所属していて、優勝争いに絡んだ年もあったのだという。母親は当時のことを誇らしげに、そして夢見るように話す。

二部に降格して久しい泉大津がまた、そのような立場に戻ってくれることを心底信じている。

ないことはないよ、と圭太は頭の中だけの母親との対話で言う。この先も十年見守るんなら、どこかでそういう転機が訪れるかもしれない。けれどもおそらく泉大津は、今のあいまいな方向性か、比較的豊富な資金を根拠にした放漫な補強か、地域に根付いて広く支持を得ていることへの驕(おご)りか、そのすべてを修正しないことには、当分一部には上がれないだろう。ここしばらくは停滞の気配だけがうかがえる。

それと比べたら琵琶湖トルメンタスは、圭太の目には新鮮で、可能性と勢いがあるように映った。二年以内に一部昇格だとかは無理かもしれないが、五年見たら違うかもしれない、と圭太はちゃんと現実を見据えているつもりでいた。年末年始の的外れな補強のニュースを見ながら、これだけ有名な選手が来てお金も使ってるんやし、今年こそは昇格できるかもー、などと言っている母親とは違う。有名な選手が来たから勝てるなんて大間違いだ。それを使いこなせないといけないのに。

今年もあまり泉大津が勝てない、という話をするたびに、母親は、みんな一所懸命やのにねえ、と言う。いや一所懸命なのは本当に誰だって一所懸命で、それがデフォルトで、それ以上のものを模索するのがプロだろう、と圭太は言いたくなるが、黙っている。そして母親は必ず、フナもがんばってるのになあ、と付け加える。母親はいつもフナを心配している。おそらく、フナもフナの家族以上にフナを心配している。圭太がそのことに、子供っぽいひがみを覚えるということは決してないのだが、冷静に、世の中にはもっと心配しなければいけないことがある、と言ってやりたくなる。

そんな母親は、十月に入ってやっと、休みの日に、試合なんやけど？　と圭太に声をかけてくることがなくなった。その代わりに、ごはん代やったらあげるけど？　と声をかけてくる。圭太は、水筒に沸騰したお湯を入れて持っていき、スタジアムの最寄り駅のコンビニでカップ麺を買って席で食べるという食事情が板に付いてきていたので、いらん、と必ず答えるようにしていた。圭太がどうも泉大津とはべつのチームの観戦に行っているということにやっと気が付いた様子の母親は、「泉大津に戻ってこい」というようなことは言わなかったけれども、少しがっかりしているように思えた。圭太はそのことを思い出すたびに、自分の琵琶湖への忠誠と両親への反抗心を秤（はかり）にかけてみるのだが、やはり自分は琵琶湖が好きで観に行っているのであって、親がどうこうという問題ではない、と確信するのだった。

琵琶湖に向かう電車やスタジアムで、ポケットサイズのチームのスケジュール表を眺めつつ、琵琶湖トルメンタスのこれまでの試合を振り返ったり、これからの試合について考える時、圭太は最後に必ず最終節の欄を見ていた。最終節は、琵琶湖のホームスタジアムで、泉大津と対決する。若松家は、泉大津ホームでの試合のほか、関西の近場のアウェイにも足を延ばすけれども、琵琶湖は少し遠いかもしれないと圭太は思っていた。実際、圭太自身も雄琴へは自分の足でやってくるまで連れてこられたことはなかった。

まあどうでもいいけど、と投げ出しながら、その日も圭太は滋賀県に向かう電車に乗った。雨が降りそうだが、ポンチョを忘れてしまったから買わないといけない、よけいな出費だな、だとか、でも雨だからこそバックスタンドのいい席にすべりこめるかもしれない、だとか、そういえばあの選手が内転筋の負傷から帰ってくるが、万全だろうか、ということを考えているうちに、家族のことは忘れてしまった。

夫の仁志と出会ったのは、十八年前のことだった。仁志は得意先の営業で、供子は今と同じように総務の仕事をしていた。その時分は、職場でいちばん年下だったので、外部からの訪問者の応対はだいたい供子がしていたため、仁志は二年間ほど顔見知りの存在だった。ある日、供子が先輩と、お好み焼きの生地の水と小麦粉の比率がよくわからない、母親にたずねても目分量でしか作ってないみたいだし、という話をしていると、仁志がその中に入ってきて、詳しい材料比を教えてくれた。先輩が席を外すと、仁志は、お好み焼き好きなんですか？　と訊いてきて、供子が、好きだけど外で食べたことがない、と答えると、今度一緒に食べに行きましょうよ、おいしいところを知ってるんですよ、と言った。供子と仁志は、当時一部リーグで上位にいた泉大津ディアブロの熱心なファンだった。

仁志はお好み焼きを食べ歩くようになり、そういえば泉大津のスタジアムで食べるお好み焼きはおいしい、という話になって、供子もサッカーを観に行くようになった。そしてそのまま、仁志よりも熱心なファンになり、今に至る。

お互いに高給取りというわけではなく、共働きでなんとかそこそこ、という生活だったが、泉大津のスタジアムの近くに居をかまえ、二週に一回気軽にサッカーを観に行ける状況は、幸せと言ってよかった。圭太と真貴の兄妹も、親のひいき目は抜きにしても、いい子に育ってくれていると思う。そして二人ともしっかりしていた。圭太は体が小さかったけれども、自分でいじめをはねつけるほどには強かったし、兄とは対照的に背が高い真貴も、今のところ問題らしい問題は抱えていない。学校からの帰り道で、友達があやしい男に声をかけられていたところを防犯ベルで撃退したことがあったり、なかなか頼り甲斐もある。学校の成績は、兄の圭太と比べると普通だったが、そもそも供子も仁志も、子供たちに何か分不相応な望みを抱くということはなかった。自分たち程度に幸せになってくれたらそれでいい、と思っていた。そういうわけで供子は、子供たち二人を、もちろん人並みには心配しているし、絶対に傷付くようなことはあってはならないし、そういうものが現れたら自分は命を賭けてでも守らなければならないと確信しているけれども、総じて「心配で心配で夜も眠れない食べるものの味もわからない」というほどには心配したことがなかった。よその心配をかける子を持つ親の話を耳にするにつけ、自分は本当に幸運な親だと、供子は思っていた。

しかしフナのことは常に心配だった。六年前に初めて見た時から、ちょっと不安なところのある選手ではあったが、技術と運動量は確かだったので、期待されていたし、試合に出るたびに、信頼もそれなりに勝ち取っていった。けれども、次第に迷いが出てくるというか、一シーズンのどこかで必ず調子を落とす時期があって、最近はその期間がどうも延びているような気がしてならなかった。結婚し、双子が生まれたので、もっとしっかりするのでは、という予想もくつがえらなかった。今シーズンは副主将もつとめているため、これまで以上にしっかりしてくれないと困るのだが、フナはフナだった。

でも、一所懸命なのよ、と供子は誰かに咎められたわけでもないのに、ずっとフナをかばっている。三年前、チーム内で最も点を取っていたFWの藤沢が六月に負傷して今季絶望かもという事態になった時に、いち早く藤沢の病室に駆けつけたフナは、「フジの怪我は本当に悔やまれるけど、俺たちは一丸となって戦います」と公式より早くツイッターで宣言した。その次の試合では、首位だった倉敷FC相手に、前半0-1と泉大津が一点をとられている展開の中、後半フナがファウルも顧みずに相手選手を止めた後、泉大津は二点を入れて逆転した。『フジのために』を合言葉に、泉大津は五試合連続で先制をひっくり返す展開の試合を続けたのだが、その原動力となっていたのはフナだったと供子は今も思っている。あの時は、毎試合本当におもしろくて仕方がなかった。藤沢が意外に早く戻ってくると、泉大津の試合はなぜか、先制しても守備が甘くて追いつかれるという、それまでよくあった展開に戻っていったのだが。

頼りないがいいやつ。チームのムードメーカー。フナはそういう立場の選手だった。改めて自分で整理して考えてみると、かなり圭太には似ていない。真貴ともほとんど共通点がない。だからこそ、供子はフナを見守り続けるのだろうと自分で思う。フナは、供子の中に有り余る心配の捌け口となってくれているのだ。

それは確かに、言葉にしてしまうととても変な話で、圭太があきれるのも無理がないような気がした。実際、圭太が泉大津のホームスタジアムに来なくなって、おそらく琵琶湖トルメンタスの試合を観に行くようになってから、家族の間には妙な緊張があった。供子も仁志も真貴も、圭太の様子をうかがっているようなところがあって、圭太もそれを自覚しながら釈明はせず（ただ自分の好きなチームを見つけただけだから釈明のしようもないのだろうが）、ただ淡々とときどきアルバイトに行き、交通費やチケット代を稼いで、二週間ごとに滋賀に行っている。

圭太の離反後、供子は、もしかしたら自分は、泉大津ディアブロを観に行くことを家族に強要してきたのかもしれない、と悩むようになった。

まず夫の仁志に、もしかしてサッカー観たくないなと思うことある？　とたずねると、いや、泉大津を観に行こうって言い出したんは自分のほうやし、とちょっと主旨からは外れる答えを返し、圭太の妹の真貴は、そんなことないよべつに、と簡潔に述べた。あの、サッカー行きたくなかったらほんとにええんよ、と圭太以外の二人に言っても、依然として試合にはついてくる。そして帰りにファミレスに寄って、供子の話に付き合ってくれる。

しかしまぎれもなく、家族の中でいちばん泉大津を観たいのは私なのだ、ということに、長らく家族全員でサッカーを観に行ってきた中で供子は初めて気付いたのだった。わざと目をつむってきたわけではないけれども、それはほんの少しだけ気が付きたくない真実だった。

もしかしたら私が琵琶湖トルメンタスに興味を持てば、もっと家族の風通しがよくなるのかもしれない、と供子はこっそり琵琶湖の試合を録画して何試合か観たのだが、この選手泉大津に欲しい、とか、このちっちゃい監督来てくれないかな、とか、うちの選手もこのチームの選手ぐらい走らないかな、といったことばかり考えていて、琵琶湖は厳然と「うち」ではなく「よそ」だった。

仁志も、琵琶湖トルメンタスについての記事をよく読むようになったらしく、夫婦はときどきそのことについて話すようになった。琵琶湖のちっちゃい賢そうな監督さ、ちょっと圭太に似てると思わんか？ と言ってきたのも仁志だった。

「えーそうかな、あの人はメガネかけてへんし」

「いや顔やなくて、雰囲気が」

言われてみたらそうかもしれないし、ただ顔は似ていないと思う。あの人、去年シーズン中に離婚しはってんて、と仁志が言うので、なんでそんなしょうもないこと知ってんのよ、とたずねると、なんか掲示板にそういうこと書いてたよ、という答えが返ってきた。

「奥さんがさ、監督が前にコーチをしてたチームの選手と浮気してたらしい」

「かわいそ……」

「でも私生活に問題抱えながら三部から昇格してくるのはすごいよな」

仁志はそう言いながら、供子が録画した琵琶湖の試合を適当に再生して、お、この選手うちに欲しいな、などと呟いていた。

そしてその次の日曜も圭太は、試合開始の三時間前に家を出ていった。ごはん代についての申し出はできたけれども、夕方から雨になるよ、ポンチョがあるから持って行きなさい、とは言わせてくれなかった。

自分以外の家族が、最終節に琵琶湖トルメンタスのホームスタジアムに来るのかどうかは、結局訊かずじまいに終わった。最終節のキックオフ時刻は十五時で、圭太は十一時に起床した。両親は起きていて、居間やそれに続く食卓で、ぼんやりとそれぞれに過ごしていた。圭太は、居間を横切ってベランダに出て、昨日の夕方に干した琵琶湖トルメンタスのタオルマフラーを取り込んだ。あんまり堂々と琵琶湖のグッズを家の中で出すのは気が引けたけれども、こそこそ自分の部屋に干さなければいけない道理もないと思ったので、圭太は家族の洗濯物と一緒にベランダの物干し竿（ざお）にタオルマフラーを干した。シンプルな

紺色とラベンダー色のストライプに、琵琶湖のシルエットと、それに爪をかけて振り返っている赤いくちばしのオオワシを意匠にしたエンブレムが縫いつけられている。洗面所で手洗いしながら、やっぱりかっこいいな、と圭太は思った。

タオルマフラーと沸かしたお湯を入れた水筒をリュックにしまって、居間を出ていこうとすると、ソファに座ってテレビを観ていた父親が振り向いて、出かけるんやったら気いつけてな、と言った。食卓でコーヒーを注いでいた母親は、今日はいい天気やけど、夜は寒くなるかもしれんよ、と言った。圭太は、わかった、と両方の言葉にうなずいて、リュックのストラップを片方だけ掛けて玄関に向かった。

玄関口に座ってスニーカーの紐(ひも)を結びなおしていると、洗面所から妹の真貴が出てきて、兄ちゃんさ、滋賀県行ってんの？　とたずねてきた。

「行ってるよ」

「琵琶湖っておっきい？」

「そやな、でかいな」

「人泳いだりしてる？」

「どやろ。探したら泳ぐとこはあるかも」

靴紐を結び終わっても、真貴がその場から離れる気配がないので、一回一緒に来てみるか？　と振り返ると、真貴は首を横に振った。

「まあ、遠いわな」

真貴になら、今日は他の家族はどうするのかと訊けないこともないと圭太は思ったが、やはり口にはできなかった。

「私さ、サッカー観たいんかそうでもないんかわからんくなってきて」

真貴が唐突に違う話を始めたので、圭太は、へえ、と続きを促す。

「バスケットボールの女子が観たいと思って」

今年の三月に、BSで試合を観てすごくかっこいいと思ったらしい。圭太は、そうか、とうなずく。

「私背え高いからさ、自分でもやろうと思ってて」

「ええんちゃう」

圭太は、軽く何度か首を縦に振って立ち上がった。真貴は自分と違って背が高い。小学五年ですでに、高校一年の自分と同じぐらいの身長があるし、まだ伸びていきそうだ。ほなな、と圭太は自宅を後にする。両親が今日琵琶湖のスタジアムに来るのかについては、結局訊けなかった。

地元の駅まで歩いていき、まず急行に乗る。圭太の最寄り駅から泉大津のスタジアムの駅までは、急行で一駅で、琵琶湖のスタジアムに行くまでに見かける最初のランドマークは泉大津のスタジアムだった。いつもはそんなことはないのだが、その日は泉大津のスタジアムが懐かしく思えた。母親が大好きなフナのことは、正直諸手を挙げていい選手だとは言えないのだが、ミッドフィールダーの尾久は、ベテランなりに賢く、守備に献身的な選手で好きだった。

現在の順位は、泉大津が9位で琵琶湖が10位だった。どちらも、昇格プレーオフ圏内である6位以内にすべり込むのは難しそうだった。なので消化試合ではあるのだが、見どころがあるとすれば、この試合で琵琶湖が勝てば、最終的な順位が逆転するというところにあるだろう。泉大津と琵琶湖には、大きな因縁はないので、琵琶湖のファンからしたら、一つでも高い順位でシーズンを終えたい、という以上の思い入れはないのだろうけれども、圭太はできれば、琵琶湖は泉大津よりは上の順位で終わってほしいと思っていた。

それから電車を二本乗り換えて、最寄り駅のコンビニでカップ麺と飲み物を買い、シャトルバスに乗って、圭太はキックオフの一時間前に琵琶湖のホームスタジアムに到着した。バックスタンド側で、もっとも真ん中寄りの自由席を探して確保する。いつもはその場でカップ麺をすすった後、本を読みながら試合開始を待つのだが、その日は最終節だったこともあってか、少しスタジアム周辺やコンコースをうろうろしてみようと思った。

貼って剝がせる養生用テープで、携帯用座布団を席に固定して、その場を離れる。アルバイトで稼げるお金も知れているし、交通費もかかるし、試合を観るお金も必要なので、圭太はタオルマフラーよりも値が張るグッズは買わないと決めていたのだが、もう今日でしばらくここに来ることはないし、何か買ってもいいかもしれないなと思った。

家族で泉大津ディアブロを観に行っていた時は、お金のことなんか考えなかった、と圭太は思う。泉大津を応援していた頃はあまりグッズが欲しくなることもなかったのだが、少しでもいいなという素振りを見せると、母親は小遣いとは別に買ってくれた。レプリカのユニフォームはさすがに値が張るので、毎年買うことはなかったけれども、数年前に買ったものを圭太も、両親も、真貴も持っていた。

いざ買ってもいいとなってもそんなに欲しいものもないか、と思いながら、グッズ売場を遠くから眺めていると、たくさんの子供や数人の大人を引き連れて、見慣れた二体の着ぐるみが、弾むような足取りでこちらの方に歩いてくるのが見えた。ぐるぐると巻いた立派な二本の角を生やし、真っ赤な体に泉大津の白黒の縞のユニフォームを着た、泉大津ディアブロのマスコットである子供の悪魔のディアブロと、そのガールフレンドのイズミちゃんだった。

マスコットのディアブロとイズミちゃんは、最終節だからなのか、泉大津から琵琶湖に出張してきているようだった。ディアブロは気の強いいたずらっ子だが、彼女のイズミちゃんにはめっぽう弱く、イズミちゃんは、彼を惑わす小悪魔だけれども、誰よりも泉大津の選手とサポーターを気にかけているけなげでもある女の子という設定である。二人は、泉大津のスタジアムに行けば必ずいるのだが、圭太はものすごく長い間会っていなかったような気がした。ほんの一瞬だけ、鼻の奥がかすかにしびれるような感じがした。

小学一年の時に買ってもらったペンケースや下敷きなどなどの文具一式は、全部泉大津ディアブロのエンブレムやロゴ、マスコットの入ったもので統一されていた。二十四色の色鉛筆まであったことを考えると、泉大津が相当一般に普及しているクラブであるということが今になって理解できる。琵琶湖がそんなものを取り扱えるようになるまで、あと何年かかるのだろう。峰岸監督は、はたしてその時チームにいるのだろうか。そして自分は、その頃には立派な大人になっていたりもするのだろうか。親に連れられて行ったアウェイでの試合を観てファンになったという出自も遠くなって、いっぱしのサポーターになっているのだろうか。

スタジアムのコンコースのグッズ売場では、そのシーズンのグッズの在庫のセールをやっていて、かなりの人だかりができていた。泉大津のユニフォームを着ていたり、タオルマフラーを首から掛けている人たちも何人かいて、琵琶湖のグッズを物色していた。圭太は、自分以外のお客たちの隙間に入り込んで、何が安くなっているかを確認する。エンブレムをかたどったピンバッジが安くなっていて、圭太はそれを手に取り、これください、とワゴンの中にいる人に声をかけた。

その後圭太は、スタジアムの建物をいったん出て、屋台村の方へ行った。からあげや焼きそばといったどこにでもあるものに加えて、少し離れたところに鮒寿司（ふなずし）の店が立つのが琵琶湖のスタジアムグルメの特徴だった。圭太は、あんなくせのあるものを、いったい誰がわざわざサッカーを観に来て買うのだろうといつも思うのだが、静かに訪れた人がぽつぽつと買っていくようで、鮒寿司はいつもひっそりと売られていた。

シーズン最後の贅沢（ぜいたく）にと、近江牛（おうみぎゅう）の牛串を買って食べながら、しばらく鮒寿司の店を眺めたあと、スタジアムに帰ることにした。そして、ゲート正面の壁に貼られている、琵琶湖の選手全員と峰岸監督の、等身大の一・五倍はあるラッピングを見上げ、琵琶湖と泉大津のサポーターが大勢うろうろしている中を歩いて、バックスタンドの自分の席へと戻った。家族が来るかもしれないということは、もう少しも圭太の頭にはなかった。

「お父さんさあ、もう、なんでキックオフ前に鮒寿司なんか買うのよ。においが気になったら困るやないのよ。せめて試合終了後に買ってよ」

「いや、ネットで調べたら、試合終了後やったら売り切れてることがあるって見てさ」

人気やねんて、と仁志は気になって仕方がない様子で鮒寿司の容れ物が入ったビニール袋をのぞく。あのな、俺どうしても買いたいものがあるねん、と言い出したかと思ったらこれだった。

「そんなんさ、途中の駅のどっかで買ったらええやないの」

「スタジアムで買うからええんやんか」

見てこれ、特製の防臭容器に入れてくれんねんで、と仁志は得意げに鮒寿司の容れ物を見せてくる。それ開けんといてよ、試合中には絶対開けんといてよ、と供子は容れ物を指さしながら首を振る。仁志は気にせず、家帰って食うん楽しみやわー、滋賀来てよかった、とほくほくしている。

琵琶湖トルメンタスのホームスタジアムには、初めてやってきた。琵琶湖は去年まで三部にいたし、今シーズンも善戦しているものの、泉大津の動向を追うことで手一杯なので、泉大津以外のチームと対戦する琵琶湖トルメンタスのホームにわざわざ試合を観に行くということはありえなかった。地元から滋賀は遠かったが、日帰りには充分間に合うという距離で、これからはもっと来てみようかしら、と供子は思った。

夫と二人で来た。真貴にも声をかけたのだが、今日はいい、と答えた。圭太に続き、真貴も供子の観戦から離脱するもようとなったが、供子は、そう、ほなみんな遅なるから気を付けてね、晩ごはんは、立て替えといてくれたらお金あげるから、と告げるに留まった。

電車でここに来るまでの間、自分は意外と悲しまなかったな、と供子は考えていた。このままましばらくは夫婦二人での観戦が続き、その後もしかしたら夫もスタジアムに行くのをやめてしまうのかも、と思うと、それはやっぱり寂しいと思ったので、仁志のことは今まで通り大事にしようと決めた。供子の中には、自分自身がスタジアムに行くことに嫌気がさすという未来はなかった。

メインスタンドに向かうゲートの前の壁には、天井から床までいっぱいに、琵琶湖の形とそれにとまって振り返っているワシのエンブレムが描かれている。ワシがくちばしに差している古い紙のようなものには、〈EST2008〉と書かれていて、とても新しいチームなのだな、と供子は実感する。そして、とても新しいチームやねんな、と圭太に話しかけたいと思う。

「圭太、どこの席で観てんねんやろうな」

「どこやろ、あんまりお金もないやろうし、バックスタンドの自由席のところか、ひょっとしたらゴール裏で立ち見やったりするんかな」

供子の疑問に、興味深げに周囲を見回している仁志が答える。

「圭太がゴール裏で飛び跳ねて歌とか歌ったりするの、想像でけへんわ」

「俺も」

夫婦は、メインスタンドのビジター寄りの自由席のチケットを持っていた。最終節は琵琶湖へ行こう、と切り出そうと思ったたまま、何となく言えずにいるうちに、仁志が買ってきたのだった。真貴のは？　と訊くと、小学生やから無料っていうのを琵琶湖やってるらしいで、と仁志は答えた。なんにしろ、必要はなかったわけだが。

圭太の居場所は少しチケットが安いバックスタンドかゴール裏と予想し、自分たちはメインスタンドの自由席を取る、ということは、圭太の動線と交わって圭太に気まずい思いをさせないための夫の気遣いなんだろう、と供子は考え、それを仁志に話すと、へ？　メインのほうが屋台村に近いってネットで読んだから、と仁志はきょとんとした。ハーフタイムにもいろいろ買いに出たいらしい。

「久しぶりのアウェイやねんから、満喫したいやんか」

仁志はそう言いながら、グッズ売場の人だかりを楽しそうに眺めている。供子は、スタジアムの案内図の表示板の前で足を止めて、このスタジアムのあらゆる場所がコンコースでつながっていて、ぐるりと一周できること、一方のチームのグッズを身に付けてさえいなければ、相手チームのサポーターが固まっているゴール裏などのエリアに入ってもよいことなどを把握する。

「圭太、ちゃんと食べれてるかなあ？」

「探す？　俺はどっちでもいいよ」

「いや、ええわやっぱり」

この広い、人でいっぱいのスタジアムで、圭太を探し当てることができてもできなくても、探そうとしたこと自体を圭太は喜ばないような気がした。

次々にすれ違う、琵琶湖トルメンタスのサポーターと思われる、ユニフォームを着たり、タオルマフラーを首から掛けたりしている人々一人一人の顔を心に留めながら、供子は、圭太をよろしくお願いします、とそれぞれに対して心の中でだけ話しかける。そして、自分はもしかしたら今、フナよりも圭太のことを心配しているのかもしれないな、と気が付く。母親としてはそれで当たり前なのだが、それにしても、こんなに圭太のことを心配したのは久しぶりのような気がした。すると、真貴のこともにわかに心配になってきて、携帯を出して『遊びに出るんやったら早めに帰って、家におるんやったら、玄関も居間もいろんなとこの電気をつけて、一人やないふりをしといてね』と書き送る。真貴はすぐに、『わかったよ』と返信してくれる。

そうこうしているうちに、客席の方から大きな音で音楽が鳴り始めるのが聞こえてきた。供子は音楽のことはほとんどわからないのだが、ほとんどわからない上で、最近のCMなどで耳にしたことがある洋楽の曲なので、たぶんそこそこ新しいものなのだろうと思う。泉大津のスタジアムで流れる曲は、だいたい供子や仁志の世代の人間が若い頃によく聴いていたハードロック的な曲だったりするので、琵琶湖のスタジアムで使う曲を決めている人は、自分たちよりずっと若いのだろう。

琵琶湖のゴールキーパーの練習が始まり、仁志が選手名鑑を眺めながら、この人三十七歳かあ、監督より年上やんと言っているのを耳にする。そのうち、泉大津の選手たちもフィールドに出てきて練習を始める。フナはしじゅう、近くにいる選手と談笑している。本当に誰とでも談笑するな、と供子は思う。仁志は、琵琶湖の選手を指さして、あの6番は二十二歳で大卒ルーキー、あの29番は下部組織から上がってきた十八歳、そんであの11番は三十四歳、と自分で整理するように述べる。これから上がっていく駆け出しの若者と、キャリアの終盤のベテランが目立って同居する年齢構成は、あまりお金のないチームによくあるような気がする。

通路を回っているビール売りのお姉さんから、ビールを二人分と、柿の種を一袋買った。選手がいったん引っ込んだかと思うと、再び入場してきて、試合が始まった。

琵琶湖トルメンタスでまず目に付いたのは、やはり監督が小さいことだった。けれども、その小ささには無駄がなく、とても完成されているように見えた。小さな大人、という言葉を供子は思い付き、それがそのまま、八歳ぐらいからの圭太と重なることを不思議に思った。試合が始まると、どれだけ一所懸命にやっていても、なぜかどこか鷹揚に見える、体軀に恵まれた泉大津の選手たちを、あまり大きくも強そうでもない琵琶湖の選手たちは、組織立った素早い動きで追い詰め、次々にボールを奪っては攻撃に転じていった。体が大きく個人技に優れた選手の多い泉大津側は、要所要所でなんとか琵琶湖の攻撃をしのぐのだが、休みなく、無心な様子でトライアル&エラーを繰り返す琵琶湖の選手たち相手では、「なんとか」という言葉を添えないことには説明しきれない状態だった。

押され気味の泉大津を黙って見守っている供子に対して、仁志は、最初は「困ったな」などと首を傾げていたものの、途中から琵琶湖の選手の良い連係プレーや抜け目のない飛び出しに対して、「おお」だとか「いけるぞ打て22番」などと感嘆の呟きを漏らすようになって、供子は複雑な気分になった。しかしさすがに泉大津も、だてに琵琶湖の数倍の予算で動いているわけではなく、琵琶湖の猛攻を防ぎきって、前半は0-0に終わった。

「琵琶湖いいチーム」

「うん。いいチーム」

仁志の言葉に、供子は同意する。圭太がひきつけられたのも無理はないだろう。だからといってじゃあ自分はどうか、琵琶湖を応援できそうか、というと、それはまったく違う話だというのも、供子にはわかった。妙なたとえだけれども、自分たちが犬だとしたら、クラブは飼い主のようなものなのかもしれない、と供子は思った。犬は飼い主を選べない。

圭太は真の泉大津のサポーターではなかったということだろう。そしてこれからは、琵琶湖と苦楽を共にしていくのだろう。

　供子は用を足しに、仁志は買い食いに行くために、いったん席をあとにして、二人とも後半開始の五分後に戻ってきた。琵琶湖の十八歳のDFが、泉大津の選手をペナルティエリア内で倒してPKを与えてしまったのは、その直後だった。泉大津のキッカーである藤沢はそれを決めて、泉大津はリードを奪った。

「どんだけおもんないサッカーをしてもええから、このまま逃げ切るんやで」

「うん」

　すぐに肉を食べ終わってしまった串を握りしめたまま呟く仁志に、供子がうなずきを返したその十秒後、驚くほど早く失点のショックから立ち直った琵琶湖の選手たちは、全力で走り出してあっという間に泉大津の守備を剝がして一点を決めてしまい、試合は1－1の振り出しに戻った。

「メンタルが強いっていうの？　こういう感じ」

「たぶん」

　一人一人は、なかなか貯金できひんとか、女の子にふられたとか、将来どうすんねんとかで悩んでるはずやねんけどな、と仁志はぼそぼそと言った。

　試合終了まであと五分という後半四十分の時点で、琵琶湖はまた一点を入れて逆転し、供子をどん底に叩き落としたのだが、泉大津もそこでは終わらなかった。

前半後半あわせて九十分が終わったあとに与えられた三分のアディショナルタイムで、泉大津側のコーナーキックとなり、藤沢がゴール前に蹴り込んだボールを、フナがヘディングでゴールし、泉大津は一点を返したのだった。フナがヘディングを決めるのを初めて見た供子は、あれ？　と身を乗り出して呆気にとられた後、仁志を振り返り、両手を握り合って喜んだ。きれいなヘディングだった。単にタイミングが合っただけなのかもしれないが、フナは誰よりも高くジャンプしたように供子には見えた。

それからすぐに長い笛が鳴り響き、試合は終了した。最終第42節の琵琶湖トルメンタス対泉大津ディアブロの試合は、引き分けに終わった。周囲の観客ともども、供子と仁志は拍手し、両方のチームへの大きな声援を聞いた。順位は、泉大津が9位、琵琶湖が10位のままだった。

今日はどっちも良かったよな、消化試合みたいなもんやのに、と仁志は言いながら席を立ち上がり、そうやな、と供子は同意する。琵琶湖の選手や監督、スタッフたちが、場内を一周し始める。供子は立ったまま、峰岸監督の姿を探す。峰岸監督はやはり、とてもきりっとした姿勢で、客席の人々に向かって手を挙げている。供子は、監督に向かってなんとなく手を振る。このチームのおかげで、うちの息子は自分で稼ぐことを覚えて、楽しくやってるみたいです。どうか圭太を落胆させせんとってやってください。

「それにしても、去年まで三部やったチームに互角とはな」

「四月には負けたんやから、うちも進歩してるんやないの」

仁志の言葉に、供子はそう答えながら、無数の観客たちに混じってコンコースへと入っていく。仁志は、手すりから外の様子をのぞき見て、ほらほら、鮒寿司の店、完売ってい う札出してるよ、と肩を叩いてくる。供子もそちらを見て、ほんまやなあ、とうなずく。

「圭太が来てなかったら、俺こっちの最終節には来んかったかもやから、これ買えたし感謝するな」

仁志はそう言いながら、うれしそうに鮒寿司の袋を振ってみせる。それうちで食べる時は換気扇回してからにしてよ、と供子は袋を指さして咎める。

スタジアムを出ると、試合を観ていた何千人もの人たちが、ばらばらに駐車場や駐輪場やシャトルバス乗り場へと歩き始める。それぞれのチームにとって、引き分けの現状維持に終わった試合なので、喜びを爆発させるという感じではないのだが、みんな無事に最終節が終わってどこかほっとした顔付きでいる。かつての古豪であり、一部への一日も早い昇格が待たれる泉大津からしたら、シーズン全体の結果はふがいないと言えるものだったが、でもシーズン初期に迷走していた頃と比べたらまだ持ち直した、と供子は評価している。琵琶湖のユニフォームを着たりタオルマフラーを巻いている人たちは、まあまあやったな、だとか、残留できただけでもありがたいと思わな、だとか、冬にどんだけ選手を移籍で持ってかれんのか怖い、などと口々に話し合いながら、穏やかに歩いていた。

シャトルバス乗り場の行列は、泉大津と琵琶湖のファンが半々ぐらいで待っていた。供子はそこでやっと、圭太を見つけた。

供子は、列の最後尾に並びながら、背筋を伸ばしてバスに乗り込んでゆく圭太を見つめていた。表情は見えなかったが、佇（たたず）まいはとてもしっかりしていた。手を振ろうとしてやめた。圭太の後に五人ほどが乗り込んで、満員のバスは乗り場をあとにした。

あいつちょっと背え伸びたんちゃう、と仁志が言うのが聞こえて、供子は、そうかもね、とうなずいた。毎日見ているから、本当はそうじゃないことはよくわかっている。でも、夫にとって息子がそんなふうに見えたことも、供子にはよく理解できた。

第3話　えりちゃんの復活

十四歳年下のいとこのえりちゃんから連絡が来たのは、夏以来のことだった。サッカー観にいこうよサッカー、と言う。最終節さ、鶚(ミサゴ)とやるんだうち、それでそっちに行く。嵐山(あらしやま)行くの初めてなんだ。いろいろ案内してくれたらうれしいな。ヨシミちゃんの都合さえよければだけど。

久しぶりに電話で話して、前会った時とは別人のようだとヨシミは思った。えりちゃんは、大学のゼミでの人間関係がうまくいかなくて、大学三年の後ろの半分を休学した。八か月前の三月に、ヨシミは国内プロサッカー二部リーグのオスプレイ嵐山と三鷹ロスゲレロスの第2節を観に行くついでに、東京の三鷹(みたか)市にあるスタジアムから徒歩十分の所にあるえりちゃんの家に寄って、叔母さんにあいさつし、えりちゃんを伴って鶚対三鷹の試合に行った。なぜかえりちゃんから、ついて行ってもいい？　と打診されたのだった。サッカー好きなの？　と訊(き)くと、そうでもなくて、ただ外に出たいついでって感じかも、とえりちゃんは肩をすくめた。

オスプレイは航空機の名前で有名だが、本来は鳥のミサゴを意味するので、「鶚」とよく呼ばれていて、三鷹のロスゲレロスはスペイン語で「戦士たち」という意味なのだが、語感が語感なので、批判的な文脈では吐瀉物を示す単語で呼ばれたりもする、というヨシミの道すがらの話を、えりちゃんはまったくぴんと来ないという顔で鈍くうなずきながら聞いていた。えりちゃんの家からスタジアムまでの十分の間に、ヨシミは最低でも五回、引き返してもいいよ、ということと、つまらんかったら帰ってくれてもいいよ、と言った。それほど、ヨシミ自身は期待していなかった試合だった。

鶚と三鷹の試合は、後半から小雨が降りだした上に、両チームがPKを獲得して1－1の引き分けという、格下の三鷹に対して気の抜けた展開に終わった。ヨシミは、点が入っただけよかった、と思いながらも、二部に転落してもう三年目に突入したオスプレイ嵐山のクラブとしての停滞と、寒い小雨模様についてえりちゃんにさんざんあやまったのだが、えりちゃんは長い前髪の間から真顔で、いいよべつに、と言うばかりだった。叔母さんは、もう半年学校に行っていないし、外出するのは一か月ぶりぐらいだ、と言っていたので、そんな貴重な機会をこんな試合と天気で台無しにしてしまって、ヨシミはただ申し訳ないと思い、ハーフタイムにえりちゃんに焼きそばとじゃがバターとコーラをおごった。ヨシミからしたら、さめていてただ腹に溜めるためだけのものだったそれらを、えりちゃんはときどき「おいしい」と呟きながら食べていた。あったかくないやんね、ごめんね、とヨシミが言うと、えりちゃんは首を振って、こういうもの、お祭でしか食べないからさ、新鮮かも、と答えた。えりちゃんは、十二月から二月の頭までは一度も外出していないので、初詣にも行かなかったという。ヨシミは初詣に行かないと落ち着かない人間なので、若いからかな、とえりちゃんとの年齢差を感じた。なので余計に、雨の日にぼんやりした試合に付き合わせてすまないと思った。

その帰り、ヨシミは叔母さんの家の近くのファミレスにえりちゃんを連れて行き、あらためてご馳走した。スタジアムでおごったのはもはやチャラという気分だった。ヨシミにとってはそれほど、鶚は知名度に反してつまらない試合をしたし、スタジアムは寒かったのだ。えりちゃんは、ヨシミがひたすらあやまるのに対して、髪を耳にかけながら、いいんだ、いいんだって、と何度も言った。本当に気晴らしになったからさ、オスプレイ嵐山のゴールキーパー、何回もゴール防いでたじゃない、わたしサッカーのことぜんぜんわかんないけど、あれよかった、これからオスプレイの選手がテレビに出たら見るようにするよ。ヨシミは、なんで自分はひきこもっている一回り以上年下の女の子に慰められているんだろう、と情けなさに拍車がかかるのを感じながら、いい、ええよ、あかんねんあのチームもう、開幕戦も負けたし、と首を横に振った。そして、鶚の今シーズンの補強がいかに的外れかということについて、べつに話おもしろくなかったら寝てくれてもええんやけど、という枕をつけて話した。えりちゃんは、陰鬱なヨシミの文句を、仕方がないなあという顔で笑って聞いてくれていた。

その後えりちゃんは、留年はしたものの大学に行くようになり、いつのまにかＣＡ富士山のサポーターになっていた。ＣＡとは、「クラブ・アスレチック」の略だったように思う。家から近い三鷹のスタジアムへ試合を観に行くようになったえりちゃんは、五月に対戦相手としてやってきたCA富士山の、同い年のGKを応援するようになった。U23（二十三歳以下）の代表にも第三GKとして招集されている一之瀬諒太という選手で、サッカーのことはぜんぜんわからないが、とにかくノセがすごくがんばっているのだけはわかる、とのことだった。ヨシミは一之瀬選手のことはまったく知らなかったのだが、調べてみると、CA富士山は、最終節前の現在でリーグ12位という中位の成績のわりに、失点の少なさはリーグで4位とかだったので、とてもいいGKなのだろうとヨシミは思った。

えりちゃんは、富士山のスタジアムやサポーターたちのちょっとのんびりした雰囲気も性に合っていて好きなのだという。本人たちは絶対に必死なのだろうから、失礼かなと思うそうなのだけれども。それ以上に、ひきこもりだったえりちゃんが、山梨という、自宅から遠く離れた富士山のホームスタジアムについて知っていることがヨシミには意外で、どのぐらい行ってるの？　とたずねると、月一ぐらいで、あと自分の家から行きやすい場所にホームがあるクラブのところに富士山が来たらそれも観に行く、と言っていた。相変わらずサッカーのことはわからないが、スタジアムに行くのは好きなのだそうだ。誰か友達と行ってるの？　と訊くと、一人で行っているとのことだった。大学に友達は一人もいない。休学する前の友達とは全員連絡を取らなくなったそうだ。

本当はホームは全試合行きたいし、グッズもいろいろ欲しい、ということで、えりちゃんはアルバイトを始めた。そういうことがわかったのは、夏に一度だけえりちゃんから

「富士山の成績が悪すぎるのだが、このまま三部に降格したりしないだろうか？」という用件で電話がかかってきた時のことだった。えりちゃんがＣＡ富士山の試合を観に行くようになって三か月が経過した時期だった。その時期ＣＡ富士山は、21位か22位の降格圏に低迷していた。その後秋になって突然持ち直したので、富士山には暑さに弱い選手が集まっているのではないかと噂されていた。

えりちゃんのこの九か月について、こんなに短期間で人間は変わるのか、とヨシミは密かに驚いていた。えりちゃんがいくら一之瀬選手が好きだからといって、ＣＡ富士山がそこまで求心力のあるチームであるとは思えないのだけれども、とにかくえりちゃんは家から出るようになり、スタジアムに行くようになり、学校に行くようになり、アルバイトもするようになった。

サポ候補を一人逃したな鶚のえらい人たちよ、とえりちゃんの劇的な変化の話を聞くたびに、ヨシミは思う。他チームの分析をさぼってんのかコネがないのか強化部長が斜め下なことばかり考えてんのかブランド好きなのかわからないのだけれども、資金力のわりにとにかく補強が下手だと思う。ヨシミが鶚の試合を観に行くようになってから五年が経つので、少なくともそれだけの期間、オスプレイ嵐山というクラブは、名前はあるけれども本当にチームに必要なのかという選手ばかりを高額で獲得しては、その後安く放出するということを繰り返している。今年も例に漏れずその流れで、前線の外国人選手に投資しすぎておかしなことになっていた。高額で獲得したその選手は、現在負傷離脱していて、この冬にはブラジルに帰るという話だ。

最終節前の順位は5位の昇格プレーオフ圏内を確保しており、一見悪くはないのだが、3位や4位や6位のクラブはおそらく鶚よりも少ない予算でやりくりしているため、どうしてうちはこんなにお金を使うのが下手なんだろうと情けなく感じる。二部リーグは、年間成績の1位と2位が一部リーグへの自動昇格、3位から6位がトーナメント戦で争われる昇格プレーオフへ回される。最終節になっても、オスプレイ嵐山には、これから対戦するCA富士山と引き分け以上なら昇格プレーオフに行ける、という確定しかなかった。

観戦を始めて五年、一部から二部に降格して三年。ヨシミは、オスプレイ嵐山と関わり続けることに疲れ始めていた。

選手はがんばっていると思う。けれどもヨシミには、オスプレイ嵐山という存在に対して、えりちゃんがCA富士山の一之瀬選手に素直に感動できるというような新鮮な気持ちはもう残っていないし、クラブにもチームにもずっと停滞の気運が漂っていた。遠い過去にリーグ優勝したり、日本代表に選ばれた選手が何人かいたりしたため、知名度は高く、大きなスポンサーがいたり、宣伝の手法が洗練されているチームだったので、一見一流に見えるのだが、そのじつ中に入ってみると、そんな表面的なことばかりじゃなくもっと堅実にやってくれよと思うことが多かった。

「この最終節終わったらさ、富士山のファンになろかな」

「何言ってんの。鶚強いじゃない。プレーオフ行けそうだなんてうらやましいよ」

「富士山はさ、予算あんまりない中でもしっかり運営してるから、あんまりはらはらもせんと思う」

「えー。七月に果物ばっかり出すめっちゃおしゃれなカフェをスタジアムに作って、おしゃれすぎて誰も来なくて一瞬で閉店したりしてたよ」

もうすぐスタジアムの最寄り駅に到着する電車の中で、オスプレイ嵐山の青に白い縦縞(たてじま)のユニフォームを着ている人たちから隠れるように、ヨシミはえりちゃんに愚痴る。いまいちえりちゃんには伝わっていない様子ではあるものの、ヨシミにはそれが微笑(ほほえ)ましかった。

まだキックオフ三時間前なのに、すでにスタジアムに向かっている人はどれだけ熱心なんだ、とヨシミは思う。ヨシミは今日はえりちゃんを伴っているため、例外的に早めにやってきていた。いつもならキックオフ直前にスタジアムに行って、座れる席に座って試合を観て、試合が終わると即座にスタジアムを出る。えりちゃんもヨシミも、ユニフォームは着ていなかった。学生のえりちゃんは、富士山のホームスタジアムへの今後の交通費をとっておくためにユニフォームを買わずじまいで、会社員のヨシミは、ただただそんな気

分になれないからだった。ヨシミにとって鶚は、年々信頼のおけないチームに成り下がっていく一方だった。

「この試合にかってさ、えりちゃんに声かけられへんかったら来んかったかも」

「ええ、余計なことしたかな？」

「あ、声かけてくれたのはうれしかったよ」

嵐山っていう場所自体はおもしろいからさ、とヨシミは付け加えて、口の端を上げて笑い顔を作った。ヨシミも同じようなものだった。えりちゃんは、わたしさ、誰かと観戦すんのヨシミちゃんが初めてなんだ、と言った。

「ヨシミちゃんさ、めっちゃ雰囲気変わったね、三月の試合で会った時は髪わりと長かったのに、今はすっごく短くて、明るくしてさ」

「鶚が負けるたびに切りに行ってたからかな」

確かに、八か月前は肩より下まで髪が伸びていたけれども、今はとても短い。会社でよく話をする定年間近の上司には、セクハラともパワハラとも受け取ってほしくないんやけど、サルみたいやな、と言われた。べつにそれはそれでええねんけど、かっこええし似合ってる。サルはかっこいいでチャラですかね、とヨシミが言うと、まあそんなとこやな、と上司は答えた。

オスプレイ嵐山が負けるたびに、まっすぐ家に帰れず、美容院に寄ったり、本屋で分厚い難しそうな本を買ったり、聴いたことのないバンドのCDを買ったり、手芸屋で素材を買ったりした。本は結局読まなかったし、CDも開封すらしない時があったのだが、手芸は少し覚えた。また、アウェイで試合を観に行って、あまりにもふがいない展開に耐えきれず、試合中にネット通販で衝動的にロードバイクを買ったりもした。そういうことを繰り返しているうちに、ヨシミは、開幕戦から最終節のこれまでの間に、かぎ針編みが少しできるようになり、羊毛フェルトと石塑粘土の扱いを覚え、ロードバイクで通勤するようになり、上司からサルみたいと言われるようになった。

そやわ、これあげる、とヨシミが、CA富士山のチームカラーであるえんじ色を基調としたかぎ針編みのラリエットと、羊毛フェルトで作った富士山のマスコットであるイノシシと、石塑粘土で作った黒と紺の滴形のブローチを入れた紙袋をえりちゃんに押し付けると、えりちゃんはすぐさま中身を見て、すごーい、ありがとう！　と何の含みもなく言った。

「ヨシミちゃん、手芸とかする人だったっけ？」

いや、あんまり会ってないのに決めつけてるようだったらごめんね、と付け加えるえりちゃんに、ヨシミは少し顔をしかめて首を横に振ってみせる。負けるたびに手芸屋に寄って素材を買い込んだり、新しいことを覚えていたのだ、と打ち明けるのはやめにした。

ヨシミが新しい技術に手を染め、髪を切り、色を変え、自転車通勤が板に付いてくることは、鶚が負けていることの証明でもあった。ヨシミは、できれば何も変わりたくなかったのだが、鶚が思ったよりだめなので、遠いところまで来てしまった。本当はこれ以上何かを始めたくないのだ。ヨシミはただ、鷗の試合を観ることが自分にとって気晴らしだった頃に戻りたいとずっと思っている。今は、気晴らしが気晴らしでなくなり、さらにそれのための気晴らしを求めてさまよい歩いているような状態だった。

えりちゃんは、そんなことは露知らず、ラリエットを首に巻いてブローチをジャケットに付け、もうすぐ着くよ、などとうれしそうに言う。とてもいい子だと思う。どうしてこんな子がひきこもり状態になっていたのか、ヨシミは改めて不思議に思った。

スタジアムでは指定席を取っていたため、席の確保をする必要はなかったので、ヨシミはえりちゃんを、大河内山荘や天龍寺や清凉寺といった嵐山の好きな場所に案内した。朝早く東京を出発してきて、歩き詰めもつらいかもしれないと思ったので、人力車に乗る？とえりちゃんに提案したのだけれども、えりちゃんは、お金もったいないから、と首を横に振った。出すよ、とヨシミは言ったけど、えりちゃんはやはり同意しなかった。

竹林の小径を歩いている時に、なんでそんなにがんばって節約して富士山のスタジアムに行きたいの？とヨシミが訊くと、そりゃ生で試合を観たいし、まあでもなんとなくかな、とえりちゃんは答えを返した。

「今も学校すごくいやだし、つまらないと思うよ。バイト先は、自分の親よりも年上の人ばっかりだから、話が合わなくても平気で、気楽だけど、べつに楽しいっていう感じでもない」えりちゃんは、最寄り駅のオフィスビルで掃除のアルバイトをしている。「でもなんか、そう大きなビルなので、転々とするのではなく、そこ専門で働いている。

いうもんだと思えてきて。前は一人で昼ごはん食べるのなんか寂しそうで恥ずかしいとか、話したいことがある時に相手をつかまえられないのって人間として大事なものが欠けてる、みたいに思ってたけど、今はそうは思わなくなった。でもその代わりに、ずーっと一人で冷たい広い川を渡ってる感じ。つまんないのが普通で、でもたまにいいこともあって、それにつかまってなんとかやっていく感じ。富士山の試合があってくれるっていうことはさ、そういうとこに飛び石を置いてもらう感じなのね。とりあえず、スケジュール帳に書き込むことをくれるっていうか。それってなんかむなしそうだけど、でも、勝負がかかってんのは事実なんだから、べつにむなしくもないんだよ」

えりちゃんの話を聞きながら、自分が二十歳とか二十一歳の頃はもっといらいらしてたなあ、とヨシミは思う。友達はいたけれども、理解されていないと苛立つことも多かった。実際、自分も最初はえりちゃんのような気持ちで鵬の試合を観に行っていた。仕事の昇進がふいになり、もう大して好きでもなかったけれども、もしかしたらいつかよりを戻すかもしれないと思っていた元彼が結婚して、それで立ち上がれないほど意気消沈していたというわけではないけれども、とりあえず自分自身以外のことについて考えたかった。ヨシミが観に行き始めた当時の鵬は好調で、一部リーグで2位というところまで上り詰め、何人かの選手が日本代表に選ばれたりして脚光を浴びていた。未来はひたすら明るいかのように見えた。しかし、彼らが海外に移籍したり、他の選手のメディアへの露出が激しくなったり、無策なまま外国人選手の獲得に走った結果、次の次の年に鵬は二部へと降格した。

サッカーに関してはまったく素人のヨシミにも、成功を追い過ぎたことによる組織のひずみが見て取れた。

来年はこのチームを観に行くかどうかわからない、とヨシミは思う。二部に残留する結果なら、もう視界にも入れたくない、応援していたこと自体を忘れたいと思えるぐらいの気持ちになるかもしれないし、もし昇格プレーオフに勝ち残って一部に行けることになっても、これまで我慢して見守ってきたことで、オスプレイ嵐山への忠誠心はほとんど燃え尽きてしまったように思える。

だからたとえば、十年以上も鶚を観ている人はどういう気持ちなのだろう、とヨシミは不思議に思うことがある。フロントの迷走には定評のある鶚の、わけのわからない、いや、わけがわかっているからこそ苛立つ浮沈に付き合わされながら、黙々と、時には大声で鶚を応援している人たちには頭が下がる。電車の中で、青と白の縦縞のユニフォームを着ている人たちから身を隠したのはそのせいでもある。気持ちの揺れている自分は、強い意志を持ってクラブを応援している彼らからしたら、脆弱で恥ずかしい存在であるように思えた。

竹林にも、ぽつりぽつりとだけれども、オスプレイ嵐山のユニフォームを着ている人たちがいる。CA富士山のユニフォームを着ている壮年の男女ともすれちがった。えりちゃんは振り返って、旦那さんのほうが2番の横木で奥さんの方が5番の名村だよ、とヨシミに報告してきた。ヨシミはもはやとうに対戦するチームのことをチェックするのを怠るようになっていたので、えりちゃんの話には鈍いうなずきを返すだけだった。

「名村はさあ、富士山の下部組織からの生え抜きのすごくいい選手なんだけど、息子さんが難しい病気で、甲府市内のお医者さんの所を離れられないんだよね。一部のどっかに行ったら代表にだって選ばれたんじゃないかって言われててさ」えりちゃんは、まるで友達のことでも口にするかのように名村正隆という三十歳の守備に定評があるＭＦについて話し続ける。「でも、息子さんの病気が最近完治したって先週インタビューでわかって、一部のどこかに移籍するんじゃないかって言われ出してさ」

選手がある土地を選んでそこに留まり続けることにはさまざまな理由がある。そういう話をえりちゃんとする日が来るとは、ヨシミは想像したこともなかった。えりちゃんは伸びをして、あー名村行ってほしくないなあ、でも富士山はまだまだ一部に上がれそうにないから、一部で活躍もしてほしいんだよなあ、と言いながら、竹林の出口へと歩いていった。

スタジアムには、キックオフの一時間前に到着した。外で何か食べてもよかったのだけれども、えりちゃんは嵐山のスタジアムで売られているメニューについてよく調べてきて

いて、ちりめん山椒と昆布のおにぎりとからあげのセットが食べたい、と希望を出した。鶚のやることなすことが気に入らなくなっていたヨシミは、ただのおにぎりとからあげよ？　とえりちゃんに念を押したのだが、えりちゃんは、ちりめん山椒なんかスタジアムでなかなかないから食べたいんだって、と返答した。

メインスタンド側の、両チームのサポーターが入れる指定席のエリアは、空席がちらほらある程度で、やっぱり最終節だから混んでるのかな、とヨシミは思った。早めにえりちゃんから連絡をもらって、席を取っておいてよかった。ユニフォームを着た人は三割程度で、他の人は私服にタオルマフラーを巻いていたり、クラブが売っているウインドブレーカーやジャケットを身に付けていた。皆、コンコースで売っている焼きそばやせんべいや生八つ橋を食べたり、入場と同時にもらえるマッチデープログラムを眺めたり、連れの人と談笑したりしながら、それなりに充実した様子で座っていた。ヨシミは手あたり次第、彼らに、どう思います？　このままプレーオフ行けても惰性だと思いません？　もうこの試合なんか落として、今年は徹底的に望みを断って、フロントにヤキを入れた方がいいと思いません？　などと終末論者のような話を吹っかけてしまいたい衝動をこらえる。

一方、ちりめん山椒を食べるのは小学生の時におみやげでもらって以来だというえりちゃんは、何これ、甘辛いのとすっとするのが同時にきておいしい、とうれしそうにおにぎりを食べていた。CA富士山のスタジアムでは何が好きなの？　とヨシミがたずねると、干し柿と、巨峰のジュレとかかなあ、えりちゃんは考えながら答えて、おにぎりの最後の一口を食べた。そして、ヨシミちゃんも来年富士山のスタジアムにおいでよ、と両手をすり合わせて払った。ぜひ鶚の試合じゃない試合で、とヨシミが言うと、なんでそんな頑なに鶚をおとしめるんだよ、とえりちゃんは笑った。

その誘いは、ヨシミにはとてもうれしいものだったし、えりちゃんがよろこんでおにぎりを食べる様子を見られただけでも、ここに来た甲斐がある、とヨシミは思った。たぶんもう、九割がたは目的を達成している、と自分に言い聞かせようとした。だからこの試合は、どれだけ鶚がふがいなくてもよしとしようじゃないか。というかもう、自分と鶚はそんなに深い関係でもなくなっていたはずだ。十月の二週目、当時最下位だったネプタドーレ弘前にホームで0-2で負けて、順位を8位まで落として、人生で初めてブーイングをして、そしてにわかに仕事が忙しくなって、それを言い訳にスタジアムへ足を運ぶことも、録画した試合を家でまともに観ることもやめてしまって、もう鶚がどうなろうとどうでもいい、と思い始めていたはずだ。

だからもう、負けてもいい。ヨシミはそう思いながら、大型ビジョンに映し出される、ホームタウン活動の報告映像をぼんやり眺めていた。オスプレイ嵐山のマスコットである、鶚をかたどったアラシが、地元の幼稚園を訪ねたり工場見学をしたりしていた。

「アラシってかっこいいね。うちのボーアくんはなんか、うり坊がモチーフになってるから、牙とかあってもどうしても幼い感じになっちゃって」

ＣＡ富士山のマスコットキャラクターは、勝利に向かって一直線に突き進む富士山麓のイノシシ、の子供という設定のボーアくんという。つぶらな瞳に牙があって、ぽっちゃりした体つきのボーアくんは、造形の愛らしさもあってCA富士山の順位や知名度のわりには人気者である。ヨシミも、えりちゃんにあげた羊毛フェルトのぬいぐるみを作る作業の間に何度もボーアくんの画像を見ているうちに愛着がわいてきた。

「でもボーアくんって丸みがあって、飽きがこないデザインよね。アラシもいいんやけど、ちょっと鋭い感じすぎてグッズとか持ちにくい」

でも去年のタオルマフラーはアラシのデザインのを買ったわ、とヨシミが続けると、好きなんじゃない、とえりちゃんはヨシミの腕を軽く叩(たた)いた。そうなんだろうな、とヨシミは思った。クラブの方針を嫌いになっても、マスコットや選手たちのことは嫌いにはなれない。

試合開始まで三十分を切ったので、ヨシミは選手紹介の前に用を足しに行くことにする。えりちゃんに荷物を見ていてくれるように頼み、席を立ってスタジアムのコンコースの中へと入っていく。タオルマフラーを首から掛けて、ビールを片手に談笑している三十代なかばぐらいに見える男性たち、壁際でひたすらスマホを操作しているユニフォーム姿の女の子、からあげを食べたいのか食べたくないのか子供たちにたずねている若い父親、せんべいを食べながら帰りの食事場所について話し合っているヨシミの母親ぐらいの年の女性の三人組など、スタジアムにはいろいろな人がいる。映画館やライブ会場など、ヨシミが出かけたことのあるさまざまな人が集まる場所の中でも、サッカーのスタジアムはもっとも誰がいてもおかしくない空間であるように思える。ヨシミはこれまでほとんどの試合を一人で観戦してきたのだが、そのせいか、疎外感を感じたことは一度もなかった。そこに集まる人が大勢で多様であればあるほど、自分が一人であることだとか、他人が自分を知らないことを受け入れられるというのは、逆説じみていていつも不思議だった。

鏡を見て少し身だしなみを整えた後、トイレから出ると、コンコース内で今売り出し中の〈生八つ橋パフェ〉の屋台に、見覚えはあるけれどもまったく名前のわからない、どこで会ったのかも定かではない男の人を見かけ、ヨシミは歩くのをやめる。そして、行き交う人の邪魔にならないように壁際に寄って、首をひねりながら記憶をたどる。ヨシミと同い年ぐらいの男の人は、少し年下と思しきユニフォーム姿の女性と一緒にいて、腰に手を回したり、女性の顔に頭を寄せたり、親しげにふるまっている。

ヨシミはしばらく考え、そういえば、と思い出して、顔から少し血の気が引くのを感じる。八月の伊勢志摩ユナイテッドとの試合の帰りのことだ。駅のホームのいちばん隅のベンチでぼんやりしていると、男性が隣に座ったのだ。ナイトゲームだったが、気温は三十四度を超えるという過酷な暑さだった。終了間際、わずか二分のアディショナルタイムの間に、伊勢志摩に二点を入れられて敗北した、情けない試合の後だった。暑いわ試合はひどいわ電車は乗り逃すわで、自分はおかしくなっていた、とヨシミは今にして思う。それらのことをひとりでは引き受けられなくて、ヨシミは思わず、鶚のタオルを首から掛けたその男性に話しかけたのだった。

男性は、確かに今の鶚は目も当てられない、とヨシミの話に同意した。けれども、自分の知っている筋からの情報によると、まだあと数件補強があるらしい、と男性は含みを持って話した。それはインサイダーの話なので、これ以上は言えない、と話す男性に、ヨシミが、教えてくださいよ、と食い下がると、男性はあっさりと、その時低迷していた奈良ＦＣから若いフォワードを期限付き移籍で獲るかもしれないという話をした。飛山将斗というその選手は、奈良の下部組織出身で、Ｕ23の日本代表への選出のうわさもあり、その時点でかなり得点もしていたため、ヨシミはとても喜んだ。

　今シーズンの鶚は、フォワードが期待はずれなので飛山が来たらシーズン後半は期待できるのではないか、と話すヨシミを、男性は笑いながらじっと見ていた。そして、ヨシミの話の切れ目で言ったのだった。これから呑もうよ、と。どこでですか、とヨシミはたずねた。京都のどっかで、と男性は答えた。駅の近くに住んでるからさ、宅呑みでもいいよ、と男性は言った。ヨシミは、男性がなんとなく距離を詰めてきていて、自分も鶚の情けない敗戦を受け入れられないため、それをどうするかという思考力も低下しているということはわかっていた。

　外では話せない内密な情報でも、家でなら話せるからさ、と男性は続けた。ヨシミは、男性の顔を見ながら、好みではないわけではない、と思った。たぶん、世の中でもまったく悪くない部類に入るだろう。電車が来て、ヨシミは男性の後について車両に乗り込もうとしたのだが、奈良の下部組織出身であり、ずっと奈良でプレーすることが自分の夢だ、と以前何かの番組で細い目を輝かせて語っていた飛山将斗の顔を思い出して立ち止まった。いや、飛山に来てもらっても、鶚は上手に成長させられるだろうか、と思った。鶚なんかに飛山はもったいない。

動きを止めたヨシミを、男性は振り返って、なんで乗らへんの、と少し責めるように言った。ヨシミはそのまま駅のホームに留まり、電車はドアを閉めて発車した。それからしばらくして八月は終わったが、飛山将斗は鶚には来ず、最終節の今日も奈良でプレーしている。

べつに男性について行って妙なことになっても、そんなにものすごく後悔するという感じでもなかったかもしれない、とヨシミはそれからときどき思い返していたが、それもだいたい三週間ぐらいのことで、その間も、鶚は不穏な引き分けや、情けない負けや、勝ってもPK獲得による一点を死守しての逃げ切りというぱっとしない試合をし続け、ヨシミは男性のことは忘れていた。それが今日になって突然目の前に現れて、ぎょっとしたのだった。

男性が、鶚のユニフォームを着た連れの女性に、どこかねっとりと腕を回している様子を見ながら、やっぱりついていかなくてよかったのかも、とヨシミは思う。そのままコンコースを出ようとすると、からあげの行列がなくなっているのが見えたので、一カップ購入して席へ戻った。

えりちゃんは、マッチデープログラムを熟読していて、からあげ食べる？　とヨシミがたずねると、さっき食べたから今はいいや、ハーフタイムでもらっていいかな、と答えた。

「鶚お金あるんだなあ。うちのこのプログラム、もっとペラペラの紙だもん」

あ、この人、病院に置いてたファッション誌で見たことある、とえりちゃんは記事の中の選手を指さし、ヨシミは軽く引きつった笑いを浮かべた。えりちゃんの感想は、お金持ちそう、こんなおしゃれな人富士山にはいないよ、とのことだった。

「ええのよおしゃれかどうかなんて」

「えー大事なんじゃないの。富士山の広報の人のブログ読んでたらさ、女性ファン獲得のためには選手の容姿の向上についても考えないといけないかもしれないですね、って真剣に悩んでたよ」

実際ノセは十八歳までスウェット以外の私服持ってなかったらしいし、とえりちゃんが言うので、ヨシミは、逆にかっこいいよ、それ、と答える。えりちゃんの、磨けば光ると思うんだけどなー、という話を聞きながら、ヨシミが、本人が気付いちゃうととたんにつまらんくなったりするよ、という言葉を用意していると、三列前の空席に、先ほどコンコースで見かけた男性と女性が戻ってきたので、ヨシミは息を呑んだ。

からあげに爪楊枝（つまようじ）を刺して、持ち上げようとしたまま動きを止めているヨシミに、えりちゃんは、どうしたの、と声をかける。ヨシミは我に返って、いや、べつに、とからあげを口に運ぶ。スタジアム通いで食べ慣れた、いつものさめた、でも衣はけっこうおいしいからあげだった。

ヨシミは、ちょっとだけ会ったことがある人がおって、と遅れて言った。朝からえりちゃんといてみて、自分がオスプレイ嵐山の敗北に打ちのめされすぎて、なんだかよくわからない男についていきそうになったという事実について、えりちゃんに対しては、隠すこともないかと思えたのだった。かといって、殊更に言いたい話でもないけれども。

選手紹介が始まり、スタジアムの音楽が煽り立てるように音量を増す中、ヨシミは、三列前の男性とのちょっとした出来事についてえりちゃんに話した。えりちゃんはそれを黙って聞いていた。そのついでに、自分が鷗が情けない試合をするたびに、ロードバイクを買ったり、かぎ針編みを始めたりしていたことについても打ち明けた。そやからさ、ほんとに来年も鷗を観続けるんやったら、なんかもう顔の整形とかまでいってまいそうでさ、という言葉で話を終えると、えりちゃんは笑った。そして少しだけ間を置いて、話を始めた。

「大学に行けなくなったのはね、夏休みに友達三人と旅行に行って、わたしだけが早く寝ついて、それから夜中に目が覚めた時に、他の三人のうちの一人がわたしの彼氏とできちゃったことについて相談してたからなんだ」

鷗の選手紹介のＢＧＭは、Ｕ２の〈ホエア・ザ・ストリーツ・ハヴ・ノー・ネイム〉だった。ヨシミはそれを聴くたびに、スタジアムの音楽を決める人がどういう年代の人かわからないけれども、よくもそんな中途半端に昔の曲を出してくるなと思っていた。いいというわけでも悪いというわけでもなかった。Ｕ２はヨシミにとって、好きなバンドでも嫌いなバンドでもなかった。

えりちゃんの声は、スタジアムＤＪの大仰な言い回しと、ボノの声の合間を縫って、ヨシミの耳に届いた。少し大きな声を出していた。スタジアムでなければ、そんな声量で語るような内容ではなかっただろう。それでもえりちゃんは続けた。

「『恵梨は純粋だからね、それで視野が狭くなっちゃってて、牧原くんの気持ちがもうないことに気が付かなかったんだよ。しかたないよ』って」

大型ビジョンには、最後の控えの選手が映し出されていた。ヨシミは、後はもう監督が紹介されて終わりだということを知っていた。

「『純粋』ってなんなんだろうね、『まぬけ』をいいように言い換えたつもりだったのかな」

選手紹介の映像が終わり、マスコットのアラシに先導されて、審判たちが、そして選手たちがピッチに入場し始めると、えりちゃんは口をつぐんで、じっとそちらに視線を向けるようになった。ＣＡ富士山のＧＫである一之瀬が入場してくると、えりちゃんは、ノセ、がんばれ！　と言いながら、頭の斜め上に右手の拳を上げて振った。その様子は力強かった。

この最終節のオスプレイ嵐山対ＣＡ富士山は、鶚にとっては昇格プレーオフ出場がかかっているため負けられない、しかし必勝というわけでもない、そして富士山にとっては消化試合、といういずれもどうも微妙なモチベーションの試合ではあったが、どちらにもたくさんチャンスがあって、そしてそれをお互いにことごとくへし折るという、観ていてじりじりする内容になった。

七割は鶚が攻めていたのだが、えりちゃんが応援しているGKの一之瀬は、的確なセービングで富士山のゴールを守り続けた。鶚は結局、シーズンを通して連係をとり泥(なず)んでいたということが判明して、ヨシミはがっかりしたが、えりちゃんが病院で読んだファッション誌に出ていたというFWの外山裕樹(そとやまひろき)が、仲間の動きをよく見た走り出しで、何度かいいシュートを放っていた。

ハーフタイムになり、ヨシミが、一之瀬はいい選手やなあ、うらやましいよ、とえりちゃんに言うと、えりちゃんは、ヨシミの余りのさめたからあげをつまみながら一之瀬について詳しいことを教えてくれた。一之瀬は、リーグ一部のチームの下部組織で育ち、高三でトップチームに上がったものの怪我(けが)をして長いリハビリ生活に入り、完治した後も出場機会が得られず、レンタルで富士山に出されて、そのまま完全移籍したのだという。一年前はおそらく、サッカー選手のそんな細かい動向になんて何もかまっていなかったはずのえりちゃんが、すらすらと説明してみせるのがヨシミにはおかしかった。

後半に入って二十分が経過し、富士山が攻勢に出始めた頃合いで、鶚の主将でディフェンダーの大北が、乱暴なスライディングでボールを奪おうとして富士山の選手を転倒させてしまい、イエローカードを出された。富士山が押してるし、一点取られでもしたらプレーオフ逃すかもしれないし、焦ってたんだろうな、とヨシミは思った。気持ちはわかるけど今カードもらってる場合じゃないだろうキャプテン！　と大北の両肩をつかんで揺さぶりたいような気分になっていることで、ヨシミは、やはり自分はオスプレイ嵐山に勝ってほしいのだと気が付いて、少し愕然（がくぜん）とした。大北はこれで累積警告が三回になった。

　鶚が慎重な守備を強いられる展開の中、ＣＡ富士山はますます勢いづき、速い攻撃に出たのだが、シーズンを通して決定力不足が指摘されてきたように、なかなか嵐山のゴールを割ることはできなかった。どうしても肝心なところで、ボールがゴールのクロスバーの斜め上に飛んでいったり、ゴールポストの横に外れてしまったりする。横でえりちゃんが、もっと練習してよお、とものすごく当たり前のことを呟いていた。

　とはいえ、ＣＡ富士山は11位に終わるか12位に終わるかぐらいのものしかかかっていない中でも、試合を流すことはなく、果敢に鶚のゴールを脅かし続けた。ヨシミには、このまま０－０で試合が終了し、またこんなすっきりしない展開のまま、惰性みたいにプレーオフに進出だけはする、といううんざりするような未来が見えかかっていたのだが、後半四十二分のところで流れが変わった。鶚のＧＫが、富士山の選手のシュートを防いだところから、右サイドで次々とパスがつながり、あっというまに敵陣深くまでやってきた鶚の選手がゴール前にクロスを上げ、ジャンプした外山がそれをボレーシュートした。富士山のＧＫの一之瀬は、一度はそれを防ぎ、しかしその後、鶚の別の選手がこぼれ球を蹴り込もうとし、またも一之瀬はそれを掻（か）き出した。二度にわたって一之瀬にゴールを防がれた鶚だったが、転んで起き上がった外山は、飛び出してきた一之瀬をなんとかかわして、ゴール前の混乱を抜け出し、ボールを蹴り込んだ。ボールはゴールネットに突き刺さり、観客たちは立ち上がって大騒ぎした。そしてその興奮がさめやらないまま、オスプレイ嵐山が一点を守って1‐0で試合は終了となった。

終了の笛が吹かれると同時に、メインスタンドとバックスタンドのホーム側の人々は、立ち上がって拍手したり叫んだりして、鶚の勝利を讃（たた）えた。歓声につられるように、ヨシミも思わず立ち上がって、両腕を頭の上で振った。いつもの鶚なら、たぶん引き分けに持ち込んでいただろうと思われる展開で、試合終了直前で一点を取って勝ったのは、ヨシミには大きなことのように思えた。自分はこのチームに勝って欲しかったのだ、と思った。どれだけしょうもない試合をしても、でも最終的に勝つところをどうしても見たいと自分は思っていたのだ、とヨシミは気が付いた。両目が痛くなった。涙が出そうだったが泣かなかった。

改めて、わけのわからない気持ちだと思った。なぜ縁もゆかりもない、勝ったからといって自分に何の利得もないこのチームに、どうしても勝って欲しいと思うのか。それはおそらく、ヨシミがこのチームを好きだからなのだけれども、そもそもどうして人間は、サッカーチームなんていうものを好きになるのか。

わからない、と思いながら、ヨシミはピッチを見つめていた。両チームの選手たちが横に並んであいさつをしていた。マスコットのアラシが、両腕を何度も突き上げて、拍手をしながら選手たちの周りをうろうろしていた。

あー負けちゃったよー、というえりちゃんの声はとても軽くて、わざわざ東京から来てくれたのに富士山が負けてしまい申し訳ない、というヨシミの罪悪感を打ち消した。

「富士山、すごいよかったよね。来年はプレーオフ行くかも」

「どうかなー、抜けそうな選手いっぱいいるしなあ」

えりちゃんは、富士山は若くて給料が安いわりにいい選手が多いので、いつもシーズンオフには上位のチームの草刈り場になるんだ、と話した。まだＣＡ富士山を応援し始めて一年も経っていないえりちゃんだが、その口ぶりは、もう何年も見てきたかのような愛着と慣れを感じさせた。とても好きなんだろう、とヨシミは思った。ちょっとでもどこかのクラブの応援を始めたらわかってくる。チームにはきっといいことも悪いことも待っているだろう、でもそれを承知でついていくのだ。いい時も悪い時も。

最終節なので、ホームのオスプレイ嵐山は、セレモニーを行った。社長があいさつをして、主将の大北が警告を受けたことを詫びた。気にしてへんよ！　という声が観客席から飛ぶと、三十五歳の大北ははにかむように笑った。プレーオフは絶対勝ち進んで、一部に昇格します、と大北は言った。次はカードもらったらあかんよ！　という声が飛んでくると、大北は、もらいません！　と大きな声で言って話を締めくくった。その後、選手とスタッフたちは、ゆっくりとピッチの周りを一周して、観客たちに手を振って回った。ヨシミとえりちゃんがいるあたりでも、何人かが席を立って階段を降り、前の方へと寄って選手たちに手を振ったり、名前を呼んだり、がんばって、と叫んだりしている。ヨシミちゃんは前行かないの？　とえりちゃんに訊かれたのだが、ヨシミは、今はいいや、と答えた。

「そうだ、ヨシミちゃんにはあとプレーオフのもう一試合、決勝に進むと二試合あるもんね。いいなあ」

　わたしも富士山をあと二試合観たい！　とえりちゃんは続けた。ヨシミは、えりちゃんの肩を叩いた。自分はえりちゃんとすごく親しくしてきたわけじゃないけれども、傷付いて学校に行けなくなったえりちゃんを、よくここまで楽しめるようにさせてくれた、とヨシミはCA富士山というクラブに感謝した。試合の直前に聞いた話について、そいつら最低やな、元気出して、と言おうとしたけれども、とりあえず今は必要ないだろうとヨシミは思った。でも、えりちゃんが京都にいる間のいつかには必ず言うと決めた。

「鶚、プレーオフ勝つといいね」

「わからんよ。また変な試合して、自分も落ち込んでどうなるかわからんし」

「したらいいじゃない、整形」

　えりちゃんが笑って言う。ヨシミも笑う。

「じゃあ鼻を高くしたいなあ」

「整形してもさ、遠征のお金残しといてね。こっちにもサッカー観に来てよ、富士山でも、三鷹でも。一部に上がれたら、どっか東京に近いチームとの試合でも」

　ヨシミは軽く何度かうなずいた。スタジアムでは、またU2の〈ウルトラ・ヴァイオレット〉が流れていた。曲調はともかくとしてこの曲の歌詞さあ、こんなサッカーの試合の後に流すようなもんやないと思うんやけどな、べたっとしたラブソングで、とヨシミが言うと、えりちゃんは、U2ってなに？　と訊き返してきた。ヨシミは、やっぱり年がぜんぜん違うな、と思いながら、この曲のバンド、アイルランドのバンド、と答えた。えりちゃんは、そうなんだ、と音が鳴っているところを探すように顔を上げた。

夕方の風が昨日より冷たさを増したのを感じた。冬はもう目の前だった。

第4話　眼鏡の町の漂着

メガネをかけてつつじの花を頭につけたレッサーパンダの女の子のマスコットなんて何がかわいいのだろう、と吉原さんからイラストを見せられて説明された時は思った。そもそも香里は、ディズニーや他のゆるキャラなどの着ぐるみを見ても何とも思わないたちだった。しかし今は、スタジアムに行くたびに鯖江アザレアＳＣのつつちゃんの写真を撮ってきては、昼休みに後輩の笠井さんに見てもらっている。笠井さんはもういいかげんにしてくれと思っているはずなのだが、今もなぜか黙って見てくれている。五月の連休明けの昼休みに、「すごく楽しそうだったんですけど、スマホで何見てたんですか」とうっかり香里にたずねてしまったことの責任をずっと取ってくれているつもりなのかもしれない。普通そんなこと人に訊かなくない？　と香里が指摘すると、普通訊きませんけど、尋常じゃないぐらい楽しそうだったんですよ、と笠井さんは肩をすくめた。

　最終節の試合の相手は、倉敷ＦＣだった。香里は、電車が駅に到着する寸前に目を覚まし、あわてて鯖江対倉敷の最終節で開催されるイベントをチェックして、つつちゃんがスタジアムに出店しているスイーツ屋台の店員さんをやるらしいと知り、小さく「よし」と呟く。

そしてまもなく、電車が鯖江駅に停車する。二年前までは何の縁もない駅だったし、それからしばらくも、単に付き合いで二か月に一度ほどやってくるだけの場所だったが、今年の三月からは、だいたい二週に一度訪れている。毎回ペットボトルのお茶を買う、駅の待合室に併設されたコンビニの二十歳ぐらいの女性の店員さんとも顔見知りになった。彼女の五歳の甥っ子は鯖江アザレアのファンなのだそうだ。今日も、こんにちは、と声をかけられたので、香里は、こんにちは、と返した。今日は勝つといいですね、と店員さんは続け、本当にそうですよね、と香里は答えた。二年前には、鯖江アザレアSCなどというものの存在さえ知らなかったというのに、心の底からそう答えた。

駅前のシャトルバス乗り場には、すでに十人ほどの行列ができていて、時間を確認すると、前のバスが行ってしまった直後だった。往復の乗車券を買って、列のいちばん後ろに回る。二列前には、四月の初めの頃にバックスタンドで隣になり、余ってるから、とあんぱんをくれた若い夫婦の旦那さんの方がいて、香里は、こんにちは、と声をかける。雨の日の寒い中での観戦で、二人は香里に水筒に入った温かいコーヒーも分けてくれた。とてもありがたかった。

「こんにちは。捜してる人の行方わかりました？」

「いや、まだわかんないんですけど」

「そうかあ。うちも近所にあたってみたりしてるんだけど、なかなかでね。ごめんなさいね」

　そう言っているうちに、奥さんが帰ってきて、あーおひさしぶり、と香里に手を振る。香里も、おひさしぶりです、と頭を下げる。

「あれから見つかったって？」

「訊いたけどだめなんだってさ」

「そうかあ。このへんには帰ってないのかもねえ」

夫婦は二人で話し合ったのち、香里を振り返って、いつか会えますよ！　と励ましてくれる。香里はうなずきながら、すみません、と答える。やりとりをしているうちに行列が折り返して、香里の隣にも人がやってきたので、自分の後ろに並んだ人々を数えると、三十人ほどが集まってきていた。

　香里が列に並び始めてから十五分ほどして、シャトルバスがやってきた。バスは循環している数台のうちで一台だけ走っている、鯖江アザレアのメガネが五つとつつじの花が三輪描かれた盾がモチーフのエンブレムがラッピングされた車体で、行列の数人はそれを見て小さく声をあげた。香里も、そのバスに乗るのは二回目であったものの、晴れの日に見るのは初めてだったので、携帯で写真を撮る。

　行列が動き始めて、香里はつつちゃんの顔の耳付きキャップをかぶった女の子とすれ違い、やっぱりあれ買っとけばよかったなあ、と後悔する。帽子単体で見たら微妙なのだが、実際着用している様子を見るとすごくかわいく見えるのだ。キャップは先々週鯖江のホームスタジアムに来た時に売店で在庫をたずねたのだが、売り切れだった。

バスに乗り込んで、一番奥から一つ手前の席が二つ空いていたので窓側に座る。行列の最後の一人が乗り込んでも、香里の隣は空いていて、このまま出発するのかなと思ったところで、駅の改札の方から走ってくる男の人がいるのが見えた。自分や吉原さんとだいたい同い年ぐらいの人だった。

『自分や吉原さん』だなんて自分はいつまで考えているのだ。

身を乗り出して、バスの運転手さんの様子を見てみると、運転手さんは乗降口の方を向いて、じっと様子を見ている。その人が最後の乗客になるのだろう。バスは発車時刻を少しだけ過ぎており、男の人は、乗車券を売っている年輩の男性ボランティアさんに平謝りをして、そしてバスの運転手さんにもすみませんと言いながら、バスに乗り込んできた。ユニフォームも着ていないしタオルマフラーも持っていない、バッグもキーホルダーも何も鯖江のグッズは持っていない、かといって対戦相手の倉敷FCのチームカラーである紫の何かを身につけているわけでもなさそうだった。そういう人もいる。香里も、スタジアムに来始めた頃はまったく鯖江のグッズを欲しいと思ったことがなかった。吉原さんもそう言っていた。デザインがあんまり良くないからね。

男の人は、バスの座席の真ん中の通路を歩きながら、きょろきょろと空席を探し、やがて香里の隣の席を指さし、ここ、空いてますか、とたずねてきた。香里はうなずき、男の人はすみませんとそこに腰掛け、バスが動き出した。

約九か月前の、今シーズンの開幕戦の日まで付き合っていた吉原さんとは、大学の大規模な同窓会で出会った。違う学部で、しかも吉原さんは二年の時に中退していたので、本来は接点がなかったはずなのだが、友達の友達ということで吉原さんは香里の前に現れた。顔が好みだ、と最初に思った。話もおもしろかった。旅行が好きなんだ、とアメリカやヨーロッパのいろんな場所を貧乏旅行した話を聞かせてくれた。スペインの、サッカースタジアムのある場所をいろいろ回ったという話が特におもしろかった。

香里は名刺をもらい、フリーのコピーライターだという吉原さんの仕事場兼自宅と、自分の職場が近いことを知って、食事に誘った。吉原さんはその時、八つ年下でフリーターの女の子と付き合っていたのだけれども、すぐに別れて、しばらくしてから香里と付き合うようになった。前の女の子と別れた理由については、なんていうか、しっかりしてなかったんだよね、と吉原さんは言っていた。食事の店を決めるのが常に自分だったり、誕生日のプレゼントが手作りの甘いばっかりのケーキだったりしたのが何か興ざめだったのだという。自分は行きたい店は割り勘でも一人でも行きたいし、普段の食事は作っても甘いものは作らないから大丈夫だ、と香里は言った。香里は、特に自分で自覚もないのだが、当たり前に自立した女性だった。

吉原さんとは気が合う、と香里は思っていた。香里が勧める映画や本を、吉原さんはだいたいおもしろがっていたし、香里も同じように吉原さんの勧めるものをおもしろがった。吉原さんの故郷のサッカーチームの試合を観に行くことも、吉原さんの勧めることだからきっと楽しいだろうと香里は考えたし、実際そうだった。吉原さんは、香里と付き合う間に鯖江アザレアSCの試合を観戦しに行くことを習慣にし、自分の地元の美点や居心地の良さを見直して、仕事も取ってくるようになった。仕事があまりうまくいっていないようだ、というのが、唯一香里が吉原さんに関して心配している点だったのだが、それもおそらく良い方向に向かっていた。

うまいことつかず離れず、悪くない二人のはずだった。だから香里にはどうしても、突然吉原さんが消えたことについて理解できなかった。

次の週末、鯖江アザレアのホーム開幕戦を観に行こう、と三月の最初に約束したのが、香里が吉原さんと交わした最後のやりとりだった。しかしどれだけ待っても、吉原さんは待ち合わせの駅には来ず、連絡をしても返信はなく、香里はそのまま電車で出かけて、試合を観て帰ってきた。ネプタドーレ弘前との試合だった。試合には勝って、周りの人はものすごく喜んでいたが、指定席に座った香里は、いったい自分はここで何をしているのだろうという気分で頭が混乱していた。

スタジアムから夜遅くに帰って、その足で吉原さんの部屋を訪ねた。どれだけチャイムを押しても反応はなかったし、メッセージも、メールも、電話も応答がなかった。建物の外から部屋の様子を見てみたけれども、電気は点いていなかった。

次の日、出勤前にメッセージを送り、メールを出し、電話をしたが、やはり一日応答はなかった。また部屋まで訪ねてみたけれども、吉原さんは出なかったし、部屋は真っ暗なままだった。

さらにその次の日の会社の昼休みに、管理会社に電話をかけてみたのだが、夕方に、部屋は特に異状がないようだし部屋の主とも連絡は取れたが何か？　という答えが返ってきた。自分は部屋の主と話したいのだが、と言うと、それはプライバシーに関わることだからだめだ、と返された。またメッセージとメールを送り、電話をかけたが、吉原さんは出なかった。部屋の電気もやはり点いていなかった。

大学の同窓会で二人を引き合わせた友人にも連絡を取ってみたが、彼自身は吉原さんのことは大して知らないと言うし、別の共通の知り合いもいなかった。吉原さんの実家の人々の連絡先も知らなかった。鯖江に両親が住んでいるらしい、としか。

そうやって、生きてはいるみたいなのだが、吉原さん本人の言葉も声も姿もつかまえられないまま二週間が過ぎ、また大学の友人に連絡をしてみると、吉原さんは鯖江に帰ったと噂で聞いた、とのことだった。自分のことは何か言っていなかったか？　と香里がたずねると、それは何も、という。

別れたいなら別れたいでいいんだけど、と香里は口走っていた。理由を聞けたら聞きたいんだよ。理由はない、でもいいから、そういうものだったと思うから。しかし吉原さんは、「理由はない」とすらも言い残さずに、香里の前から消えてしまった。

それ以来、香里は唯一吉原さんにつながっている場であると言える、鯖江アザレアＳＣのホームの試合へ、一人で足を運ぶようになった。スタジアムの席や、入場待ちやバスの待機列で隣り合う人、前後になる人に、自分は地元出身のこういう人物を捜しているのだが、と説明し続けたが、吉原さんの行方を知っている人間は現れなかった。

ゴールデンウィークは、四月の最終週の祝日と五月の最後の日にホームで試合があったので、ずっと鯖江に滞在していた。香里は、だんだん土地そのものに愛着を感じ始めていて、地元の名物の食べ歩きをしたり、動物園へ行ったり、メガネを作りに行ってそのままコンタクトレンズ着用者からメガネをかける人に転身したり、もしかしたらこれでは吉原さんに自分のことがわからなくなるのではないかと思ったり、でもその方が好都合なのかと考え直したりした。特に用事もなく、駅を出てめがねミュージアムに向かって散歩しながら、山がすぐ近くに見えるのはいいな、とよく思っていた。

連休の最後の試合を翌日に控えた日のことだった。やたら電車が未来的なローカル線に乗って、昨日も一昨日も買いに行ったご当地グルメのカイワレとマヨネーズとハムが入った今川焼きを買って、夕方の早くにホテルに帰り、部屋のドアを閉めた瞬間、自分はもう二度とあの人と話すことはないだろう、と香里は唐突に気が付いた。

それでいい、とも、それで悪い、とも思わなかった。上着をハンガーに掛け、ソックスを脱いでスリッパを履き、ベッドに腰掛けてテレビをつけるためのリモコンを手に取ろうとして、床に落とした。乾いた音がして、電池を入れる部分のふたがはずれた。それを拾う代わりに、香里は泣いた。リモコンを落としたことにありえないほど憤慨しているのか、それとも別の理由があるのか、自分でもよくわからなかったが、とにかく香里は声をあげて泣いていた。物心ついてから、そこまで表面的に感情を爆発させたことは一度もなかった。

　それまで知らなかったが、涙は頬を伝って顔を縦に流れているようでもメガネを汚すものなのだということを香里は知った。部屋の電灯の光にメガネをかざして、レンズに水玉のように付着した涙の汚れを睨みながら、なんでよ！　と香里は言った。ひどい言いがかりだと自分でもわかっていたけれども、とにかく何かに激怒せずにはいられなかった。

　ひとしきり泣くと、喉が渇いた。涙で水分が出て行くからだろうかと思いながら洗面台で水を飲んだのだが、物足りなく感じた。たぶん体内のナトリウムのようなものも排出しているからだろう、と香里はタオルで涙を拭い、財布を持って裸足に靴を履き、ホテルの部屋を出ていった。ホテルの自動販売機が何階にあるのか調べることすら面倒で、そのままホテルの建物を出て駅へ向かい、待合室に併設されたコンビニにスポーツドリンクを買いに行った。

　冷蔵ケースのドアの取っ手は、恐ろしく重く感じた。これまで何度も開けて中身を買っているにもかかわらず、その日の冷蔵ケースのドアの端は、糊付けされたように粘り着いていた。香里はいったん手を離して、呆然とケースの中に並んだ無数のペットボトルを眺めた。こんなことまでうまくいかないのか、と手を持ち上げて眺めようとしたけれども、そもそも肩が動かなかった。やがて、手伝いましょうか？　とカウンターの中から店員さんが出てきた。香里が、蚊の鳴くような声で、あれを取ってください、お願いします、と目当てのスポーツドリンクを指さして頼むと、店員さんはそっとケースを開けて、ビタミンCがレモン五十個分入っているという表示のドリンクのペットボトルを出し、一本でよろしいですか？　と香里を振り返った。香里はうなずいた。

「メガネをかけられたんですね」

商品をレジに通しながら、店員さんがそう言ったので、連休にここへ来て二日目に作りました、と香里は答えた。お似合いですよ、と店員さんは言いながら、香里に会計をすませたペットボトルを渡した。香里は、だったらよかったです、とうなずいて、店を出てホテルへと戻った。

次の日、試合へと出かけた香里は、鯖江アザレアSCのユニフォームを買った。背番号は、サポーターを表す12番だった。商品を受け取っていると、何か大きなふわふわしたものに軽く肩を叩かれたので、驚いて振り向くと、つつちゃんという鯖江のマスコットの女の子のほうが丁寧にお辞儀をしていた。ユニフォームを買ってくれてありがとう、ということなのか、と香里は思って、前から欲しかったんです、とつつちゃんに向かって言った。つつちゃんはまたお辞儀をした。言葉はないが、その仕草はとても優雅で、立体化したマスコットのイメージからは少し離れたものだったが、不思議と彼女の優しい顔立ちにはふさわしいもののように思えた。

つつちゃんのメガネ越しの真っ黒な目をのぞき込みながら、香里は不意に、昨日自分が恐ろしいほどホテルの部屋で泣いたことを思い出したのだが、同時に、本当にそんなことをしたのかとも考えた。

つつちゃんはかわいいですよね、ずっと思ってました、と香里はマスコットに話しかけた。つつちゃんははにかむように肩をすくめて、軽く首を横に振った。謙遜しているのだった。そして香里に手を差し出して握手を求めてきた。つつちゃんの手は、あたたかくてふわふわしていて、香里は、本当に小さい女の子にそうするように、おそるおそるそれを握り返した。実際、つつちゃんの手は、毛皮に覆われた見た目よりも繊細なように思えた。

鯖江はゴールデンウィーク最後の試合には負けてしまった。苦手としているらしい伊勢志摩ユナイテッド相手に、0－4の大敗だった。初めてユニフォームを着て観戦した香里は、試合終了後に、どこかうなだれた様子のつつちゃんが、メガネをかけたレッサーパンダの男の子のマスコットであるさばおくんと並んでメインスタンドの建物の中へと戻ってゆく後ろ姿を眺めながら、自分なら彼らを悲しませたくないな、と思った。

それからも香里は、鯖江アザレアSCの試合があるごとにスタジアムへと足を運んだ。吉原さんのことをたずねて回るのはやめた。吉原さんの下の名前や顔があいまいになってゆく代わりに、鯖江の選手の名前と背番号とポジションを自然と覚え、つつちゃんやさばおくんを撮影するようになった。鯖江が勝つと、晴れやかな気分で帰りの電車に乗り、負けると肩を落として軽く首を横に振り、座席でうなされながら家に帰るようになった。

試合での滞在中で時間が余った時に、メガネをさらに二つ作って、会社の後輩の笠井さんにうらやましがられた。わたしも連れてってもらおうかなあ、レッサーパンダのマスコットには興味ないけど、と笠井さんは折に触れて言うようになった。

シャトルバスが動き出して、予想スタメンを確認するために携帯を出してディスプレイを点灯すると、なぜか身に覚えのない動画アプリが起動済みで、電池は残り2%だという表示が出ていたので、誠一は、ええっと声に出さずに言って顔をひきつらせた。誤作動が起こったようだった。この携帯ではよくあることだった。カバンの前側のポケットに入れていて、中の荷物や一緒くたに入れているキーホルダーなどにぶつかって、どうもいつのまにか動いてしまっている。仕事以外でそんなに携帯に執着する生活はしていなかったので、そういうことがあっても誠一は特に携帯をしまう場所を改善したりはしなかったのだが、今日は困ると思った。鯖江なんていう来たことがない土地にやってきたという理由もあったし、このままスタジアムに行って、座席でじりじりと今日のスターティングメンバーとベンチメンバーの発表を待つのもしんどいという気がした。

誠一が動向を気にしている、倉敷FCのディフェンダーの野上芳明は、今シーズンほとんどの試合でスタメンを勝ち取っていたが、最近は夏の移籍で加入した若い選手とのポジション争いをしていて、どうも優勢とは言い切れない様相を呈していた。今シーズン限りでの引退が噂される野上を、この最終節でどのぐらい見ることができるのかは、誠一にとっては最大の関心事と言ってよかった。野上を見届けるために、誠一は鯖江まで来たのだ。

誠一は、電池残量2％の携帯の時計で時間を確認しながら、いや、正式な発表はあと一時間ちょっとぐらいであるんだし、と折り合いをつけようとしたのだが、やはりそわそわして、結局、隣に座っている鯖江アザレアSCのユニフォームを着た女性に話しかけることにした。

「あの、すみません。今日の予想スタメンが知りたいんですけど、携帯が電池切れかかってて」

「はい」

誠一と同年代ぐらいの女性だった。上縁ががっちりと黒くて太く、下は細い銀縁という印象の強いメガネをかけている。誠一もメガネをかけているが、ここまで顔そのものを預けるようなメガネはかけられずにいる。髪型や雰囲気は女性らしいのに、とても似合っていた。鯖江のファンであるということは、このあたりで作ったのかもしれない。

「でも今確認したくて。すごく申し訳ないんですが、少しだけネットで見せてもらえませんか？」

「わかりました」

女性は、誠一の申し出にあっさりと携帯をリュックから出し、どこのが見たいですか？とたずねてくれる。誠一は、自分がよく見ているサイトの名前を出して、女性が携帯を操作する様子を見守る。

これですね、と女性がページを出してくれた画面を、誠一は緊張しながらのぞき込む。ひとまず野上の名前を確認できたので、誠一は安堵の溜め息をついた。どうぞ、と女性は親切にも携帯を誠一に渡してくれようとしたのだが、誠一は、いいです、もう大丈夫です、ありがとうございます、と片手を振って何度も頭を下げた。

「一瞬で確認できるもんなんですね。私は今年から熱心にサッカーを観始めたから、あんまり詳しくなくて」

「いや、自分も特定の選手の名前をちょっと見たかっただけなんで」

誠一がそう答えると、女性は、へえ、とうなずいて、携帯をリュックの前ポケットにしまう。

「どなたですか?」

そこまでたずねられるとは思っていなかったので、誠一は少し驚いたのだが、隠す理由もないので、倉敷の野上です、センターバックの、と答える。女性は首を傾げて、存じ上げないです、申し訳ありません、と答える。野上は以前日本代表にも何度か選ばれたことがあるし、倉敷FCではおそらくもっとも有名な選手なので、女性があまり詳しくないというのは特に謙遜でもないのだろうと誠一は思う。でも、鯖江のユニフォームを着ているし、そんなものを着ているということは鯖江の熱心なファンであるはずだし、そのことを誠一は素直にうらやましく思った。

「野上選手が好きなんですか？」

　女性がそうたずねてきたので、そうですね、わりとずっと好きですね、と答える。どのぐらいですか？　と訊かれて誠一は、正直に言っていいものかと考え、でも隠す理由もないので、二十年ぐらいです、となぜか少し恥ずかしく思いながら答える。

　自分でも、どうしてそういう感情になるのかよくわからなかった。あまりに長く、もうなくなってしまった一つのものを好きでいると、自分自身の時間も止まってしまったような気分になるからだろうか。いや、野上自身は現役の選手なのだが、誠一が好きだった、誠一と野上を引き合わせたチームはすでに消滅していた。

　時間の止まってしまった人というのは、ある意味では幸せだけれども、自分の年齢ではまだ早いと思う。他のチームを好きになる時間はいくらでもあったし、サッカー以外にもおもしろい競技はある。なのに誠一は、十七歳からの十七年間を、止まった時間の断片の行方を追うことに費やしてきた。

「二十年ですか、それはすごいですね」

「野上が一部のトップチームに上がった頃から知ってるんですよ」

「最初に所属したチームのですか？」

「そうです。ヴィオラ西部東京って知ってます？」

　女性は首を横に振って、申し訳ないです、と心底すまないという様子で言った。ヴィオラの話をしてこういう反応をされるのが、誠一はときどきひどく悲しく思うことがあったけれども、それにももう慣れた。

「自分は、ヴィオラ西部東京の元ファンで」誠一は、女性の顔越しに窓の外を見る。空は曇っていて、音が聞こえなくても外は静かだとわかる。来たことのない町だった。おそらく、野上を見るという用事がなければ、一生来なかったかもしれない。「一部リーグのチームだったんですが、十七年前に解散しました。野上はそこの下部組織出身なんです」

誠一は十一歳の時から、ヴィオラ西部東京のスタジアムに行くようになった。小学生はただだったからだ。家から自転車で二十五分という距離にあり、近すぎず遠すぎずちょうどよかった。自分でもサッカーをやっていて、小学校のクラブに入っていたが、特に才能はなかった。それでもサッカーのことを考えるのは幸せなことで、ヴィオラのスタジアムに行ってプロの試合を観ることは、小学生の誠一にとっては生きている意味のようなものだった。

誠一が十四歳の時に、十八歳の野上は試合に出るようになった。体はそれほど大きくはないが、しつこく食い下がるような守備と、相手の攻撃陣を罠に掛けるようなポジションの取り方をする狡猾さが頼もしかった。その三年後、誠一が十七歳、野上が二十一歳の時に、ヴィオラ西部東京は解散を発表した。

誠一は、学校へ行く前に観ていた朝のニュースでそのことを知った。こんなことが起きるのか、と思った。身体の中の血液がすべて足元に落ちていくような気分だった。飲んでいた紅茶が、突然廃水の味になったように思えて、誠一は流しにそれを捨てて何度も口の中を洗った。学校には遅刻をした。ヴィオラのファンだった同級生の何人かに話してみたが、誰も、その兆候さえつかめていなかったという。

ヴィオラ西部東京の解散は、最大の大口だったスポンサー企業が突然経営不振に陥り、撤退を決めたことによって引き起こされた。ヴィオラの運営会社は、方々に融資を求めて回ったものの、いなくなってしまうスポンサーの穴埋めにはまったく足りなかった。スポンサー企業の不振に対して、チーム自体は好調だった当時のヴィオラは、監督が業界で慕われていたこともあって、優れた選手が集まってくるチームだった。そのことが皮肉にも選手の年俸を高騰させ、チームの解散を招いたのだという見方をする者もいた。何にしろ、チームの苦しい財政状況とその魅力の間には大きなギャップがあり、そのことは、誠一やほかのヴィオラ西部東京のサポーターたちを、解散して十七年が経つ今もチームの記憶につなぎ止め続けている要因の一つになっていた。

シーズン半ばに解散が発表されたあとのヴィオラは、いっときは負けがこんで一部リーグの降格圏に沈んだのだが、ある時から連勝を始め、最終的には4位でチーム最後のシーズンを終えた。カップ戦のトーナメントも勝ち進み、クラブ史上最高の成績である決勝進出を果たした。それまでも誠一にとっては、心に置く最も大切なクラブだったが、解散直前のヴィオラは強烈に印象に残った。選手たちのプレーの力で観客は増えたのだが、それでも大口スポンサー撤退の欠落は埋められなかった。

カップ戦の決勝のチケットは完売した。誠一は、なんとか手に入れることができた、初めて行くゴール裏の自由席で、男も女も叫んで歌う阿鼻叫喚の只中で、息をすることもままならない状態で試合を観た。真冬で、雨が降りしきっていた。結果はどうあれ解散は決定しているのに、ヴィオラ西部東京のサポーターたちは必死だった。寒さと雨の中で、ほとんど苦しみたがっているとすら言えるような様子で。

決勝は０－１でヴィオラが負けた。延長戦後半での野上のミスだった。敵のボールを奪いに行った隙に、別の相手のフォワードに裏をとられ、パスを通されてそのまま点を入れられた。ぎりぎりだったかもしれないが、いつもなら普通に奪えただろう、と後で試合を見返して誠一は思った。雨の中で試合が延長したせいで体が重くて一瞬動作が遅れたのかもしれないし、決勝という場にやられてしまったのかもしれない。

その試合終了時の様子を、誠一はもうずっと忘れることができないでいる。ヴィオラの選手たちは、濡れた芝生に両手と両膝を突いていた。雨に打たれて這いつくばっていた。誠一はそれから、幾度となくそういう場面を見たし、実はよくあるものであることを今は知っている。しかし、すべてに違う当事者と理由が存在することも知っている。あのヴィオラの終わりは、誠一には永遠だった。かけがえのない、誠一のチームの終わりだった。

「選手たちのほとんどは一部か二部のチームに移籍しました。野上もその一人で、移籍先にはヴィオラよりもフィットして、何年かの間日本代表に選ばれたりもしてました。それからだいたい四年ごとぐらいにチームを変わって、三十六歳で一部のチームを契約満了になり、二部の倉敷に来たんです。野上の出身地でもあるんで」

「ずっと野上選手を見てきたんですねえ」

「野上だけでなく、元ヴィオラの選手のほとんどを自分は追ってきたんですが、野上が最後の一人ですね」

ほかにもヴィオラに所属した経験がある選手は、まだ数えるほどならリーグに残ってはいたが、下部組織出身でもある、ヴィオラ西部東京の生え抜きと言える選手は、本当に野上が最後だった。

しばらくの間話した後、突然野上とヴィオラについての話題が行き止まりに来て、誠一はばつの悪い思いをしながら、倉敷のチームカラーは薄くも濃くもない紫だから、ちょっとそのチームに似てるんですよね、とどうでもいいような話をした。女性は、全然違う色とかじゃなくてよかったですね、と明らかに話を合わせてくれているような物言いをして、誠一は少し申し訳なく思った。

つまらないことを話してしまった、と誠一はやや後悔しながら、沈黙をやり過ごすように窓の外を見る。建物がぽつぽつとある広いまっすぐな道路の先に、スタジアムの屋根が見えてくる。

「野上選手が引退したら、サッカーを観るのはやめますか？」

不意に女性の声が聞こえたので、誠一は少し驚いて彼女の横顔を二秒ほど見つめて、どうでしょう、と前の座席の持ち手を眺める。

「サッカーを観ること自体は本当に好きだから、女子も代表も近所の中学生の試合も観に行ったりするけど、どうするかな」

自分でもよくわからなかった。野上より二つ年上の、別のヴィオラ西部東京出身の選手が二年前に引退し、それからは心のどこかで野上の動向にしがみついてきたように思う。直接倉敷のスタジアムに行くことはなく、東京の自宅から行きやすい場所で開催される別のチームの試合を優先させて、観客が詰めかける試合も、そうでない試合も楽しく観てきたけれども、ニュースサイトを観る時は必ず倉敷の情報から探していた。野上がいなくなっても自分がそうするのかは、誠一にはわからなかった。サッカーを、これからも観続けるかもしれないし、違うことについて考え始めるのかもしれないとも思った。

スタジアムが目前に迫ってくると、誠一は、変な話をしてすみません、と我に返ったようにあやまった。それは、あんまり詳しくないと自称する女性には退屈なものだっただろう、という内容そのものに対する謝罪と、彼女の質問にうまく答えられなかったことへの恥ずかしさによるものでもあった。

「ぜんぜん変な話じゃないですよ」誠一の言葉を、女性は何か妙な確信を含ませて否定した。「いろいろな人がいるんだなって思いました。興味深い話をありがとうございました」

そうはっきり言われると、誠一は少しだけ呆気にとられて、だったらよかったです、と背中を曲げて頭を下げた。バスが減速して公園に入り、複雑な動きをして駐車場に向かい始めた時分に、誠一は、自分の話ばかりしてしまった、ということに気が付いて、そちらはどなたか好きな選手とかいらっしゃるんですか？　それともチーム自体が好きですか？

と女性にたずねた。

「選手もチームも、町とか周辺もどこもわりと好きなんですけど」女性はそう言いながら、携帯を取り出し何度かスワイプして、アイコンが一つしか出ていない壁紙がよく見える画面を出して誠一に見せた。「マスコットがすごく好きなんですよ。この子、つっちゃん」

「はあ」

鯖江のユニフォームを着てメガネをかけた、タヌキみたいな感じの動物の女の子が、軽く右手を上げて撮影者を見つめている画像だった。

「これね、ポーズとかほとんど付いてないんですけど、だからこそ自然でいいと思うんですよね」

女性は真剣な声音で言った。シャトルバスが停車した。

席種のことを詳しく聞いたわけではなかったが、ゲートは女性と同じようで、誠一は女性に案内されてスタジアムへと入っていき、すぐに別れた。女性が知り合いから声をかけられて、立ち話を始めたからだった。鯖江はそれほど動員数は多くないと誠一はどこかで読んだことがあったのだが、最終節であるせいか、思ったより人が集まっていて、誠一がだいたいどの試合でも座るセンターラインの延長線上の高い位置は埋まっていた。

なので真ん中で試合を観ることは諦めて、バックスタンドのビジター側中央寄りの前側のブロックに座ることにした。席の下に荷物を置いて、地元の企業のＣＭが映し出されている大型ビジョンを眺めながら、そういえばこのスタジアムで何がうまいのかとかぜんぜん調べられなかったな、と思い返した。単純に、仕事が忙しかったのだった。
もう少し若い頃なら、試合に行くのであれば現地で何を観て何を食べて、ということを熱心に調べて、その場を楽しむことにある程度エネルギーを傾けられたのだが、今日は少し違っている気がした。家を出てから、電車の中でサンドイッチを一袋食べてコーヒーを飲んだだけで、普通ならもう少し腹ごしらえをしたくなるところだったが、何も口にしたいと思えなかった。なのに、肩が重かったり、腕がちゃんと上がらなかったりするのが面倒だった。

自分は緊張しているのだろう、と誠一は、スタジアムの座席で膝に肘（ひじ）を突いてぼんやりと空を見上げながら考えていた。今年の倉敷ＦＣは強くて、直接のライバルであるヴェーレ浜松が勝って、倉敷が負けるという結果でない限りは自動昇格圏の2位に入る。野上は、チームが一部に昇格しても引退することに決めているらしい、とネットの記事で読んだ。野上が加入してから二年の間見守っている倉敷ＦＣが一部に昇格しそうなことはうれしいのだが、それ以上に、今日が本当に野上を見る最後の試合になるかもしれないということが、誠一は率直に言って怖かった。

腹が鳴って、少し頭も痛くなってきて、気晴らしに何か口にしなければ、ということは思い始めていたが、まとまったものは何も食べたくなかった。でもこのまま試合が始まるのもつらいな、と考え込んでいた時に、不意にバスで隣り合った女性が、今日はマスコットがデザートの屋台の店長をやるのだ、とバスを降りてからゲートに入るまでの間に話していたことを思い出した。ワッフルとシュークリームとプリンを売ってくれるそうだ。プリンぐらいなら食べられるかもしれない、と誠一はバッグから財布を取り出して、ふらふらと席を立って通路の階段を上り、コンコースの中に入ってゲートを通り、スタジアムの外に出て屋台のエリアを目指した。女性が言っていたデザートの屋台はすぐに見つかった。店の前で、鯖江アザレアSCのマスコットの女の子が客引きをしていたからだった。「つつちゃん」という名前で、レッサーパンダだというマスコットの彼女は、通りかかる人々に向かって、どうぞどうぞと右手を上げて、店のメニューのボードを示していた。ワッフルは売り切れていたが、プリンとシュークリームは残っているようだったので、誠一は四人ほどの列の後ろに並んだ。その間も、つつちゃんは熱心にお客を店に呼ぼうとしていて、屋台のテントから吊り下げられたおいしそうな商品画像の隅を両手でつかんで揺らしたり、プリンの「とろける」という文字をふわふわの指で何度もなぞったりしていた。

人間よりよく働くな、と思いながらじっとその様子を見ていると、さっきのバスで隣り合った女性がどこからともなく現れて、今日もかわいいですねえ！　と言いながら携帯でマスコットの写真を撮影し始めた。女性はすでに何か購入済みの様子で、屋台の袋を腕からぶら下げていて、つつちゃんは彼女に穏やかに会釈していた。なんというか、どちらも丁寧だ、と誠一は思った。

呆けたように自分とつつちゃんを眺めている誠一に気が付いた女性が、何買われるんですか？　と声をかけてきたので、誠一は、プリンを買います、と答えた。女性は、私はワッフル買いました、と袋を上げて誠一に見せて、またつつちゃんの撮影に戻った。

女性は、鯖江のユニフォームの上から何をはおったというわけでもないのにバスの中と雰囲気が違っていたので、何でだろう、とあと二人という行列に並びながら考えて、そうだメガネが違ってるんだ、と思い至り、相変わらず真剣な様子でつつちゃんを撮っている女性を振り返った。上縁の太いメガネから、今度は全体的に細い金属の縁のメガネに変わっていたのだった。

「メガネ、変えたんですね」

つつちゃんの肩越しに誠一がそう声をかけると、女性は、ええ？　と訊き返してきた。

「メガネ」

「ああ、こっちは観戦用の度の強いやつなんです」

「鯖江で作ったんですか？」

「そうです。やけになってた時期があったんでメガネ三つ作って」

変わった人だ、と誠一は思った。そのうち誠一が注文をする番が来て、何個食べたら充分な腹の足しになるのだろうかと考えているうちに、それじゃあ！　という女性の声が聞こえた。誠一もそちらを見て会釈したのだが、女性はすでに背を向けて別の屋台に移動していた。つつちゃんは彼女に手を振って、また行き交う人々にデザートの訴求を始めた。

誠一は、結局これという個数を決められず、とりあえずプリンを三つ購入して、デザートの屋台を離れた。それからかなりの時間、マヨネーズとハムとカイワレの入った今川焼きや、ごはんを豚肉で巻いて衣を付けて揚げたというサバエドッグなどの屋台を見て回ったのだが、頭ではおいしそうだということは理解できるものの、実際に口にする気分にはなれないまま、席へと戻っていった。

この試合を落とさなければ自動昇格圏の2位でシーズンを終われる、ということで、倉敷のサポーターの人々は、練習に出てきている選手たちを見守りながら、どこかそわそわと落ち着かない様子で、どんな交通機関で来たとかどこに泊まっているだとかといった話をしていた。誠一は、一応は彼らの側でありながら、本当はヴィオラ西部東京の残像をずっと追っている自分を申し訳なく思いつつ、その話を聞いていた。おととい練習を観に行ったという人が、野上が風邪をひいて熱を出していたと言っているのが聞こえた。子供からうつされたとのことだった。その話を聞いていると、胃のあたりがずるっと引き下ろされて頭が冷たくなるようなつらい心地がした。

選手たちがメインスタンドに戻っていくと、選手紹介のアナウンスが流れ始めたので、不安に思いながら大型ビジョンで確認すると、予想通り野上は先発するそうで、誠一は一息ついてプリンを口にした。一口が入ると、そのままどんどん口に運んでしまって、二つ目も平らげた。うまいのだろうけれども、本当の意味で味わったという感じはしなかった。

誠一は、一時的に人のいなくなった芝生を眺めながら、ヴィオラ西部東京の最後の試合のことを思い出していた。雨の中の選手たちのことを、泣いていた、あるいは、呆然と立ち尽くしていた、あるいは、両手で顔を覆ってうつむいていた周囲の人々のことを考えていた。大人も、老人も、子供も、女も、男もいた。自分もその一人だった。

自分はずっとそこにいるのだ、と誠一は思った。大学に合格して、好きな人と付き合って、別れて、おもしろい試合を観て、就職活動には苦労して、それでもある程度希望のところには入社できて、仕事に慣れるのには時間がかかって、また好きな人と別れて、つまらない試合を観て、しばらくしたら仕事がおもしろくなって、社内でもなんとか位置ができて、誰かを紹介されて、それはうまくいかなくて、日本代表が勝つ試合をスタンドで観て大喜びして、仕事に疲弊して、作業を残したまま来たことのない土地にやってきて、さまざまな喜びやつらいことやどちらでもないことの中を通ってきながら、誠一の半分はずっとそこにいるのだ。

その十七歳の誠一がずっと見つめている残像の最後の一片が、今日でなくなってしまうのかもしれなかった。それでも自分は無事に生きていくだろうということはわかっていた。クラブがなくなろうと選手が引退しようと、それをただ見守っている人間の体の何も奪ってはいかない。そのことが誠一には、未だ不思議で、ふがいなくて、無力なことのように思えた。自分はこれからも、消えたチームに何も捧げられなかったことをずっと覚えているだろうと誠一は思った。

メインスタンド側から、選手たちが再びピッチに姿を現した。昇格するぞー！　と誠一の前に座っている倉敷のユニフォームを着た男が叫んだ。その二つ隣の、同じくユニフォームを着た若い女性が、ゲートフラッグを掲げた。誰からともなく、倉敷FCのコールが起こった。

昼ごはんをすませた後、香里はワッフルを食べながらマッチデープログラムをめくって、そういえば今日バスで一緒になった人の言っていた倉敷の選手、何ていう人だったたっけな、とフォーメーション図を改めて確認する。そうだ野上さんだ野上さん。なくなったチームにいた人なんだ。代表にも選ばれてたらしいけど、ぜんぜん知らなかった。

確定したスターティングイレブンを大型ビジョンで流してくれないかなとそちらも見てみたのだが、試合直前に流れる鯖江の選手の紹介映像が映っていて、倉敷のどの選手が出るのか見逃してしまったことに香里は気付いた。仕方なく、マッチデープログラムで背番号を覚えて、今日はこの人を見ることにしよう、と決める。

鯖江は現在14位で、今日に関しては勝って昇格プレーオフに行くこともなければ、負けて降格するわけでもない、という立場だったのだが、先月残留が決定した時は感動して前や隣の座席の人と握手したし、やはりホームで目の前で勝ってくれるとほんとにうれしく思う。なので、倉敷FCは2位で強いけれども、今日も勝ってほしい、と思った。バスで隣になった人によると、相手の倉敷は、今日の結果に自動昇格がかかっているので重要な試合だとのことだった。ここ数年は、二部の中位をさまよっているらしい鯖江も、いつかはそういう気持ちで観れる日が来たらいいなと香里は思った。

試合が始まって十五分もすると、野上選手は、体格に恵まれているわけではないが、とてもいい選手なのではないかということが、サッカーのことをあまりよく理解していないと自認している香里にもわかるようになった。鯖江の攻撃の選手たちが、13番の野上選手に出くわすと、必ずボールを奪われるか、変なところにパスを出すぐらいしか選択肢がなくなってしまう。鯖江は攻撃が好きなチームで、脚の速い選手がけっこういて、どんどん前へ前へ運ばれるボールに追いつくところが香里は観ていて好きなのだが、野上選手はどういうわけか、どこにボールが出されるかを七割がた読めているようで、自分が行かなくても、周りの選手に声や手振りで指示して、的確に自分たちのものにしてしまうのだった。とはいえ、鯖江の選手も運動量に物を言わせて、倉敷の選手を追いかけ回し、自陣に入らせて好きにさせることはしなかった。前半の四十五分は、ほとんどそういう様子を見ているだけで過ぎていった。

ハーフタイムになり、会社の後輩の笠井さんへのおみやげに、つつちゃんの顔をかたどったビーズ製の小銭入れを買いに出て席に戻ると、香里の後ろの席に座っている初老の男性の二人組が、鯖江は考えなしだ、ということと、でも倉敷も体が重そうだということと、野上が体調が良くないらしいから後半で交代するかもしれない、ということと、でも控えの浦野という若い選手もいいから鯖江はチャンスがないかもな、ということを話していた。

　後半になると、目の前の勝利以外は特に目標のない鯖江は、次々と選手を入れ替えて、来シーズンに向けた実験のようなことを始めた。鯖江の選手の平均年齢はもともと若いのだが、下部組織出身の十八歳の選手が二人も入り、後ろの男性二人組の言うところの考えなしの度合いが増したように思えた。

　しかし、とても張り切っていた彼らは、チーム全体に活力を与えたようだった。鯖江の選手が倉敷の陣地に深く入り込み、そのままシュートを打つ回数が増えたのに対し、倉敷の守備はだんだん緩んできているように見えた。特に、目に見えて運動量が落ちてきていたのは13番の野上で、相変わらずほかの選手への指示は的確なものの、野上自身が前半より鯖江の選手に対応しきれないことが多くなっていた。

　案の定、野上選手は後半30分で交代した。代わりに入ってきた浦野という3番の選手について、後ろの初老の男性二人組は、こいつのほうが怖いよ、とコメントした。大型ビジョンに映った浦野選手は、鯖江の選手たちに劣らず若く、野上よりも背が高くて動きもよく、鯖江は再び攻めあぐねることになった。

　0－0のまま九十分が過ぎ、アディショナルタイムは一分と掲示された。香里が観てきたそれほど多くない試合の中でも、短い方だと思った。その一分の間に、試合が動いた。五百谷（いおたに）と細田という、後半から入った鯖江の若い二人が、最後に残った力をすべて吐き出すように素早いカウンターを仕掛けた。初めて公式の試合に出る五百谷は、子供のように小柄な選手で、倉敷の浦野の陰にすっぽりと入ってしまうような体格だったが、とても脚が速かった。浦野と左サイドを守る鴨下の間に入ってきた細田の対応を、浦野は寄せてきていた鴨下に任せず自分で処理しようとして、背後に走り込んできた五百谷の存在に気付くことができなかった。浦野が足を出す半秒前に出された細田のパスは五百谷に通り、五百谷は、もう一人の倉敷のDFを抜いて、ゴールキーパーとの一対一を制した。鯖江のサポーターたちの割れるような歓声が上がり、長い笛が吹かれた。鯖江アザレアSC対倉敷FCの試合は、1-0で終了した。

土壇場で自動昇格を逃した倉敷の選手たちは、肩を落とし、天を仰ぎ、その場に立ち止まって、徒労を悔いていた。浦野はピッチに座り込み、長い間うつむいていた。ほとんどそのまま地面に根を生やしてしまうのではないかと思うほど、微動だにしなかった浦野を迎えにきたのは、野上だった。浦野の肩を叩き、動けないと理解したのであろう野上は、浦野の横に座って肩を抱いて揺すった。それから少しして、浦野は右腕で顔の上半分を拭いながら、ゆっくりと立ち上がり、整列していた他の選手のところへと戻っていった。

香里は、息を詰めてその様子を眺めていた。鯖江が勝ったことはもちろんうれしかったし、周りの人が大喜びしていることもそうだった。そして倉敷のファンのことを思い、バスで隣になった人のことを考えた。

浦野と五百谷と細田という、若い選手同士が対決したことが倉敷の敗因だったのかもしれない、と誠一はじっと座ったまま考えていた。たぶん、五百谷と細田について、倉敷は充分な分析ができていなかったのだろう。五百谷は公式戦が初めてで、細田は先月まで怪我で戦列を離れていた。別の選手が来たのなら、浦野は自分で行かなかったかもしれない。

他会場の結果が大型ビジョンに映し出されると、周囲の人々がいっせいに息を呑む音が聞こえた。ヴェーレ浜松の勝利が伝えられ、倉敷は年間３位が決定し、昇格プレーオフへと回ることになった。倉敷のファンたちは、首を横に振り、溜め息をつき、まだ試合があるのか、と呟き、消沈していた。自分は彼らほど倉敷に心を寄せているわけではないけれど、気持ちは痛いほど理解できた。彼らの様子を目に焼き付けながら、野上がどうするのであれ、自分は倉敷を観続けるんじゃないか、と誠一は少しずつ思い始めていた。自分のずっと行き場のなかった何かが、とても細く小さい出口のようなものを見つけた心地がした。

緊張が解けたからか、それと同時に、強烈な空腹を感じた。誠一はのろのろと立ち上がり、通路へと急いだ。

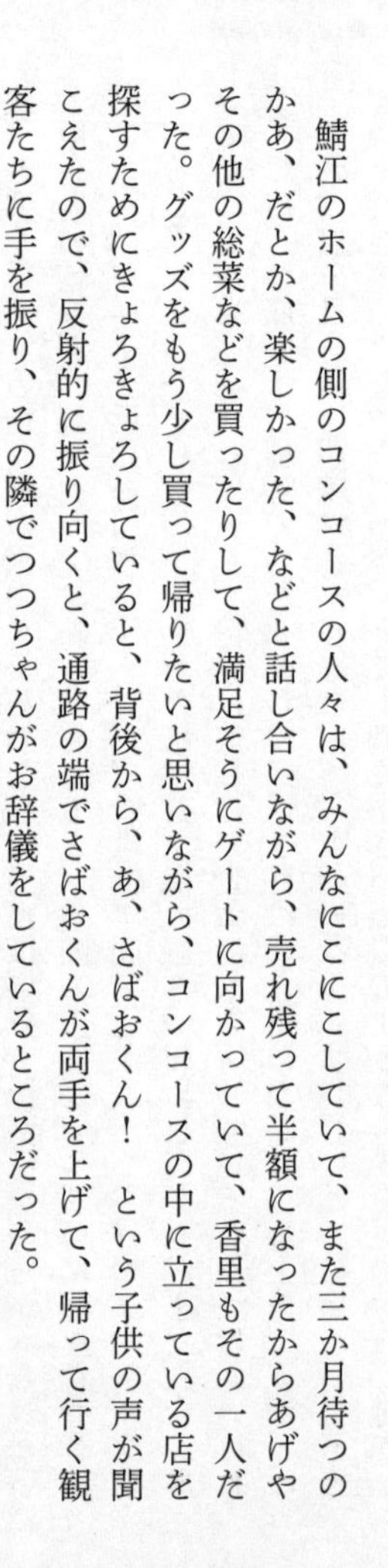

鯖江のホームの側のコンコースの人々は、みんなにこにこしていて、また三か月待つのかあ、だとか、楽しかった、などと話し合いながら、売れ残って半額になったからあげやその他の総菜などを買ったりして、満足そうにゲートに向かっていて、香里もその一人だった。グッズをもう少し買って帰りたいと思いながら、コンコースの中に立っている店を探すためにきょろきょろしていると、背後から、あ、さばおくん！　という子供の声が聞こえたので、反射的に振り向くと、通路の端でさばおくんが両手を上げて、帰って行く観客たちに手を振り、その隣でつつちゃんがお辞儀をしているところだった。

最後にあいさつに行こう、と壁際に寄り、そろそろと人の流れに逆行することにした。すれ違う人々はだいたい笑顔で、やはり最終節に勝つのは特別なことなのだろう、と香里は改めて感じながら、少しずつマスコットたちの方へと進んだ。

ゲートに向かう人々の中に、見知った顔を見つけて足が止まったのは、マスコットのところまであと五人ほどという場所でのことだった。吉原さんは、ゆるゆると勝利を喜ぶ人たちの中にあって、特に表情を浮かべることもなく帰路についているようだった。マスコットたちの方を見ると、アテンドの女性がさばおくんに何か話しかけていて、さばおくんはつつちゃんの腕を軽く叩いて注意を引いていた。

腕を伸ばせば届く距離を、吉原さんは歩いていった。少し早足になれば追いつくかもしれなかった。しかし香里は、その背中を数秒見送った後、壁際を進んでさばおくんとつつちゃんのところに向かった。アテンドさんが話しかけるということは、マスコットがその場を離れる合図であったりもするからだった。

思った通り、マスコットたちは人の波の邪魔にならないように、一列になって壁際を逆行し始めた。後ろを歩くつつちゃんに追いついた香里が、つつちゃん！　と声をかけると、つつちゃんは立ち止まって香里の方を振り返ってくれた。シーズンの間どうもありがとう、また来ますね、と緊張しながら言うと、つつちゃんは手を差し出し、香里がそれを軽く握ると、もう片方の腕でそっと香里の背中を抱いた。最後に写真を一枚撮りたかったのだけれど、それはもういいかと思った。

つつちゃんは、手を振りながら人混みの中に消えていった。香里は、半額に値下げした屋台の傍らで、見覚えのある人がからあげとポテトを買っているのを見かけた。シャトルバスで隣になったあの人だった。険(けわ)しい顔をしていた。それでも、倉敷の敗戦について自分は何か言わなければいけないような気がしたので、あの、と香里は声をかけた。

コンコースの手すりから身を乗り出して、スタジアムから出て行く人々を眺めながら、残念でしたね、とその人は言った。手すりにもたれた誠一は、そうですね、とうなずきながら、さめたからあげをむさぼっていた。味がほとんどないような、けれども、食べないとそのままどこかにもたれて動けなくなってしまうような気分で、誠一は買ったものをただ口に入れていた。

「あ、これ」その人はそう言いながら、誠一に携帯の画面を見せてきた。マスコットが好きな人なので、その写真だろうと思いながら、誠一はそれをのぞき込んだ。「野上選手、引退はしないんですね」

来る時のバスで誠一が見せてもらったサイトのニュースを、その人は見せてくれたのだった。やり残したことがあるとわかった、と野上は言っていた。誠一は、食べていた物を飲み込んで、両目を固くつむった。お茶飲みますか、とその人は言った。誠一はうなずいた。自分は自分の時間が進むことを許してもいいのだ、とやっと思えた。

第5話　篠村兄弟の恩寵

ジュゴン！　という殴り書きがいきなり目に入った。ジュゴン！　は、同じく殴り書きの吹き出しの中に入っていて、それは伊勢志摩ユナイテッドのＦＷの窓井草太の口から出ている。窓井は、ジュゴンの水槽の前で、両腕をＹの字に上げて目を見開いて口も大きく開けている。

地元の駅でなんとなく抜いてきた鉄道会社のフリーペーパーを開くと、その記事だった。欄のタイトルは『ＦＷ窓井の水族館におじゃまします』で、もう連載十回を迎えるらしい。今が十一月でフリーペーパーは月刊だから、窓井が伊勢志摩に移籍した直後から連載が始まったということになる。奈良にいた時も、窓井は県民だよりに連載を持っていた。そういうことを頼まれやすい体質なんだろうか。

靖は、笑ってしまいそうになりながら、なつかしい窓井の写真をじっと眺める。窓井が奈良ＦＣから伊勢志摩ユナイテッドに移籍して、まだ一年にも満たないのだが、それでも、三十九回も窓井のいない奈良の試合を観た今では、やはりなつかしいという気分になる。

奈良から大阪へ向かう、平日の朝の特急電車は満員で、Ｂ４サイズのフリーペーパーを開くのはははばかられたが、靖はなんとか片手で小さく折って、窓井の記事を読み進める。内容は、窓井への聞き書きなのか、窓井の手によるものなのかはわからないが、「ジュゴンが人魚なのだとしたら、おばさんだと思います！　うちのおかんに似てます！」と書いてある。記事の中身と窓井の写真を見比べながら、人を励ます要素なんてどこにも見あたらないのに、靖は元気が湧いてくるような気分になる。

プロフィール欄を見ると、窓井はもう三十一歳であることがわかる。信じられない、と靖は思う。靖と弟の昭仁が初めて奈良FCの練習場を訪れた八年前、窓井は二十三歳だったが、あの時とほとんど変わっていないように見える。なんだったら、今の三十一歳の窓井は、二十六歳の自分よりも若々しいのではないかと靖には思える。

帰りに駅でまたフリーペーパーをもらって、昭仁に持って帰ってやろうかと思う。けれどもすぐに靖は、弟ならすでにこんなこと知ってるだろう、と考え直す。そういえば、トイレのドアにこの連載から切り抜いたと思われる窓井の写真が貼ってあったことがあったような気がする。その写真では確か、窓井はアシカに魚をやっていた。吹き出しの中の文言は「たんと食えよ！」だったと思う。靖は、なんだこれ、と疑問に思ったけれども、昭仁と話すのが気まずかったのでそのことは訊かずにおいていると、いつの間にか切り抜きは窓井のプレー中の写真に換わっていた。

車両が少し暗くなって、電車がトンネルの中に入っていくのを感じながら、靖は、フリーペーパーをたたんでコートのポケットに入れる。昭仁のためとは言わず、自分のために捨てずに持って帰ろうと思う。会社の引き出しの中に置いておけば、自分に対するちょっとした励ましになるだろう。

　昭仁とは、二月の終わりからまともに話していない。必要最低限の言葉は交わすし、二月に一度ひどい言い争いをしただけで、その後は表面上は波風は立っていないのだが、明らかに窓井の移籍前と移籍後で兄弟間の亀裂は深まっている。

　三月の開幕戦を、奈良FCの試合に行くか、伊勢志摩ユナイテッドに行くかでもめたのだった。靖はずっと応援している奈良の試合に行くと決めていたが、昭仁は、兄弟で大好きな窓井を観るために、伊勢志摩の試合に出かけるものと思いこんでいたらしい。いや、開幕戦は奈良の試合に行くよ、と靖が告げると、昭仁は、奈良はあんなに貢献してくれた窓井を放り出したやんか！　と指摘した。しかし、靖は、でもおれはもともと奈良自体が好きやし、と答えた。すると昭仁は、窓井が二年前の夏に戻ってきてくれたから奈良は二部に残留できたやんか！　と主張した。靖は、でも奈良の目標はそもそも二部残留やないし最低でもプレーオフ圏内の6位以上やしそれは去年達成できてないし、と言い返した。

　昭仁が生まれて十八年間見守ってきたつもりだが、あんなに怒るのは初めて見たような気がする。自分も譲歩して、シーズンの半分、いや三分の一ぐらいは伊勢志摩の試合に付き合ってやればよかったのか、と思い返してみるのだが、やはり自分は慣れ親しんだ奈良FCの試合に行くほうが自然に感じられて、伊勢志摩を追いかける選択は考えられなかった。

　そういうことがあって、それまで、どちらかが病欠するぐらいのことがない限りは、一緒に試合に行っていたのに、今シーズンからは兄弟で別の試合に行くようになった。奈良と伊勢志摩は、四月に伊勢志摩のホームで戦っていて、その時は2－1で伊勢志摩が勝った。試合終了間際のアディショナルタイムに点を入れたのは窓井で、その瞬間だけは、靖は心底、窓井め！という気分になったのだが、そんなふうに窓井がよそのチームに行ったことを受け止めている自分に安心しもした。

再来週の最終節では、再び奈良はホームで伊勢志摩と対決する。奈良は、今年は久しぶりに昇格プレーオフ圏内である6位以内に入れそうだったが、伊勢志摩も、今週末の試合を含めて三連勝したら奈良を蹴落とす可能性があるという状態で、まったく油断がならなかった。

奈良と大阪の県境にあるトンネルを抜けたので、靖は棚に置いた通勤カバンから携帯電話を出して、今晩の食事の店について検索を始める。職場に出入りしている配送業者の嶺田さんと、夕食を食べる約束をしている。彼女とは、今年の三月から付き合い始めた。遅ればせながらかもしれないが、靖が人生で初めて真剣に継続して交際している相手だった。嶺田さんに、最終節の話をすると、私も行こうかな、と言ってくれた。嶺田さんは、これまでバスケットボールしか観戦したことがなかったそうなのだが、靖がホームでの試合のたびに、近所の奈良FCのスタジアムに行っていると聞くと、興味を持ってくれた。けれども靖は、まだ一緒に試合に行くことに関して返事はしないでいる。ずっと付き合っていきたい大切な人を、自分が好きだとはいえいきなり二部のチームの試合に連れて行っていいものかとも思うし、また、サッカーの試合は靖にとって、昭仁と行くものか、一人で行くものかだったからだ。一人で行くことにすら、シーズンの始め頃には違和感があった。それほど靖にとっては、サッカーの試合とは弟と行くものだった。

そういえば嶺田さんとはもつ鍋が食べたいという話をしたな、と思い出して、靖は手頃なもつ鍋の店を探し出して予約を取る。今日は平日だから、カウンターの気楽そうな店にする。嶺田さんは明るいよくしゃべる人なので、一緒にいてとても楽しい。それまで、女性とうまくいきそうになってもなぜかだめになってしまうことが多かった靖は、女の人といることはこんなに楽しいことだったのかと改めて思うようになった。それは嶺田さんだからかもしれないけれども。

そしてふと、一瞬だけ、自分が今まで女の人とうまくやってこれなかったのは、昭仁がいるせいだったのではないかと思い、いやいやと打ち消す。窓井が移籍してからは強烈に気まずいし、家の中をうろうろしていることがわずらわしいこともあるのだが、べつに昭仁が彼女を作るなと靖に言ってきたわけではない。というか、実際にそんなことを言われたとしても、それをほいほいと聞き入れるのは兄としてどうなのか。

電車が地下に走り降りて、大阪の中心部へと入っていく。靖は、自分の顔が次第にはっきりと窓に映ることから逃れるように、コートからフリーペーパーを出して、再び窓井の記事を読み始める。

嶺田さんとはこの二年間顔見知りだったが、付き合い始めたのは窓井が移籍し、昭仁と決裂した後の三月からだ。もしかしたら嶺田さんという存在は、窓井や昭仁と引き替えに手に入れたものなのかもしれないな、と靖は考える。

だったら仕方ないか。靖はそう思いながら、ジュゴン！　と腕を広げる窓井を眺める。そうかもしれないけど、でも、窓井は自分たち兄弟にとっては恩人だった。それこそ、自分たちを産んだ両親や、育てた祖母に匹敵するような。

靖が降りる駅で電車は停車した。靖は棚から通勤カバンを下ろし、すみません、降ります、と静かな声で言いながら、ドア付近に固まっている人々の隙間をすり抜けていった。手に持ったままの、窓井の記事が掲載されているフリーペーパーが、手の温度と汗で少し柔らかくなるのを感じた。

その夜の食事は、嶺田さんが高校の時に、不意にどこまで歌えるか知りたくなって、トイレで手を洗いながら大声で『探偵！ナイトスクープ』の主題歌を歌っていたところ、好きだった男の子が廊下を通り過ぎていくのが見えた、という話で終わりの時間がきた。あれね、あんなに健全な番組で曲も明るいのに、よう考えたら不倫の歌みたいやんね、と嶺田さんは言いながら締めのお茶漬けを食べていた。

「なんやろ、小さい頃、簡単そうな内容やのにすごい怖い絵本を読まされたりとか、そんな感じかな」

「ちょっと違うかな。あ、携帯」

「ええんです。メールやし」

「いいよ。見たら」

私もうちょっとこれ食べてるし、と嶺田さんは茶碗（ちゃわん）を指さして、中身をさじで口に運ぶ。

靖は、ごめんごめん、と言いながら、カウンターに置いた携帯を手にとって、メールを開ける。昭仁の高校の担任からだった。『篠村（しのむら）君はずっとちゃんと学校に来てます。ご心配なさらないでください。成績は、一学期の中間テストで一度がくっと下がりましたが、それ以降は持ち直す傾向にあります。志望している歯科技工士の専門学校の受験も、問題はないと思われます』とのことだった。昨日、仕事中に昭仁がちゃんと学校に行っているのか突然心配になって、高校の先生に問い合わせたことへの返信だった。

「弟の担任から」

いちいち相手を打ち明ける必要がないことはわかっていたけれども、嶺田さんには知ってほしい気がしたので、靖は言う。嶺田さんは、お兄ちゃん大変やなあ、と言葉ほどは冷やかすようではなく神妙に言って、お茶漬けを食べ終わり、ごちそうさまと手を合わせる。その後、ここのお金をいくら出す出さないの悶着（もんちゃく）があった後、靖と嶺田さんは店を出た。

「もう十八やねんから、おれに心配やとか思わせてたらあかんねんけどな、ほんまに」

「でも、私にも八つ下の妹がおって篠村さんと同じような経験してたら、篠村さんと同じぐらい心配かもしれん」

そう嶺田さんは呟（つぶや）いて、地下街に続く階段を降りながらストールを巻き直す。嶺田さんは、小学四年の時から母一人子一人で育ってきたという。祖父母は、宮崎か熊本か、とにかく遠方にいる。親族が少ないという意味では、靖と共通している。靖も、十八年前に父親を亡くし、九年前に母親を亡くし、二年前に祖母を亡くしてからは、昭仁だけが唯一の親族だった。両親の親戚もいるにはいるのだが、やはり遠くにいて、葬式ぐらいでしか会ったことがない。金銭的な援助はしてくれるし、ときどき手紙もくれるのだが、近親者という感じではなかった。

そんなふうに整理してみると、自分たち兄弟はサッカーのことなんかで仲違いしている場合ではないと思えてくるのだが、やはり奈良の試合に行き続ける靖に昭仁は冷ややかだったし、靖は靖で、大好きな選手が移籍したからといって、その選手個人を応援はするけれども、心に置くチームを換えることはできないと強く思っていた。

地下街を少し歩くと、市営地下鉄で帰る嶺田さんと私鉄で帰る靖が別れる角がすぐに訪れる。靖と嶺田さんは、いつもそこで少し立ち話をして別れる。

「それで最終節はどうすんの？」

「まだ一人で行こうかなあと思ってる。嶺田さんには悪いんやけど」

「そうなんか。じゃあなんか私一人で行ってもいいような気がする」

「ぜんぜん知らん人がいきなり二部のシーズン最後の試合なんか行ってもおもんないで」

「そうかな。でも勝ち負けだけは必ずあるやん」

「ドローになるかもしれんよ」

「少なくとも勝負しようとする過程はあるやんか」

頑なに自分が二部のチームに入れあげているということを自嘲する靖を、嶺田さんはいつも笑う。靖は、地元のサッカーの試合は単純にお祭みたいだから行くと気晴らしになるという理由で、どれだけ奈良の成績がぱっとしない時でも、ずっと一緒に行っていた弟が伊勢志摩の試合を観に行くようになっても、一人でスタジアムに行っていたのだが、そういう気持ちが誰も彼もに通用するとは思ってはいなかった。

シーズンの最終節は特別な感じがする、と靖が話したのは、嶺田さんがお正月より大晦日が好きだと言っていた時のことだった。付き合うことになる少し前だった。とにかく、いろいろあったけれどもその年が終わってくれるっていうことに心底ほっとする、と言う嶺田さんに、おれの場合は最終節やなあ、と靖は返した。開幕節の、あらゆる可能性が開けてて、今年はあと四十二試合もサッカー観れるんやなと思う時の開放感みたいなんもええんやけど、最終節の、今年はぱっとせんかったけど、来年がんばったらええし、とにかくまあ終わった、っていう感じも好きやなあ。選手と監督とスタッフ全員が、スタンドにあいさつに来たりとかさ。

その時の靖がよほど楽しそうだったのか、嶺田さんは、じゃあ今年の最終節に行きたいかも、と言い出したのだが、靖は、そう言われると気後れして、でもそれほどおもしろくないかもしれんし、二部やし、と渋っている。靖にとっては、奈良FCのサッカーが普通だけれども、世の中にはもっと強いチームが山のようにあって、二部の地方のチームの試合のことなんてそんなに気にもかけられていないことは理解している。だから、奈良の試合を観て、嶺田さんがつまらないと思ってしまって、自分がそんなものを毎週毎週楽しみにしている男だと思われたくない、という気持ちがあった。付き合ううちに嶺田さんが、有名でないからとか、強くないからとか、リーグが下だから、という理由で何かを見下す人では全然ないということがわかってきても、靖は嶺田さんと一緒に試合に行くことは不安に思っていた。

「やっぱり弟さんと行くのがええんかな?」

「そんなことないよ」

即答しながら、昭仁は最終節はどうするのだろう、と靖は考える。当然、すでに通い慣れた奈良のホームスタジアムに伊勢志摩を観に行くのだろうけれども、もう一年間兄弟で一緒に試合には行っていないので、今更二人で観に行くことは考えられない。

嶺田さんを地下鉄の改札に送り出し、自分は私鉄の改札のある更に下の階に降りながら、もう最終節か、と靖は考える。三月からこの十一月までずっと、それまでとは違って一人で奈良の試合を観に行っていたわけだが、特に寂しいと思うことはなかったし、物足りないというわけでもなかった。昭仁はもともと、そんなに話をしない子なのだ。無口というほど意志的ではなく、無愛想なわけでもないが、ただ口数が少ない。手先がとても器用で、自分の部屋とトイレに、大好きな窓井の切り抜きを、背景ごと四角に切るのではなく窓井自身の輪郭で切り抜いてたくさん貼っている。高校を卒業したら、歯科技工士の専門学校に行くことを決めている。兄弟で、窓井の移籍のことでもめてから、何か反抗的になるようなことがあってちゃんと学校に行かなくなるだとか、急に進路を変えるだとか言い出すのではないか、と靖はときどき心配になるのだが、どうもよけいなお世話なようだった。

弟は、自分より八つも若い年齢でいろんな人を亡くしてきているので、気を配ってやらないといけないと靖はいつも思っている。母親を亡くした時、昭仁は九歳だった。母親は、あまり丈夫とは言えない人だったが、靖が九歳の時は元気で、友達の親とも特に変わりない様子だったので、自分よりだいぶ幼くして母親を喪った昭仁を、靖はひどく不憫に思っていた。どのぐらい心許ない気持ちでいるのか、想像もつかなかった。

母親を亡くしてから、昭仁は感情が乏しくなった。それまでも、ものすごくやんちゃというわけではなかったが、普通の小学生並みに泣いたり笑ったりはしていたのが、ほとんど心の起伏を見せなくなった。何もかもを諦めているように見えた。小学四年にして、もう自分は何を望んでも叶わないのだと悟ろうとしているように見えた。

靖は靖で、受験生だったし、それ以上に若かったので、母親の死は受け入れがたいものだったが、おそらく自分よりも深く傷ついている昭仁を何とかしないといけないと決意した。何とかと言っても、いったいどういう水準でなのかは自分でもよくわからないなりに、とにかく、自分のできる範囲で思い付く限りのことはしようと思った。それはただ、十七歳なりに、できるだけ傍にいてやるとか、話しかけてやるとか、祖母と共に食事や洗濯の世話をしてやるというぐらいのことだったのだが。

奈良ＦＣの練習場を兄弟で訪れたのは、学校にはとにかく行っていたが、それ以外は自宅でじっとしていて、友達とも遊ばず、ほとんど口もきかなくなっていた昭仁を外に連れ出すためだった。靖も昭仁も、特に何か共通の話題があるだとか、強烈に入れ込んでいる趣味があるというわけではなかったが、サッカーの話だけはぼつぼつとしていたので、とりあえず近くでプロの選手を見られるということで観に行った。靖は当時、プレミアリーグのチェルシーがいちばん好きなチームだったので、正直言って国内の二部のチームにはそれほど興味は持てなかったのだが、八年前に新加入選手として奈良にやってきた窓井のプレーを紅白戦で実際に見ると、魅せられるものを感じた。ボールの扱いがとてもうまく、ときどきちょっと予測できないようなところに姿を現して味方にパスを出すか、さもなくば自分でゴールを狙っていく。浮かない顔をして、当てずっぽうに動いているように見える時間帯も長いのだが、その欠点を補って余るほど、窓井は見ていておもしろかった。昭仁も、じっと窓井を見ていた。靖は、「目を輝かせる」なんていう言い回しは信用していない人間なのだが、その時だけは本当にそう思った。母親が亡くなって以来、初めて、昭仁の顔つきに生気が戻ってくるのを靖は見たような気がした。

窓井は人柄もよかった。練習後のファンサービスで、昭仁が持っていったトレーディングカードにサインをしながら、昭仁ならアッキーだな！　と決めつけて、人生で一度もそんなふうに呼ばれたことのない昭仁に「アッキーへ！ごはん超食えよ！」と為書き（ためが）をした。兄弟が窓井にそう打ち明けたわけではないのだが、確かにその頃の昭仁は小食になっていて、とてもやせていた。靖が、奈良はどうですか？　と東京の一部のチームから移籍してきた窓井にたずねると、「こっちはオールザッツ漫才が全部観れるからいいな！」と答えて、野性爆弾とバッファロー吾郎のものまねをしていた。

　それから靖と昭仁は窓井が大好きになり、奈良ＦＣの試合にも毎回足を運ぶようになった。特に昭仁は、学校を勝手に早退してまで奈良ＦＣの練習場に通うようになった。担任からの連絡でそのことが発覚した時は、怒ったらいいものか、黙ってそのままにしておいたらいいものか、靖は胃が痛くなるほど悩んだのだが、窓井が「これやるから学校ある日はちゃんと行けよ！」と昭仁にスパイクをくれたことで解決した。その後、靖が昭仁を伴い、アルバイト代で買った菓子折りを持ってお礼を言いに行くと、「兄ちゃんも大変だろうけどがんばれよ」と励ましてくれた。昭仁は、窓井に自分の家の事情を話してはいないはずなので、窓井はおそらくどの善意も偶発的に施しているだけなのだが、靖には窓井が、何かすべてを知っている者から兄弟に遣わされた存在にも思えた。ばかばかしい考えだと頭ではわかっていたのだが。

　母親が亡くなったことは、兄弟にとっては埋めがたい喪失であり、一生つきまとう痛みではあったけれども、窓井の存在は、そこからいくらか目を逸らさせてくれて、週に一度、スタジアムでなりテレビでなり試合を観るという楽しみをくれた。奈良の試合がホームである時は必ず観に行くことが兄弟の習慣になった。兄弟は、普段はそんなに一緒にはいなかったけれども、とにかく試合の日だけはつるんでいて、そのことは、相変わらず口数が少ない昭仁の現状を知る助けになってくれた。

窓井はどこでも愛される選手だった。東京の一部リーグのチームの下部組織で育ち、期限付き移籍で奈良にやってきて、そのまま四年プレーした。元のチームのファンは、おもしろいプレーをするおもしろい選手である窓井を惜しんで取り返したかったそうだけれども、窓井自身は奈良が気に入っていたので、一部から二部に完全に移籍することにも迷いはなかったそうだ。県民だよりに連載を持って、二か月に一回は鹿と写真に写っていた。「二部は群雄割拠許可局ですが、がんばります!」だとか「夏の練習は厳しくて血反吐ドラゴンです! コモドドラゴンの親戚のようなものです!」などと報告していた。

その後、奈良での実績を買われて、当時リーグ4位だった一部のチームに移籍して、そこで二年プレーしたのだけれども、奈良が三部降格の危機に立たされると、シーズン中の夏の移籍で再び奈良に戻ってきて、奈良を降格圏から救い出した。しかし、もともとはどちらかというと一部昇格に絡むような予算規模のクラブである奈良は、二部残留だけでは良しとせず、二年連続で昇格プレーオフ圏内を逃した直後の去年の十二月、社長が交代した後、フロントも選手も刷新することになり、窓井は伊勢志摩ユナイテッドへと出されることになった。

その後の靖と昭仁は、現在の通りである。窓井の扱いに対して、昭仁は不当だと怒り、靖はすっかり奈良FCを応援することが生活に染み着いていたので、今更伊勢志摩ユナイテッドを観に行くわけにもいかない、という状態で、兄弟は決裂した。窓井の存在によって結束した兄弟は、窓井の不在によってあっけなくばらばらになってしまったのだった。

救いと言えば、伊勢志摩ユナイテッドのホームスタジアムが靖と昭仁の自宅から電車で二時間という交通の便のところに所在していることぐらいだ。これがもし、もっとどこか遠いチームだったら、昭仁はどうなっていたのだろうと靖は思う。母親が亡くなった時のように、生きていることも忘れているような状態で暮らすことになったかもしれない。サッカー選手に人生を救われることは、こんなにも揺らぎにとらわれることなのか、と靖は改めて愕然とする時がある。

ホームで私鉄の電車を待っている間、靖はまた通勤カバンから数日間入れっぱなしだったフリーペーパーを出して読み始めた。「最終節は古巣の奈良FCとの対決です。鹿は大好きだけど勝ち点ゲットだぜ！」と窓井は記事の最後を結んでいた。窓井は現在、二部リーグの得点ランキングで3位につけている。残りの三試合での出来如何によっては、キャリア初のリーグ得点王になる可能性がある。それは確かに手強い存在になるだろう。

電車が来て、靖は隅っこの席に腰掛けて携帯を取り出し、いつも見ている国内のサッカー関連のニュースサイトを開いて閲覧し始めた。その日では三番目ぐらいに読まれている記事に、奈良FCが新たなスポンサーを獲得した、という内容があった。奈良出身の社長が経営しているオークションサイト運営会社が、来年から出資してくれることになったのだそうだ。朗報だった。来年はこれでいい補強ができるはず、だから絶対にプレーオフ圏内には行きたい、とコメントの書き込みをしている人たちは口々に言っていた。靖もそう思った。

最終節まであと二試合というところまできた第40節で、奈良FCは熱海龍宮クラブにアウェイで負けて、勝ち点を積み上げることはできなかった。しかし、他のプレーオフ圏内への直接の競争相手であるチームはどこも足踏み状態だったので、先月からの定位置の7位に踏み留まっていた。とにかく、今年はプレーオフ圏内にだけは絶対に入って、新しいスポンサーの気持ちを引き留めなければならない、というのがファンたちの意見の大勢で、靖もそう思っていた。

靖が部長に呼び出されたのは、試合の次の日のことだった。ちょっと相談があるんやけど、と言われて、何を注意されるのかとこれまでの勤務態度を省みながら会議室へとついていくと、四月から京都の工場に転勤してくれへんか、とのことだった。誰か欠員ができたりしそうなんですか？　とたずねると、そこの工場長が三月いっぱいで定年退職するので、副工場長が繰り上がりでその職に就くのだが、靖がそのポストを埋めるとはいかないまでも、同等ぐらいの仕事をしに行ってもらいたい、とのことだった。靖は、市販薬の箱の印刷を請け負う、小さいが専門的な印刷会社で働いているのだが、自分はまだ二十六歳だし、若すぎるということはないのか？　と疑問を呈すると、うちは中間層がほんまに薄いし、上の人間は君が、将来的には会社の屋台骨になってくれるんやないかと期待してるから、と部長は言った。確かに、会社は十年ほどの間ほとんど新卒を採用しなかったし、靖自身の採用の時も一人だったし、社内で靖ともっとも年の近い先輩が三十二歳で、それより上が四十二歳だったりするので、言わんとしていることはなんとなくわかったのだが、あと十数年は昇進のようなことはないだろう、と思っていたので、そういうニュアンスを匂わせる部長の話にはかなり驚いた。

会社の京都工場には何度か行ったことがあるのだが、奈良の自宅からは二時間ちょっとを要する、私鉄を二回乗り継いだ先の路面電車の駅が最寄り駅だった。だいぶ遠なりますね、と言うと、始業が早いから、うちの会社が契約してるアパートに入ってほしいんやんか、と部長は言って、でも終業は五時ぴたやから、と付け足した。はあ、わかりました、と靖は答えながら、二時間ぐらいなら、試合の日は往復四時間飛ぶんか、まあしゃあないな、などと考えていた。

定時後、嶺田さんに電話をしてみると、ええんと違う？　と言われた。スタジアムに行くのに時間かかるのはいやかもしれんけど、耐えられへんてほどの遠さではないし、私自身に関しては、京都にしょっちゅう遊びに行けるのはうれしいわ、とのことだった。靖は、嶺田さんさえよければ自分はそれでいいわ、と答えた。

どことなくふわふわとした足取りで、難波の地下街に寄り道をしながら、昭仁はどうなるのだろう、とふと考えた。昭仁が受験すると決めた専門学校は、大阪市内にある。夕食に選んだカレー屋で、携帯の乗換案内を使って奈良の自宅からと京都の工場からの経路を比較してみたのだが、奈良からの方が一時間は早かった。だから、昭仁はこのまま、母親の実家に住み続けた方がいいのだろう。

すでにサッカーのことで昭仁とは決裂状態にあったので、心配だとか、離れがたいという感情は湧かなかったが、ただ不思議な感じがした。近しい親族の誰がいなくなっても、靖は昭仁と暮らしていて、一年前までは二週に一度より少し多いぐらいの頻度で奈良の試合を毎回一緒に観に行っていて、それが普通だった。それ以外の生活は、靖にはなかったのだ。

ここへきて、いろいろなことが変わろうとしていることに、靖は少し気後れを感じた。奈良がプレーオフにいけるかもしれないということ、スポンサーを獲得したこと、自分が仕事のために引っ越すということ。いや、それ以前に、窓井の移籍や嶺田さんと付き合うようになったことも、その後の変化の前哨（ぜんしょう）だった。というか、それ自体が大きな変化だった。

自分は奈良に住んでいて、奈良FCの試合を昭仁と観に行って、そこでは窓井がプレーしていて、ということのどれかが欠ける、ということを、靖は一年前まで考えたことがなかった。永遠を信じるなどと言うまでもなく、ただそれが靖の人生だったのだ。それが違ってゆくことになる。

カレーを食べ終わった靖は、カウンターに片手で頬杖（ほおづえ）をつきながらぼんやりした。そして、昭仁は今日は晩飯に何を食ったのだろう、と考えた。窓井が移籍するまでは、外で食べる時はだいたい連絡し合っていたのだが、それはもうしなくなっていた。靖が何か作るだとか、買って帰るだとかしなくても、昭仁は二人の食費の範囲内でなんとかやっているようだった。

不安すら感じようがない、想像したこともなかったから、と思う。そのうち昭仁に、自分は家を出ることになったと話さなければならない。今のこの状態では、昭仁はそれほど自分がいなくなることを悲しまないだろうということが救いであるように思えた。

最終節直前の二つの試合のうちの一つを落とし、もう一つを引き分けてしまったので、奈良ＦＣは、最終節の伊勢志摩ユナイテッドとの試合には絶対に勝たなくてはプレーオフに行けないという状況にあった。先週のアウェイでの熱海龍宮クラブの試合には勝てるだろうと考えていたのだが、甘かったようだ。

もし余裕があるなら、嶺田さんとのんびり最終節を観に行こうと靖は考え始めていたのだが、勝たなくては、という試合を嶺田さんと過ごすことに自信が持てなくて、やっぱり最終節は一人で行くよ、と伝えた。靖は、サッカーのことで真面目になりすぎている自分が少し情けなかったが、嶺田さんは、わかったよ、と言ってくれた。

奈良も余裕のない状態にあったが、伊勢志摩の窓井も、最終節の前の試合で二点を入れ、得点ランキングで2位に浮上していた。奈良との最終節の出来次第では、二部の得点王になる可能性も残されていた。伊勢志摩の戦力を考えると、奈良もすごく強いというわけではないとはいえ、窓井の得点王奪取はちょっと現実味に欠ける感じがしたが、窓井という選手はそんなことは意にも介さないようにも思えた。二年前、負傷者の続出で奈良が二部リーグ最下位に沈んでいた時も、夏に舞い戻ってきた窓井は、乏しい戦力の中、なんとか奈良をシーズン14位まで引き上げることに成功して『奇跡の残留』と言われた。最終節の試合の後、アナウンサーに、万感の思いがおありかと思われます、と言われた窓井は、「何も考えてませんでした」と答えていた。

最終節の前日になっても、靖は昭仁に転勤のことを打ち明けられていなかった。まだ十一月だし、来年の四月はずっと先だという、ごく普通の所感がありつつも、どこかで自分は昭仁と話をすることから逃げていると靖は自覚していた。それほど、自分のことよりも奈良FCのことを考えていたのかもしれないし、試合に自分一人で行くか嶺田さんと行くかということを考えたかったのかもしれない。

最終節の、奈良ＦＣのホームスタジアムで行われる奈良ＦＣ対伊勢志摩ユナイテッドのキックオフ時刻は、十五時だった。靖と昭仁はいつも、指定席より安い自由席のチケットを取って、常に二時間前にはスタジアムに到着するようにしていた。靖が一人で試合を観に行くようになってもそうだったし、昭仁もかなり早めに家を出ていくのでその習慣は残っているようだった。

正午過ぎに、靖がスタジアムに持っていくコーヒーを水筒に詰めていると、昭仁が冷蔵庫を開けて、自分で作ったと思われるおにぎりを取り出していた。兄弟で奈良ＦＣを観に行っている時は、そんなことはしていなかったが、伊勢志摩のホームへ行くのは時間も交通費もかかるので、そうやって食事を用意するようになったのかもしれない。

「窓井さ」昭仁は、冷蔵庫を閉めて、リュックの中におにぎりの入ったポリ袋を入れながら口を開いた。久しぶりに声を聞くような気がした。「今日は二点取るって息子に約束したんやってさ」

「そうか」

「あの人、あれでもうそつくのん嫌いやから、そういうことめったにせえへんねん」

「なんか聞いたことある」

自信がないというのではないが、約束を破ると相手が落胆するので、中身のない確約はしない、というようなことを言っていて、意外だなと思ったことがある。だからこそ、二年前に奈良に戻ってきた時の、絶対残留させます、という言葉は信頼できたのだが。

「奈良、今日勝たなプレーオフ行けんやんか?」

「うん」

「どうなんねやろな」

そう言って、昭仁はリュックを背負う。自分もそろそろ出なければいけない時間だと靖は思う。

「おれな、四月から京都で働くことになってん」部屋から出ていく昭仁の、すり切れたリュックを見つめながら、靖は告げた。「京都ゆうてもちょっとだけ外れで、始業時間早いから、この家出ることになる」

靖の言葉に、昭仁はほんの少しだけ振り返って、そうか、と答え、玄関へ続く廊下へと出て行った。水筒にコーヒーを詰め終わった靖は、フィルターをゴミ箱に捨て、ほんの少し残った分をカップに注いで飲み干した。

兄弟の住んでいる祖父母が遺(のこ)してくれた家からは、奈良FCのホームスタジアムは自転車で十五分のところにあった。思えば、昭仁の高校二年の秋まで、試合のたびに自転車で縦に連なって走っていたのがすごく間が抜けて思える。昭仁が小学生だった頃は、まだ体が小さい昭仁のペースに合わせて走るのがひどくもどかしかった。今は靖より背が高いぐらいなのだが。

スタジアムに向かう道路には、靖と同じように自転車で走っている小学生をよく見かける。奈良ＦＣは、小学生は観戦無料だから、近所に遊びに行く感覚で試合を観に行くのだと思う。靖が昭仁をサッカーの試合に連れて行こうと思ったのも、ただだったからだ。何かさせないといけないけど、母親が亡くなってそう簡単にお金を使うこともできない、と高校生なりに考えた結果だった。

自転車を駐輪して、スタジアムの建物に向かう。キックオフ二時間前ながら、すでに大勢の人が集まってきていた。ユニフォームを着ている人たちの三割ぐらいは、伊勢志摩ユナイテッドのものを着ていて、そんなに遠いところのチームというわけでもないんだよなと靖は思う。プレーオフ出場がかかった試合なので、奈良のサポーターたちはぴりぴりしているのではないかと靖は考えていたが、ほとんどそういう雰囲気はなく、みんなのんびりしていた。

靖はいつも、バックスタンドのホームサポーター用の自由席に座る。ピッチを左側から見下ろす、少し高い位置の席が好きなのだが、一人で来るようになると席を取るのが楽になった。だいたい試合開始の二時間前に来るようにはしているけれど、キックオフ直前にスタジアムに入るようなこともあって、そういう時は、兄弟二人で並んで観ることのできる席を探すのに苦労した。

荷物を置いて席を取り、スタジアムの外のフードパークに食べる物を調達しに行く。今日は豚バラ串と、奈良漬けのおにぎりを買った。奮発してビールもつけた。少し前まで、そんなにおいしいとは思えなかったのだが、嶺田さんがとにかくビールという人なので、付き合いで呑むようになったら意外と口に合った。買った物を持って席に戻り、青空の下で食べ始める。豚バラ串とおにぎりはビールによく合って、靖は幸せな気持ちになった。

前の席には、九歳か十歳ぐらいの男の子が座っていて、父親と思われる男の人の隣で焼き鳥を食べていた。焼き鳥はよく食べた。男の子が食べているのは、スタジアムで売っているものだが、靖と昭仁はスーパーの売り物を食べていた。靖が昭仁をスタジアムに連れてくるようになった頃は、お金のことが今以上に不安だったので、近所のスーパーでフードパークの売り物に似た総菜を探して持ち込み、二人で食べていた。物価が少し割高なスタジアムで、食べたい物が食べられないなどという寂しい思いを昭仁にはさせたくなかった。

試合開始までは、嶺田さんと携帯でやりとりをして過ごした。ずっと漫才の番組を見ているという嶺田さんに、豚バラ串と奈良漬けのおにぎりを食べた、と言うと、何それめっちゃうらやましい、と返ってきた。

メインスタンド側から、アウェイの伊勢志摩の選手たちが出てきてウォーミングアップを始め、続いてホームの奈良の選手が出てきた。窓井が、奈良の観客たちに向かって何かをやるんじゃないか、と靖はじっと見ていたが、特に何もせず、窓井にしては硬い表情で体を動かしていた。伊勢志摩のスターティングメンバーが発表になり、窓井の名前が呼ばれると、窓井が去年まで所属していた奈良のゴール裏の観客たちは、控えめにブーイングのようなことをしたのだが、それもどうも尻すぼみに終わっていた。もともとそういうことには慣れていない、温厚な客層なのだった。だからこそ、今シーズンの選手の一斉入れ替えは強烈にショックだったのだが、最終節の今はすっかり乗り越えてしまったように感じる。今の選手たちが、去年や一昨年よりもいい結果を出しているからだろう。靖は、窓井にプレースタイルがちょっと似ている、十八歳の飛山（とびやま）というFWに注目していた。今年、下部組織から昇格した選手だった。

試合は、奈良側だとしても伊勢志摩側だとしても、常に油断ならない展開になった。飛山が、開始早々五分で点を入れて、前半終了前にも奈良のフリーキックが入ったまではよかったのだが、後半になると、伊勢志摩が奈良の陣内に押し込む場面が多くなった。中でも、休みなく駆け回りゴールを狙ってトライアルとエラーを繰り返す窓井は、奈良側からするといやな選手だった。ぴったりな位置からであっても、的外れな場所からであっても、とにかく窓井は諦めるということを知らない様子だった。

後半三十分に、ついに窓井は得点し、その後三十四分にも点を入れた。つい四分前まで、今年はプレーオフに行けるのではないかと思いかかっていた奈良のファンたちは、恐慌する者と、逆に静まりかえる者で二分され、スタジアムを異様な雰囲気が覆い尽くした。靖も、呼吸以外は何もできなくなるほどの緊張が自分を八方から固めるのを感じた。また今年もだめなのか。しかも窓井に阻止されるのか。

しかし後半四十四分、コーナーキックを獲得した奈良が、主将をつとめるMFの野村のヘディングで得点し、3－2で奈良FCは伊勢志摩ユナイテッドに勝利した。プレーオフ行けるー！　と靖の後ろの誰かが叫んでいた。周囲の全員が立ち上がって拍手をしている中、靖は、全身の力が抜けるのを感じながら、大きな溜め息をついて、後半に入ってからまったく飲んでいなかったコーヒーを水筒から一口飲み、やっと事の次第を実感した。

奈良FCと伊勢志摩ユナイテッドの選手が一列に並んで礼をし終わった後も、拍手は鳴り止まず、靖はやっと立ち上がって、いったんベンチへと戻ってゆく選手たちを見ていた。ほんの一週だとか二週の話だけれども、まだプレーオフでもう少し彼らを見られるのか、と思うと、自然と顔がほころぶのを感じた。感謝がこみ上げてきた。

この後、奈良FCの選手と監督とスタッフが場内を一周する段取りなのだが、その前に、伊勢志摩ユナイテッドのベンチの方から、一人の選手が小走りで奈良FCのゴール裏へと向かっていくのが見えた。窓井だった。伊勢志摩のユニフォーム姿の窓井が、改めて靖には見慣れず、本当に移籍してしまったんだな、と実感した。靖は窓井が大好きだったし、今も好きなので、窓井を奈良FCの試合で見かけることのなかったこのシーズンの間、窓井はどこかに旅に出ているぐらいに感じようとしていた。でもやっぱり、窓井はもう奈良の選手ではないのだ。奈良FCのサポーターたちは、窓井を拍手と歓声で迎え、窓井はそれにお辞儀をして、両手を頭の上に上げて拍手をした。誰かが携帯を見ながら、うわ窓井得点王やん！　と叫んでいた。窓井は三十一歳で、もっとも長く在籍した奈良FCではないクラブで、キャリア史上最高の成績をおさめた。

バックスタンドの方にもやってきた窓井は、やはり拍手で迎えられ、今度は英国の執事がやるような作法でお辞儀をした。靖は、こんなにかっこいい選手だったのか、と思い出した。昭仁が窓井の移籍を悲しんでいることとの平衡をとろうとして抑えていたものが、胸の奥底からあふれ出てくるのを感じた。大好きだった。これからもきっとそうだろう。

窓井はそれから、メインスタンド側にもあいさつに行き、伊勢志摩の選手たちと合流して、スタジアムの中へと帰っていった。その退場と入れ替わるように、奈良FCの選手と監督とスタッフたちが、場内を一周し始めた。靖は、席の間の通路を下りて、前の方へと選手たちを見に行った。窓井のことは大好きだけれども、今年奈良FCのために戦ってくれた今の選手たちもすばらしいと靖は思った。

バックスタンドでの選手たちのあいさつが終わると、靖は席に戻って荷物を取り、急いでスタジアムのコンコースへと戻った。本当は選手全員がいなくなるまで見送りたかったのだが、昭仁に会わなければと思ったのだった。伊勢志摩の選手が引っ込んでから時間が経っていたので、もう帰ってしまったかもしれないが、とにかく、ビジター側のゲートま

で行って、それらしい人間を捜そうと思った。

まだたくさん人が出てきている途中だったのはよかったのだが、ひどく冷え込んできたのがつらくなり始めた。十一月の夕方が暮れるのは早く、濃い灰色の雲の間で、夕陽の光が赤く流れていた。半分ぐらい残っていた水筒のコーヒーは、体を温めるために飲んでいるうちにすぐなくなってしまった。

ビジター側から出てくる、伊勢志摩ユナイテッドのユニフォームやグッズを身に着けた人々が途切れがちになってくると、やっぱりさっさと帰ってしまったのかな、と靖は思い直した。そりゃそうだ。何の約束もしていないのに、こんなに人がたくさんいるところで会おうなんて無謀な話だ。

靖は首を振って、自転車置き場への道のりを歩き始めた。冷え込みを厳しく感じたので、ラーメンだかうどんだか何か温かいものを食べたいと思いながら、まだたくさん人が出てきているホーム側のゲートの前を通ると、先ほどの自分のように、スタジアムから出てくる人をじっと見ている背の高い人影を見かけた。靖は、立ち止まって目をこらした。昭仁だった。靖の弟は、先ほどまでの自分と同じように、おそらく靖のことを待っていた。窓井よかったたな、と声をかけると、こちらを向いた昭仁はおごそかに、誇らしげに右手を挙げた。少しだけ笑っているようにも見えた。

第6話　龍宮の友達

　更衣室で私服に着替えていると、後から入ってきた細田さんが、これ、頼まれたものだけど、と折りたたまれた白い布の入った紙袋を渡してきた。

「前に手伝ったのと同じ寸法で良かったのよね？」

「そうです。ほんとにすみません。ありがとうございます。恩に着ます。これどうぞ」

　睦実は何度も頭を下げながら、細田さんが渡してくれた袋をトートバッグに入れ、財布を出して千円札を四枚取り出し、細田さんに渡そうとする。

「布は一メートル二五〇円のだったし、すぐに縫えたから、こんなにもらえませんよ」

　細田さんは胸元で両手を振って、睦実が差し出すお札を拒もうとするのだが、いえいえ、ほんと、こういうことのために毎日働いてますし、と睦実が言い募ると、うーんとうなって、じゃあ二千円だけ……、と首を傾げる。睦実は、そこを何とか、じゃあ三千円で、と言うと、細田さんは、じゃあ次の機会は無料にします、と答えた。

「でも今週末と来週末のが終わったら、あと三か月ぐらい試合ないんですけどね」

「じゃあ来年のいつかで」

細田さんはそう言いながら、さっさと着替えを済ませた。睦実も着替え終わり、一緒に帰ることにする。細田さんとは、細田さんの乗り換えまで帰る方向が同じだった。わざわざ待ち合わせたりはしないが、更衣室を出る時間が重なると、だいたい一緒に帰っている。

晩ごはん何にする予定ですか？　と訊くと、細田さんは、買い物して帰らないから、家にある野菜だけ煮込んでシチューにでもするかな、と答える。細田さんの話す作り方はとても簡単でおいしそうだったので、娘の日芙美に今度リクエストしようと思いながら、駅へと向かう。

本業のイラストレーターの仕事は家でしないといけないのに、あまり自宅にいたくないという矛盾を抱えていた睦実は、三年前から雑居ビルの清掃のパートを始めた。同時期にこの職場にやってきたのが六十代半ばの細田さんだった。仕事が定年になって、自宅で時間をもてあましているよりはとパートを始めたそうだ。細田さんとは、仕事終わりや休みの日に食事に行くような仲ではなかったけれども、休憩時間や更衣室ではよく話していた。

細田さんは、一年前に夫を亡くしたのだが、職場を休んだのは一週間だけだったので、睦実は本当に彼女の言うように「所用で」と当時は信じていた。細田さんが再び出勤してきて、いつものように駅への帰り道で、どちらへかご親戚のところにでも行かれてたんですか？　と睦実がたずねると、夫が亡くなったのよね、と細田さんは静かに答えたのだった。睦実は、すみません、変なこと訊いちゃって、とあやまり、ごめんなさい、本当にすみません、お悔やみを申し上げます、と更にあやまりながら細田さんと同じ電車に乗り、いいのよべつに、と困惑する様子の細田さんに付いて、そのままなんとなく細田さんの乗り換えの駅で降りてしまった。あの、いいの？　と発車する電車を振り返る細田さんに、自分は何をしているのかと更に混乱した睦実は、すみません、コーヒーでもおごります、とりあえず、と駅のベンチを勧めた。

細田さんは普通に家に帰りたいのかもしれないのに、ますます自分は何をしてるんだろう、と思いながら、睦実は駅の自動販売機でコーヒーを買って、細田さんのところに戻った。自分の交友範囲では、親が亡くなったとはしばしば耳にするけれども、夫が亡くなったという話は初めてだったので、必要以上におたおたしていたのかもしれない。細田さんは、ありがとう、と言いながら睦実からコーヒーを受け取ってくれた。衝動的に電車を降りてしまったが、変なことをしているかもしれないと思いつつも、睦実はうまく判断ができないでいた。その時はよく変なことをしでかしていた。改札機の前で家の鍵を出したりとか、冷蔵庫の中にトイレの消臭剤をしまったりだとか、雨でもないのにビニール傘をさして外を歩いていたりだとか。高一の娘の日芙美がどうしても学校に行こうとしないし、夫が不倫をしている有り様だから、もう脳の可動域が極小単位まで狭まっていたのかもしれない。

電車を降りたわりに話すことに困った睦実は、私の娘は学校に行かなくて、夫がたぶん不倫している、という話をした。種類の違うつまらない不幸に巻き込まれている人間がいる、ということで、自分を下に見て少しでもましな気分になってほしかった。夫はまあもてるし、ものすごく信用がおけるタイプでないことは結婚当初から覚悟していたけど、本当にそんなことをされると言葉を失う。心の舵も失う。でも別に私のことはどうでもいいからと、娘が学校に行かない話をしようとしても、それにさえまともに耳を傾けない。

細田さんは、静かにうなずきながら睦実の話を聞いていた。睦実は、細田さんの顔を見ながら突然、やはり夫が亡くなった人の前でするような話ではないと思い至り、すみません、引き留めた上にこんな話をして、と平謝りし始めた。自分はものすごく不安定になっていて、頭もパーになっている、と睦実は思った。そういう時期だった。

いいのよ、と細田さんは言った。そして、人と話すこと自体が気晴らしになるなって今思ったから、と続けた。睦実は、この場ではいっさい何も解決していないのに、このよ知りもしない、最近夫が亡くなった職場の女の人に腕をつかんでもらったような気がした。

「何かできることがあったら言ってくださいね」

「ならトイレ掃除を少し代わってもらおうかな」

「もちろんやります」

「うそよ」

細田さんは、そう言って、じゃあそろそろ、と立ち上がって、また明日、と乗り換えのホームへと続く階段を下りていった。何も言わない人だな、と睦実は思った。

安曇野の実家に戻って白馬FCの試合を観に行くようになったのは、その頃だった。当時はよく、週末だけ環境を変えて、金曜の夜から実家に帰って休んでいたのだが、地元の駅や銀行やホテルの入り口などでポスターを見かけたり、選手によるモーグル体験イベントの記事が市政だよりに掲載されているのを見かけて次第に興味を持った。こんなものは自分がここに住んでいた二十年ほど前にはなかった、と母親に言うと、自分のパート先の友達が熱心なファンで、ホームの試合のたびに観に行ってるよ、と答えた。

それで、去年の最終節を観に行った。市政だよりに登場していた選手がみんな男前だったから、というばかみたいな理由だったが、夫のことに対する憂さ晴らしとしては充分だった。本当のところ、男前の選手が多いというのは漠たる思いこみでしかなかったのが、試合後に、地元の老若男女が、フィールドをゆっくりと一周する選手たちに手を振り、「お疲れさま」だとか、「来年もいてね」と声をかけてねぎらう様子は興味深かった。

その後睦実は、シーズンオフを経て、ホーム開幕戦を観に行った。それからは、二週に一回は高速バスに乗って実家に帰り、ホームの試合はすべて観に行っている。アウェイの試合も、自宅から近いところなら足を運ぶようになった。最初は、自分の生活のことを忘れたい一心だったようなところもあったが、次第に睦実は、本当に白馬FCのことを気にかけるようになった。強いというわけでもなく、どちらかというと弱いが、ごくたまに上位のチームに勝ち、試合の合間を縫って地域の活動に精を出す白馬FCは、よちよち歩きを始めた幼児のように、手は掛かりそうだが見守り甲斐のあるクラブだった。六月に降格圏に落ちた時は、家庭のことも忘れるぐらい憂鬱だったし、その後三連勝した時は、娘の日芙美があきれるぐらい浮かれていた。

夏が終わり、白馬FCは一部への昇格も三部への降格もなさそうだ、ということがだいたい見えてきた矢先、夫に「浮気してるんじゃないのか？」と言われた。週末にしょっちゅう家からいなくなることをあやしまれたのだった。睦実は、買ってしまったユニフォームや、試合に行く時に持って行くさまざまなものを実家に置いていて、家にはタオルマフラーぐらいしかなかったので、夫はまさか妻がサッカーの試合を観に行っているとまでは思い至らなかったのだろう。しかも二部の。

睦実は、あんたこそ、とも言わなかったし、否定もしなかった。ただ、どうかな、と答えた。どうかなとはなんだよ、と夫は言った。睦実は軽くうなずいて、どうかなとしか言いようがなくて、とその場を逃れた。

細田さんが、今になって見たことのない夫の写真が見つかったのだが、という話をしてきたのは、金曜日の帰り際のことだった。デジカメか携帯で撮影した画像を光沢紙に印刷したものが、夫の弟の奥さんから送られてきたのだという。

「夫は亡くなる少し前までの何年か、よく故郷に帰ってたんだけど、そのたびに弟さんの家に泊まってたのよ。両親とは折り合いが良くなかったから、あまり実家には帰らなかったんだけど。でも二人とも亡くなってしばらくしてから、ときどき夫は地元に出向いて、弟さんの家に泊まって帰ってくるようになったの。それで私が、地元で何してるの？って訊くと、友達と出かけてる、って言うのね」

写真は、細田さんの夫が弟の家に預けていたこまごました荷物の中から発見されたという。夫の弟の奥さんは、遺品はすべて送っていたつもりだったのだが、自宅の者で誰も持ち主がいない、そして誰も行ったことのない嵐山に関するパンフレットなどが入った〈嵐山へおいでやす〉とでかでかと書かれたビニール袋が見つかったことで、それが義理の兄の遺品の残りなのではないかということに気が付いた。それで彼女は、その袋の中身を改めて取り出してたしかめ、嵐山の観光案内の中から一枚の写真を見つけだし、細田さんに送ってきたのだった。

「それはどういう感じのですか？」

「これなんだけど」

細田さんは、気が進まないながらも、見せずにはいられない、というような複雑な様子で、バッグの中に入っている〈嵐山へおいでやす〉と毛筆体で書かれた袋から、写真を取り出す。

「その上縁のメガネの坊主の人が、私の夫」

居酒屋のようなところで、グラスを傾けながら男性は歯を見せて笑っている。首にはタオルが巻かれている。同じテーブルには、三十代半ばから四十代前半ぐらいの女性が三人いて、一人は赤、一人は緑、一人は黄色のユニフォームらしき服装をしており、やはりタオルを首に巻いている。

「あの、これね」

「夫はほんとに堅い人で、そんなふうに女の人と笑ってるところなんか見たことなかったの。つまらない人っていうんではぜんぜんなくて。二人で年末のお笑いとか見るのは大好きだったんだけど、とにかくそういう若い女の人のいるようなところには行く人じゃなかったのよ。木村多江の出てくる番組は全部録画してたけど」

「これね」

「それに写真は本当に残さない人なんですよ。でもわざわざこういうものを遺(のこ)すなんて」

「あのね、これ、熱海龍宮(あたみりゅうぐう)クラブのユニフォームとタオルマフラーです。サッカーのリーグ二部の」

睦実の言葉に、細田さんは、龍宮クラブ？　と呆(ほう)けたように言い返す。睦実はうなずいて、写真の女性の一人一人を指さして説明する。

「たぶんサッカーにご興味ないとわからないと思うんですけど、この赤いのが熱海のホームのユニフォームで、緑がゴールキーパーの、あの、端っこの四角いとこに入って、手を使える人のユニフォームで、黄色が敵地で試合をする時のユニフォームです」

細田さんはしばらく考えて、しげしげと写真を見下ろし、やがて目を丸くして睦実を見(み)遣(や)る。

「夫は故郷の熱海でサッカーを観てたってこと？」

「どのぐらい行ってたのかはわからないですけど、嵐山戦には行ったことがあると思います。相手のチームの本拠地の観光を宣伝する発行物をもらうことってよくありますから。嵐山にもサッカーチームがあるんですよ。オスプレイ嵐山っていう」

「知らなかった……」

細田さんが、本当に寝耳に水だというような、少し傷ついてさえいるような様子を見せると、睦実の胸はやや痛んだ。自分も同じことをしているからだ。

睦実は、写真を受け取ってよく見せてもらうことにする。女の人三人は確かに目立つが、その奥にもずらりと、おそらくカメラを見て笑ったりポーズを取っている人々がいる。そこには、中年の男性もいたし、初老の女性もいたし、若い男子もいたし、五歳ぐらいの女の子もいて、だいたいどの人も、熱海龍宮クラブのユニフォームを着たり、グッズを身に付けたりしていた。

「これね、もしかしたら、試合の終わりで、単にサポーターがよく行く店みたいなところで集まって撮っただけかもしれないです」自分がその場を知っているわけではないので、いいかげんなことは言えないのだが、可能性が高そうだと思うことを睦実は話す。「だからもしかしたら、この女の人たちと旦那さんは、単にその場に居合わせただけかもしれません」

そう言いながら睦実が写真を返すと、細田さんは、そうなのか、と言いながら〈嵐山へおいでやす〉の袋に入れる。白馬はあんまり強くないんだけど、嵐山には今年ホームもアウェイも勝ってるんだよな、と睦実は思い返す。熱海は三月に熱海のホームで白馬と試合やって、その時は0－0のドローだったような。確か最終節にうちに来るの、熱海じゃなかったっけ？　睦実は自分のバッグから財布を出して、中からぼろぼろのポケットガイドを取り出し、年間の試合スケジュールを確認する。

「あの、私の好きなチームが最終節、ってその年の最後の試合なんですけど、熱海龍宮クラブと対戦するんですよ」

睦実は当然観に行く試合だったので、声が弾んでいたが、話をされた方の細田さんは、反応に困る、というように、軽く首を傾げて睦実を見返す。

「細田さんが作ってくれたゲートフラッグ、次の試合とその最後の試合で上げるんです。旦那さんが応援してたチームとの」

自分と夫の話を出された細田さんは、はっとしたように目を見開いて、そうなの、と言った。そうなんですよ、と睦実は軽く身を乗り出した。

最終節前の白馬FCは13位で、二部リーグに昇格してからは最高の成績を収めたという

ことで、公式サイトやサポーターのＳＮＳなどは静かな盛り上がりを見せていたが、世間的にはどうということはなかった。睦実も、来年は10位以内というのも夢じゃないかもな、とほくそ笑みつつ、特にそれを口にすることはなかった。対戦相手の熱海龍宮クラブは18位で、こちらもリーグ全体から見ると微妙ではあったが、シーズン半ばに降格圏である最下位の22位まで順位を落としたことを考えると、ものすごく悪いというわけでもない。二部リーグの13位と18位の試合なんてやる意味あんの、と娘の日芙美は辛辣だったが、なぜかスケジュールも順位表も一応把握はしていた。

「何描いてんの？」

「新垣のゲーフラの図案」

「怪我から戻ってくるんだよね」

　日芙美は、夕食ができあがるのを待つ間に睦実が描いていた落描きをのぞきこみながら、自分の分のスパゲティにレンジで温めたミートソースをかける。三十八歳の新垣は『白馬の魂』と称される地域リーグ時代から白馬ひとすじの選手だった。五月半ばに新垣を怪我で欠いてからの白馬は、失点に苦しんだものの、夏に期限付き移籍をしてきたプロ二年目のフォワードの加藤がそれ以上に点を取る活躍をして、低迷していた白馬を13位まで押し上げた。

「よく知ってるね」

「お母さんの影響でね。人気あんの？」

「ユニフォームはいちばんよく見るかも。でも九月からはかとちんのが多いかな」

睦実は、自分の分のクリームソースのパスタに、少しだけ牛乳をかけてソースをのばす。日芙美が作ってくれたのだが、うまくもないしまずくもない。いやでも、パスタが硬めにゆでてあるのがほんのちょっとはおいしいかもしれない、と思いながら口に運ぶ。いよいよ本格的に不登校になった時に、学校に行かないんなら家事をやって、と説得すると、日芙美は家でも外でも働いている睦実の代わりに簡単な炊事洗濯はこなすようになった。

「加藤ちょっとかっこいいよね」

「一緒に観に来てもいいんだよ」

「やめとく。でも冬の間に一回はおばあちゃんちに行くよ、一人で」

日芙美は、睦実とであっても長時間人といると疲弊するようで、何度か実家に帰る時についでに誘っても、いいなあ、とは言うものの、一度も来たことはない。

娘は、白馬のスタジアムにいたっては、人がいっぱいいてさ、みんなあれなんでしょ？　仲良さそうなんでしょ？　と懐疑的な態度をとる。睦実は、まあ同じチームを応援はして、そこでは共通してるけどほかの部分ではばらっばらなんじゃないの、と正直なところを言ったのだが、日芙美は、歌とか歌いたくないし、いい大人が好き好んでお揃いのユニフォーム着てるのとか不気味だよ、と言う。まあそれもそうかもしれない。

高速バスにはトイレあるよね？　と訊かれて、あるよ、と睦実はうなずく。じゃあおじいちゃんとおばあちゃんちには行く、一人で、と日芙美は呟く。

本当は、バスやサッカーの話ではなくて、高校に行く気はあるのか、という話をしなければいけないのに、と思う。無理をして小中高とエスカレーター式の私立校に入れたのだが、日芙美は高校一年の二学期から学校に行かなくなってしまった。今考えると、なぜあんなに自分は躍起になって日芙美を私立の小学校に入れようとしたのだろうと思う。周囲は確かに、えらいよね、とか、すごいよね、などと言ってくれた。でも、言葉しか残らなかった。

もう一人子供がほしかったけど、できなかったからだろう、と今はうすうす、自分の願望がどんな綱引きをしていたかを睦実は俯瞰することができるようになった。なので一人の娘になるたけ手をかけて、与えられるだけのものを与えて育てようと思った。でも、日芙美はあまり欲がない子で、どれだけ睦実が与えたくても、与えさせてくれないようなところがあった。ピアノやダンスなどの習い事もすぐに嫌になってしまった。友達もそんなには作らなかったし、教室では目立たない子供だった。塾にはまじめに行っていたことが救いだけれど、そのうち一箇所に人がたくさんいることに耐えられなくなって、自習に切り替えた。学校にも塾にも行かなくなった日芙美は、自分で決めた勉強のノルマを自分で管理して勉強をしている。管理そのものはできているようだ。

睦実はとにかく手を差し伸べたくて、好きなものはないの？ と月に一度ぐらいはたずねるのだが、テレビで漫才を見ることと、ネットで映画を観るぐらいしか楽しみにしていることはないようで、きわめて淡々と暮らしている。

最初はそんな日芙美に関して、自分はどこで育て方を間違ったのだろうか、と気に病んでいたのだが、そういえば自分だって中学の頃は絵を描くことにしか興味がなかったなと思うと、自責の念もそれほどではなくなってきた。睦実が自身を責めなくなったからといって、状況は良くはなっていないのだが。

「高校のことさ」睦実が切り出さなければいけないと思っていたことを、日芙美が不意に話し始めたので、睦実は緊張してフォークを皿に置く。そして水を飲む。「やっぱり行きたくない。でも、勉強したくないとか、朝同じ場所に行きたくないとかじゃないんだよ。同い年のたくさんの人と理由もなくいて、その人たちの意向をくみながら行動するとかっていうのが、なんかどうしても耐えられなくて」

日芙美はうつむいたまま、静かに話し続ける。感情を抑えて、泣くわけでも脅すわけでもなく、交渉をしている、という様子だった。

「予備校とかになら行けるかもしれない。勉強するっていう目的があるから。同い年だからってだけの理由で大勢と一緒の部屋にいてうまくやっていかないといけないっていうのだけがいやなんだ。向いてないんだよ」

睦実はうなずく。言いたいことはわからないでもないと思う。

「あとさ、離婚してもいいよ、もう」

日芙美は顔を上げて、睦実の視線を探すように軽く首を傾げる。睦実は、それから逃げようとしたけれども、でもだめだと思い直して、日芙美の顔を見返す。美人でも不美人でもない。幸せになれそうかはわからないけど、不幸をかわす力はそれなりにありそうだと思った。

「お母さんさ、私のことがある状態で、お父さんと別れちゃったら、だめなことが重なってだめだとか思ってるかもしれないけど、べつにいいんだよ。私のだめさはお母さんのせいじゃないし、何とかする方法を探すからさ」

うん、考えとく、と睦実は答えた。

最終節の、白馬FCのホームスタジアムでの熱海龍宮クラブとの試合には、細田さんと行くことになった。夫が亡くなってからずっと旅行になんか出かけてなかったし、ちょうどよかったのよ、と細田さんは言っていた。
白馬村の外れにあるスタジアムは、収容人数が一万人強とリーグ一部に昇格する基準を満たしていない小ぢんまりとした施設で、サッカーが初めての細田さんが観に行くのにそれでいいのだろうかと一瞬不安になったのだが、総合運動公園の敷地に設置された、空気で膨らませたふわふわのゲートをくぐった時に、なんだかお祭みたいね、と言った細田さんの声が笑っていたので、睦実は少し安心した。

スタジアムの周辺には、屋台や周辺の地域の観光促進のためのブースが立っていたほかに、地元の元スキー選手との交流会があって、細田さんも知っているような引退した有名な選手も来ていた。睦実と細田さんは、相変わらず美人だなあ、と彼女を遠巻きに眺めながら感心し、結局握手をしてもらいに所属していた企業のブースの行列に並んだ。細田さんは、夫と冬季五輪でのご活躍をずっと見ていました、と言うと、元選手は、ありがとうございます、と笑った。睦実もその話にあずかり、もうこれで帰ってもいいわ、などと細田さんと冗談を言い合いながらブースを出てきた。

いつもは四千人来るか来ないかのスタジアムだったが、その日は最終節ということがあってか、満員とはいかないまでも、九割がたは埋まっていて、常に白馬の運営資金の心配をしている睦実は少し安心した。

「いつもはガラガラなんですけどね」

そう言いながら、睦実はメインスタンドのアウェイ寄りの指定席へと案内する。細田さんの旦那さんは、熱海龍宮クラブを応援していたわけで、ならば細田さんも一応熱海龍宮クラブ側の人になるだろうな、ということで、睦実はいつも座っているホーム側の自由席をやめた。せっかく旦那さんが熱海龍宮クラブが好きだったという縁で来てもらったのに、白馬の応援をしている人ばかりの席で見てもらうのも忍びないと思ったのだった。ただ、あくまで「寄り」ということで、アウェイ寄りの席にも、白馬FCのユニフォームやグッズを身に付けている人はそれなりにいた。彼らと熱海龍宮クラブのユニフォームなりタオルマフラーをまとっている人たちの比率はだいたい半々ぐらいだった。

前から七列目の、センターラインに近い席だった。睦実の隣に座った、ビールのカップを手にすでにできあがっている様子の初老の男性が、フィールドで練習している選手に向かって、最後ぐらい逆転されずに終われよー、と大声で話しかけているのが不穏で、睦実は指定席を取ったことを後悔した。男性は私服で、一見どちらのファンかはわからなかったのだが、携帯電話に熱海龍宮クラブの龍の口から温泉が滝のように流れ出ているエンブレムのシールが貼ってあったので、熱海側の人か、と睦実は判断した。席がかなり寒いことも、睦実は気にかかった。あーそういえばこの季節はもう膝掛けいるんだよなー、と思いながら、持ってくるのを忘れたことを後悔しつつ、寒くないですか？　と睦実は細田さんに何度もたずねた。そのたびに細田さんは、寒くないですよ、と一応は答えてくれるのだが、本当のところはどうかわからない、と睦実はさらに心配になり、隣の酔っぱらっている男性が気がかりだったが、荷物を置いて温かいものを買いに席を離れることにした。

会場内では、オフスプリングの〈プリティ・フライ〉が流れ始めて、変な曲だな、と聴いたままのことを男性が言っていた。

コンコースに戻り、急いで温かい緑茶を買って席へ帰ると、細田さんがなぜかゲートフラッグを掲げていて驚いた。睦実の荷物から棒が突き出ていたせいか、どうも酔っている男性に話しかけられ、なにを描いているか見せていたようだ。睦実は、あーもーおっさん、と首を振りながら席へと降りて、お待たせしました！　と細田さんと男性の間に割り込んだ。

「これ、おたくが描いたんですか？」

「ええ、まあ」

「すごいなあ」

男性は、子供のように顔をほころばせた。

細田さんが持っている睦実のゲートフラッグには、下半身は白馬、上半身はディフェンダーの新垣、という半人半馬のイラストが描かれていた。新垣の復帰を期して描いたものだ。この方は本業はイラストレーターなんですよ、と細田さんは意外にも親しげな様子で初対面の男性に話しかけ、すでに顔の赤い男性は、えー、俺も描いてほしいなあ、と調子の良さそうなことを言った。男性は細田さんとだいたい同じ年の頃に見える。六十代前半から半ばあたりか。

おねえさんたちは地元の人？　と訊かれて、睦実は、違いますよ、と答え、細田さんは、東京から来たんです、と言う。

「東京から？　なんでこんな試合に？」

「私がこっちの方の出身なんですよ」

奥さんは？　と男性が細田さんに水を向けると、私はついてきただけですよ、と答える。

「そうかあ。俺はねえ、休みの日は地元の仕事が忙しいから、年に一回しかアウェイに来れないんだけど、今日がその日でね。いいとこだねこのへんは」

男性は、温泉旅館で働いているので、試合のある土日には、近くの熱海のスタジアムに行くために二時間だけ抜けるのならまだしも、遠出はできないということを説明する。睦実は、なんでこんな知らない人の話を聞いているんだろう、と思いながら耳を傾けていたが、だんだんそういうこだわりもなくなってきて、好きなだけ話したらいいという気分になってくる。

「地元でもさあ、だいたい一人で観るんだけど、去年まではさ、ときどき一緒に観るおじさんがいて、その人も東京から来てたな。出身が熱海なんだって言って」男性は、うまそうにカップを傾けながら、選手たちがメインスタンドへといったん戻っていく様子に目を細める。あと十分もしたら試合が始まる。「俺は独りもんだからべつにあれなんだけど、せっかく温泉に来てるんだから奥さんとかは連れてこないの？　って訊いたら、なんか照れくさいって言ってたな。長いこと一緒にいるからさ、今さらサッカーなんか観に行ってることを知られるのはなって」

まさか、と思う。睦実は、細田さんの方を見遣って、どんな顔をしているのか確認しようとする。細田さんは、選手のいなくなったピッチを眺めながら、微動だにせずにいる。

「あの人はアウェイにもよく行ってたから、何人か他に熱海の好きな知り合いもいたみたいだけど。亡くなったって聞いてさ。俺寂しくて。よく試合の後にちょっとだけ呑みに行ったりとか、一回だけだけど一緒に熱海の練習観に行ったりもしたんだよね。選手にサインとかもらっちゃった。俺はタオマフに書いてもらって、あの人は遠慮して握手だけだったけど、子供みたいに喜んでてね」

細田さんが、小刻みに震える手でバッグの中を探って、握りしめていた指先を開いて財布から写真を取り出すところを、睦実は見た。

「もしかしてこの人ですか？」

力を込めすぎて白くなった指先で、写真の端をつまみながら、細田さんはそれを男性に見せた。声はひりついていた。フィールドには再び、両チームの選手が戻ってきて、横一列に整列し始める。男性は、拍手をしながら写真をのぞき込んで、そう、この人！　なんでこんなの持ってるの⁉　と大声で言う。

「私の夫なんです」

「そっかあ。来年は嫁さんを連れてきて、俺に紹介してくれるって言ってたなあ。それが最後だった」

あっさりしたいい人だったなあ、と男性は笑って言った。視界の端で、細田さんが静かに口の端を上げて軽くうなずくのが見えた。

試合が始まった。前半開始二分で得点したのは白馬の方だった。ＦＷの加藤が、熱海のＤＦの裏に素早く飛び出し、ＧＫが出てきた反対側のサイドネットめがけて豪快に蹴り入れた。白馬を応援する観客たちは狂喜し、睦実の前に座っている若い女の子は、かとちんお願いだから帰らないでー！　と叫んでいた。

しかしその後、熱海の猛攻が始まり、相手陣内で奪ったボールを、十八歳のＦＷの縄田が単独で抜け出して、白馬のＤＦの新垣をかわして押し込み、１－１にしたかと思うと、五分後に今度はフリーキックを獲得し、それもミッドフィールダーの青下（あおした）が直接決めた。睦実の隣の初老の男性は、大喜びしながら、青下はね、若い頃うちの旅館で働きながらサッカーやってたんだよ、と教えてくれた。

　１－２で前半中に逆転されたが、もう今シーズン最後の試合だし、降格もしないことが決まってるし、ということで、睦実もその周囲の白馬のサポーターも、大して落胆している様子は見せず、ハーフタイムは睦実もビールを買いに行った。細田さんは、あれを巻いたらあったかいかも、と言って、熱海のエンブレムが縫いつけられたタオルマフラーを買っていた。睦実は、そこは適当に白馬のを買っちゃったりしないんだな、と密（ひそ）かにうれしく思った。

　睦実の隣の男性も、またビールを買ってきて呑みながら、熱海のゴール裏が歌うチャントを一緒になって歌い、最後なんだしいいかげん勝てよー、と声援を送っていた。睦実は、携帯で熱海の戦績について少し調べて、実はこれまでに五連敗していることを知った。熱海はシーズン前半にとても調子が良かったので貯金がたくさんあったのだが、あともう何試合かあったら、降格していたかもしれず、それなりにぎりぎりのところにいるようだった。

　後半が始まってすぐに、また熱海は得点した。ゴールしたのは若い縄田で、睦実は、もしかしたらうちのかとちんが元のチームに返却されることより、熱海のこの選手がどこか一部の大きなところへ移籍しちゃうことのほうが心配だろうな、と思った。さすがに二点差をつけられると、もはや順位には影響しない試合といえど、白馬を応援している人たちも悲しくなり始めて、客席にはやや沈痛なムードか、もしくは自暴自棄な感じの大きな歓声が増え始めた。睦実も、無邪気に応援を続ける隣の細田さんの旦那さんの知り合いの男性に、軽い敵意を感じ始めていたのだが、このまま二点差で試合が終わる、という直前に、白馬が獲得したフリーキックを、新垣が長身を生かしたヘディングでゴールに叩（たた）き込むと、白馬のファンの人々は再び歌を歌うなり拍手をするなり叫び声を上げるなりして盛り上がった。新垣のユニフォームを着て、選手入場時にゲートフラッグを出していた睦実は、後ろの若いカップルの二人ともから握手を求められ、ハイタッチをした。

新垣がゴールしたことはめでたかったものの、試合は、2－3で白馬が負けた。睦実の隣の男性は大喜びで、睦実の身体越しに細田さんに握手を求め、前の列の斜め前にいた熱海のユニフォームを着ている老夫婦とも喜び合っていた。

「これで最後なの？」

試合終了後の喧噪（けんそう）の中で、細田さんがそう言うのが聞こえたので、睦実は、また来年の二月の終わりから次のシーズンが始まりますよ、と答えた。

「熱海にさ、来てよ。俺従業員だから安くするよとかは言えないけど、うまい店教えるからさ」

睦実の隣の初老の男性は、メインスタンドに戻っていく熱海の選手たちに両手で手を振りながら、細田さんを振り返った。細田さんは、そうですね、とうなずいていた。

白馬の選手たちが、マスコットのしろうまくんに先導されながら、ゆっくりとフィールドを一周し始めたので、睦実はちょっとすみません、とゲートフラッグの棒を持って階段を降り、自分より背の低い子供は前に行かせてから旗を掲げた。この試合に負けはしたものの、白馬ＦＣは二部に上がってから最高の順位でシーズンを終え、観客たちはおおむね満足げに拍手をしたり、歓声を上げたりして、顔を見せにやってくる選手たちを出迎えた。特に、この試合で復帰した新垣は、やはり人気者で、みんな「アラさん」と叫んで手を振っていた。

旗を出しながら、睦実はふと家族のことを思い出した。離婚していいよ、という日芙美の言葉が頭をよぎり、そうかもね、と睦実はうなずいた。自分はその幕引きに耐えられると思った。

メインスタンドの中央寄りまでやってきた新垣の肩を、隣にいた選手が叩いて、客席の方を指さして見るように促していた。新垣が、睦実の方を見て旗を指さして笑った。観客席から目で見ただけでは何とも言えなかったけれど、白髪が増えたように見えた。どうもありがとう！　と睦実は大声で言った。今年でいちばん大きな声を出したような気がした。

第7話　権現様の弟、旅に出る

おい青木、飲み物少なくなってきてるぞ、注文取れよ、という西島さんの尖った声に、荘介はいはいと二つ返事でうなずいて、飲み物追加しますけど欲しい方いらっしゃいますか？　と合計で十一人集まった営業所の人々にたずねる。手を挙げたのは二人で、温かいお茶が欲しい、と言う。やっぱりもうみんな満足してるんじゃないか、と荘介は内心で思いながら、西島さんは何か？　とたずねると、西島さんは血走った目で荘介を睨みつけて、目の前のビールの瓶を指さす。あー同じのですね、と荘介はうなずいて、店員を呼び止め、温かいお茶を一応人数分と、西島さんの分の追加のビールを注文する。料理はまだ、このまま三十分後のお開きまでもつぐらいには残っていた。

荘介が席を立つと、正面の西島さんは、どこ行くんだよ？　とめざとく声をかけてくる。トイレです、と答えると、青木はトイレ行き過ぎなんだよ、と西島さんは吐き捨てるように言う。

「いや青木さん二回しか行ってませんよお」

荘介から二席ほど離れた場所から、少しトーンの高い女の人の声が飛んでくる。柳本さんだった。顔が真っ赤で、たぶん酔っぱらっている。

「こいつ俺と一緒に外回りしてる時もやたらトイレ行くんだよ」

「でも今日は二回でーす」

柳本さんはもはや、誰にものを言っているのかはかまわない様子で西島さんに絡んでいく。荘介の会社には、本社の社員は四十歳までに二年間、地方の支社や営業所に勤務するという慣例がある。柳本さんも西島さんもそれに倣って同時にこちらに来た人たちだった。二人とも一年になる。柳本さんは荘介と同い年で、西島さんより五年入社が遅いはずなのに怖くないのか、と荘介は思うのだが、二人は東京では関係のない部署にそれぞれ配属されていて、戻るとしてもそんな様子らしいので、柳本さんはこっちの盛岡で多少西島さんに嫌われても平気なのだろう。

不満そうな西島さんと、酔っぱらっている柳本さん、そしてその他の営業所のメンバーを残して、荘介は用を足しに行く。後は東京の本社に戻る塚越君にちょっとしたあいさつをしてもらって、所長に送り出しの言葉のようなものをもらえたら、この送別会の幹事としての任務はほとんど完了したと言っていいだろう。そのことは二人にもすでに相談済みだ。

手を洗いながら、西島さんに話を振ってやったらどんな顔をするんだろう、と思う。承諾するのか苛ついてみせるのか。話を振らなくても、それはそれで不満そうにするだろう。西島さんは荘介のやることなすことが気に入らないのだ。

　それもたぶん、この一年の我慢なんだけれども。

　席に戻ると、隣の席の所長が、青木君はあさって兵庫県に行くんだよな、と話しかけてくる。荘介がうなずくと、サッカーを観に行くそうだよ、と所長は補足する。荘介はあまり有休を取らないので、申し出をした時に所長が珍しがって理由を聞いてきたのだった。テーブルには、関西に行ったことがある人自体がいなかったので、いいなあ、とか、おみやげよろしくね、と口々に言われる。

「早めに家に帰って、早めに寝ろよ。旅行帰りの浮わついた奴と俺は仕事したくないね」

「そこまではしなくてもいいと思うよ……」

　所長の言葉に、西島さんは冷たい視線を向けてグラスをあおる。西島さんがこの営業所で大きい顔をしていられるのは、東京の営業部の部長と大学のサークルのOB同士で、家族ぐるみの付き合いがあるほど気に入られているからだと聞く。

　東京に戻る塚越君は、盛岡は本当にそばがおいしかった、プライベートでもまた来たいです、と力説していた。自分の住んでいる場所を気に入ってもらえるのは、存外に気分のいいことだと荘介は思う。そして所長がそれを受けて、そばならいつでもごちそうするから来てくれ、駅前の立ち食いだけど、と言って小さく笑いをとり、おおむね機嫌良く送別会は終わった。西島さん以外は。

　道で別れる時にも、青木おまえ、早く帰ってくるんだぞ、と西島さんに言われた。それで帰ってきたら仕事のことを考えろ。荘介は、うなずきも否定もせず、尽力します、と答えて、西島さんを見送った。

「自分だって言うほど考えてないでしょうよ」

荘介の隣で、帰っていく西島さんを見ていた柳本さんは呟(つぶや)く。

「どうなんでしょうね」

おみやげ買えたら買ってきます、と柳本さんに告げて別れた。楽しみにしてます、と柳本さんは手を振って横断歩道を渡っていった。荘介も手を振って、彼女が角を曲がるまでそちらの方を見ていた。

姫路のサッカースタジアムで神楽(かぐら)をやる件なのだが、隆行が実はどうしてもその日、別のチームの最初の試合に行きたいって言い出したんで、荘介来れないか、と司朗から切り出されたのは、四週間前に遠野に帰った時のことだった。
「隆行はサッカー好きなのに行がねの？」
「嫁さんが弘前の人で、その家族一同がネプタなんとかっていうチームの熱心なファンなんだど」
そのネプタなんとかの試合と、姫路のスタジアムでのイベントが重なるのだが、最初は姫路に神楽をやりに行く気でいたものの、日が近付いてくるとどうしても弘前に行かなければならない気がするのだ、と隆行は苦しげに言っていたらしい。

　それで荘介に話が来た。司朗によると、なんか知らねえけど先方から依頼があって、文化交流みたいな感じでサッカーやるとこで神楽をやることになった、交通費は出る、という話だった。

　神楽は、小学五年から高校三年までの八年間、荘介が進学で遠野から東京に引っ越すまでやっていた。幼稚園から中学校まで同じだった司朗に誘われたのだった。司朗の父親は神楽の団体のリーダーで、司朗も小さい頃から神楽をやっていた。荘介が神楽に誘われたのは、司朗と仲が良かったからでもあるけれども、祖父が優れた舞い手だったからというのも大きな理由の一つだった。別の神楽の団体に所属していた荘介の祖父は、体がよく動いていた頃は師匠クラスと言ってもいい人物だったそうだ。獅子頭（ししがしら）をかぶって神楽の最後に舞う権現舞（ごんげんまい）が得意で、荘介が小さい頃の祖父の記憶の半分ぐらいは、権現様の中に入っている時のものだった。

　祖父はとても背が高く、母親を通じてその体格を受け継いだ荘介は、素質があるんじゃないか、という見込みもあって、司朗の父親の団体に出入りすることになった。荘介のほかにも、司朗は近所の幼なじみを誘って、そのうちの何人かは今も団体にいる。

　親が離婚したりアルバイトに精を出したりで大学からは遠野とは縁が薄くなり、神楽もやめていたのだが、東京で就職した数年後に起こった東日本大震災で状況が変わることになった。異動願を出して岩手に戻り、週末は母親の実家のある遠野に帰るようになったため、また司朗たちのような昔からの友達とつるむようになったことで、団体の集まりの世話や、裏方の作業の手伝いなどで、神楽に関わることになった。

そして司朗に、プロサッカーの二部リーグに所属する遠野FCから、二月末の開幕戦で試合をすることになる姫路FCのスタジアムで神楽をやってくれないか、という依頼が来たのだった。メンバーの一人の隆行は、嫁さんと子供と一緒にときどき遠野FCや弘前の方のスタジアムに遊びに行くとのことだったが、他の連中に関してはあまり遠野FCに興味があるというわけではなかった。なんといっても二部だし、その二部の中でも弱い方という噂を耳にしていたので、機会があれば、と言いつつ、機会がないので地元のサッカーチームを観に行こうと思うことはなかった。市の高校のサッカー部がけっこう強いらしく、そこ出身の監督や選手を招くことで、少しずつ結果が出てきているという話を聞くと心が動きはするのだが、でも二部だからなあ、と考えるとどうだかなあ、という話を、仲間内でよくしていた。そんな中、隆行だけは、普通にスタジアムに行くだけで楽しいよ、と主張し続けていたので、隆行が姫路行きを断念するというのは意外なことでもあった。

司朗の団体は、司朗たちの直近の年上の人々が二十歳以上離れているという年代の空洞化が起こっており、姫路に行くことが体力的にきつかったり、他にも用事があったりして、神楽をやりに行くのは司朗とその同学年の幼なじみ五人に、下舞をやる司朗の弟の陸朗を加えた六人でという予定だったが、主たる舞い手である隆行が降り、荘介に話が回ってきたのだった。おれ高三の若手発表会でやった演目すか覚えでねども、と荘介が司朗に言うと、それでいいのさ、できることをやるさ、と司朗は答えた。

　自分が舞っていいのか荘介は確信が持てなかったので、おめえが舞ったらいいんじゃねえの、とリーダーの司朗に提案すると、笛を吹けるのは姫路さ行く奴の中でおれしかいねえんだよ、と司朗は、愚問を、とでも言うように小さく首を横に振った。

　そういうわけで荘介は、平日は盛岡の一人暮らしの自宅で、週末は遠野に帰って、唯一覚えている権現舞の演目を猛練習することになった。ときどき、自分でいいのだろうかと不安になって、司朗に電話で話したりしたのだが、司朗は「大丈夫だ、もう後戻りでぎねえし」と言い張り、しまいに、「われのこと、じいちゃんだと思えばなんとかなる」と断言した。「じいちゃんの魂が乗り移ってると思え」と言う。荘介の祖父は、荘介が高三の時に、自宅で酔っぱらって気分が良くなって、夜中に外に出て雪の凍った道で滑って転んで亡くなった。荘介はその当時、大学の入試の真っ只中（ただなか）で、あまりにあっけない祖父の最期に、半年ほどの間どんな感情を持ったらいいのかよくわからなかった。今も強い実感がない。いない、ことは理解できるのだが、死んだ、は正直その七割ぐらいしかわかっていない。今も祖父が、ときどきしれっと実家に帰ってきそうな気がする。司朗の家の床の間に鎮座している権現様が立ち上がって、やあ、と中から祖父が現れそうでもある。

　いろいろな戸惑いがあり、会社でも送別会の幹事などを任されていた忙しい二月の終わりだったが、とにかく荘介は、司朗たちについて姫路に行くことになった。全員が、東京より西へは行ったことがないので、外国へ行くように興奮していた。

試合開始は十四時で、その四時間前には舞台の設営などの準備にかかるということで、荘介たちは前日の夜に姫路に到着し、朝から稽古をして、良い試合と継続的な観客動員の祈願のための権現舞をすることとなった。スタジアムは、姫路城が見える運動公園の中にあり、六人はお城のあまりの立派さに気を取られかけたが、明日には観光ができるということで、神楽をやることに集中した。

十二時半からが出番だった。姫路のサッカークラブの人々は、事前にウェブサイトやSNSで盛んに宣伝をしてくれたり、入場ゲートで呼び込みをしてくれたとはいえ、サッカーを観に来る人たちが自分たちを観に来るのか？　と荘介には疑問だったが、思ったよりたくさんの人々で客席が埋まっていたので驚いた。屋台村の近くだったせいで、座って食べながら観られるというのも理由として大きかったのだろうけれども、姫路の人たちは、荘介たちが予想するより真剣に神楽を観てくれたのだった。

姫路FCのファンの人々からすると権現様は珍しいものだったかもしれないけれども、舞台から見ても、老若男女が同じセルリアンブルーのユニフォームを着てじっと座っている光景は珍しかった。荘介はそれまで、スポーツを現地観戦するという経験をしたことがなかったのだが、こんなふうに老人から子供まで、そして男も女も、どういう人たちが多い、と一見では判断できないぐらい、いろんな人間が集まってくるものだとは想像したこともなかった。

舞の終わりに、観客の何人かを舞台に上げて胎内くぐりをさせたり、頭を噛むということをするのかしないのかについては、朝の稽古が終わるまで司朗たちと話し合った末に、あまり興味のない人たちかもしれないし、頼み込んで舞台に上がってもらうのもなあ、という話になってよしておいたのだが、舞台の袖に引っ込んでから、あの、頭を噛んでもらっていいですか？　と人が訪ねてきた。四十歳ぐらいの男性と、娘と思われる小学校高学年か中学生に見える女の子の二人連れだった。二人とも、姫路のユニフォームを着ていた。

「大学生の時に、『遠野物語』を読んだんです。それで権現様のことを知って。遠野の人たちは身近な神様がいていいなと思いました。でもこんなところでお目にかかれるとは思ってもみなかったです」

男性はにこにこと笑いながら、けれども少し余裕のなさそうな早口で荘介たちに訴えた。隣の女の子は、悲しそうな顔で父親らしき男性を見上げ、軽く首を横に振った。熱心に頼み込む父親の姿に、どうも居心地が悪いものを感じているようだった。荘介は、わからないでもない、と思ったので、とにかくこの場から彼女を早く放してやるために、いいですよ、と請け負った。

じゃあ娘を先に、と言われたので、やっぱり親子か、と思いながら、荘介は権現様のかしらを女の子の頭の上に上げ、カチンと口を鳴らして噛む動作をした。最初は気が進まない様子の彼女だったが、背の高い荘介が、権現様が生きているかのようにやや首を傾けながら口を動かすさまを見せると、少しだけ興味を持ったように、その動作を見上げて、軽くお辞儀をした。荘介は彼女を見下ろしながら、その隣でうなずいていた父親の頭の上にも権現様を持っていって、噛む動作をした。父親は、ありがとうございます、と深々と頭を下げ、娘さんを伴ってその場を去っていった。娘さんは、権現様が気になるのか、何度か荘介の方を振り返りながらその場を離れていった。一見は健康そうなのだが、少し左脚を引きずるような様子なのが気にかかった。

おれでよがったべか、と梱包材を敷き詰めた箱の中に権現様のかしらを置き、その周囲にも注意深く梱包材を詰めていきながら荘介が言うと、着替えをしていた司朗は、おめえでいいとか悪いとかっていう話じゃねえ、権現様が決めることだ、と荘介がかしらを箱にしまう様子を振り返りながら言った。

荘介は、権現様の目をじっと見つめながら、職場のことをなんとなく考えていた。嫌な先輩がいるんですけど、どうにかなりませんかねえ？　と一応願いのようなものを思ってみるのだが、権現様に会社でのモラルハラスメントという概念がそもそも通用するのかどうかは定かではなかった。

着替えをすませ、舞台で使った幕や楽器などの梱包を終えた荘介たちは、スタジアムの客席に案内された。試合開始からすでに十分が経過していて、遠野FCはいきなり一点を取られていた。客席に連れてきてくれた姫路FCの広報の人にたずねると、遠野のディフェンダーがクリアミスをしてオウンゴールになったんです、と少し具合が悪そうに答えてくれた。荘介たちはお客なので、そちら側のチームの自滅について説明するのは気まずかっただろうけれども、荘介は遠野FCにあまり思い入れはないので特に気にならなかった。司朗は、荘介以上にサッカーには詳しくないのだが、クリアミスってなんですか？　オウンゴールってなんですか？　と熱心にたずねて答えてもらい、そうなのか、と少し険しい顔で腕組みをして試合を眺めていた。太鼓を担当する義広も、せっかく権現様を連れてきたのになあ、と落胆しつつも、少し身を乗り出し気味になってフィールドを見下ろしていた。

荘介は、遠野のファンはどのぐらいいるのだろう、と八割ほどが埋まっているスタジアムの座席を見回して、遠野の若草色のユニフォームを着ている人たちを探した。私服の人以外は、ほとんどがセルリアンブルーのユニフォームを着ているようだったが、遠野の陣地の裏側の方に若干名、遠野のユニフォームを着ている人たちがいて、立ちっぱなしで大きな旗を振ったり、太鼓を叩いたり歌ったりしているようだった。荘介は、あんなにちょっとしかいないのにご苦労様なことだねえ、と思いながら、そちらを眺めていた。人数は少ないけれども、なんというか、一所懸命でけなげであるようには思えた。

遠野は、前半終了の一分前にも失点した。今度はオウンゴールではなく、まともに守備を崩されてしまった。陣地の右寄りと左寄りを上手に使われ、どうも真ん中に集まり気味だった遠野の守備の選手たちは、まんまと背後をつかれてしまったようだった。司朗は、違うそこじゃない、あっち！　と指をさして、選手たちには届かないながらも指示して、その弟の陸朗は、うわあ、青い方の選手脚はええ、と顔を覆った。

休憩時間に、広報の人が気を利かせて持ってきてくれたスタジアムの屋台の姫路おでんを食べながら、司朗は、遠野はどのぐらい弱いんですかね？　このまま負けますかね？　と姫路の広報の人からしたら非常に答えにくいであろう質問をぶつけていた。対して姫路の広報の人は、いや、でもうちは今年意外と持久力ないから息切れしそうなんで、遠野さんが諦めずに粘ったらわからないですよ、とけっこうあけすけに答えていた。司朗は、おでんを足下に置いて、ジャンパーの裾で両手を念入りに払い、席の隣に鎮座していた権様のかしらが入った木箱をそっとさわって、お願いしますよ、と言った。

後半が始まって、陣地が入れ替わった。やはり遠野は冴えない感じだったのだが、なんとなく要領をつかんできているのではないかというのが荘介には見てとれた。それまでなら、ゴールの手前まで簡単に攻め込まれて、選手たちがあわあわと戻ってきて人数をかけてようやく点を取られるのを免れていたのが、なんとか自分たちでボールを回して、簡単に姫路の選手に取られずにシュートをする直前ぐらいまでもっていけるようになっていた。

チャンスは、後半の三十五分にやってきた。あと十分しかない、と義広が大型ビジョンの横の時計を見やって溜め息をついた瞬間、遠野の選手の隅っこからのパスがゴールの前の選手に通り、その選手がえいやっと脚を出したところ、ボールがちょんと当たり、姫路のゴールキーパーがそれとは逆方向に飛んでいったため、ゴールが決まった。やったぞ！と司朗は叫び、他のメンバーも、おおおお、と両手を挙げて叫んだ。姫路のゴールの裏側にいる立ちっぱなしの人たちは、飛び上がるなり叫ぶなりハイタッチをし合うなりタオルを振り回すなりと喜びを爆発させて歌っていた。荘介はそれを眺めながら、悩みがなさそうでいいなあ、とぼんやり思った。

一点を返した遠野は、今度は後半四十五分に、GKの真ん前でボールを蹴る権利を手に入れた。姫路の広報の人は、うああ何やってんねん、と両手で頭を抱えて落胆したのち、あれは、うちの選手が遠野さんの選手をペナルティエリアで倒してしまったために、ピーケーを取られたのです、と我に返ったように説明した。その説明を受けている間に、若草色の遠野の選手はボールをゴールに蹴り込んで、二点目を獲得し、そのまま試合はちょっとだけ延長して終了した。気落ちしているはずだった姫路の広報さんは、気丈にも、この延長時間はアディショナルタイムといいます、と複雑な名称を言っていた。

負けると思ってたのに引き分けたぞ、と司朗は目を輝かせて、他の面々を見やった。みんな次々とうなずき、負けると思ってたよな、そうだな、と言い合った。客席の若草色の人たちが大喜びしているのに対して、セルリアンブルーの人たちはがっかりしているように見えた。引き分けなのに、点を取る時間によってこんなに反応が違うものなのか、と荘介は不思議に思いつつも、何か納得できるものも感じた。

荘介の二つ前に座っていた、セルリアンブルーのユニフォームの中年女性が、もー下位相手に取りこぼさんといてよー、と愚痴を言った。それを聞きつけた司朗が、遠野の成績は下の方なんですか？　とすかさず姫路の広報さんにたずね、広報さんは言いにくそうに、まあ、そうかもしれませんね、遠野さんは去年20位でした、とうなずいた。姫路は6位だったそうだ。

その後、一時間待ったら打ち上げに連れていってあげる、という広報さんの言葉に従い、荘介たちはスタジアムの中の事務室のようなところの隅の長椅子で休むことにした。

「引き分けだったども、なんか勝った気がしねえ？」

司朗が神妙に言う言葉に、荘介たちはうなずいた。

「姫路は去年6位で、遠野は20位で、十四個も離れてんのに、追いついて引き分けたな」

「実質勝ちだべなこれ」

後で考えると、何を言っているのかという会話だったのだが、本当に荘介たちはそう感じたのだった。勝てはしなかったけれども、遠野からはるばる来た割には悪くない結果なんじゃないのか。

打ち上げの席で司朗は、サッカーを観るには、一試合にいったいいくらぐらいの料金なのか？　という基本的なことを姫路の広報さんにたずねていた。広報さんはうーんとうなって、各クラブさんによって違うんですけれども、うちはいちばん席数のあるバックスタンドの自由席で二二〇〇円で、もっとも安いホーム自由席が一五〇〇円です、と答えていた。荘介が予想していたよりは安かった。

姫路の広報さんや、他に打ち上げについてきてくれた人たちは、酔っぱらうとしきりに、最終節はそちらに行くんでよろしくお願いします、と頭を下げて笑っていた。年間の最後の試合は、遠野に姫路ＦＣがやって来るらしい。ジンギスカンのおいしいところを教えてください、と言われた司朗は、どこの店もおいしいよ、と答えていた。司朗は実は、そんなにジンギスカンが好きではなくて、一緒に行ったら野菜ばかり食べているのだが、荘介たちはそのことは黙って笑い合っていた。

姫路に行った次の週に、司朗が、今度は遠野が地元で試合をやるらしいので観に行くのだ、と言い出したのをきっかけに、荘介たちは地元で試合が開催される時はスタジアムに足を運ぶようになった。遠野のスタジアムは、姫路のそれと比べてかなり小さかったが、急に遠野ＦＣに詳しくなった司朗によると、一部リーグに加盟する基準を満たしてはいないものの、今のところまずは二部リーグでの定着を試みている最中なので小さいままでも大丈夫、とのことだった。
最初は、サッカーが好きなのかどうかはよくわからないがただ近くでやっているので観

に行っている、という感じで、主にジンギスカンを食べたり、昼間からどぶろくを呑んだり、リリーさんというらしいマスコットのカッパの着ぐるみと写真を撮ったりすることが楽しみだった。四月中までは、そうやって近くのスタジアムに遠野FCを観に行くだけで満足していた荘介たちだったが、ゴールデンウィークに熱海に出かけて、そこで三点差を追いついて引き分けるという試合を観戦してから、何かスイッチが入ったように遠野の遠征についていくようになった。

さんざん点を取られた後に、ああこのまま負けっぺかとへだってる時にいきなり点が入るというあの感覚が忘れられれね、と司朗は言う。全身の血がふっと足に落ちて、しかし同時に体が浮かび上がるような感じなのだそうだ。遠野FCは、常に試合に対する没入が遅いチームで、だいたいは先制されるのだが、運動量や集中力が時間の経過と共に上がり始めるので、ほとんどの試合で後半三十分を過ぎてから点を取っている。遠野が後半に変貌を遂げることは、他のどのチームも知っているので、まずは攻めに攻めて先制し、逃げ切る展開に持っていこうとするのだが、遠野は何点差でも追いついてしまうようなところがあって、他のチームは、遠野相手になかなか勝ち点3を持って帰れずにいた。ホームで四点差を追いついたことさえあった。それでも同点は同点なのだが、すっかり若草色の人たちと化してしまった司朗たちは、意気揚々とスタジアムを引き上げていった。荘介は、司朗ほどはその展開に魅了されているわけではなかったのだが、スタジアムに行って若草色のユニフォームを着ている人たちに混じってサッカーを観ながら過ごしていると、職場でのうっとうしいことをいろいろ忘れることができるので、遠野ＦＣについてまわっていた。

　このところ、西島さんの荘介への当たりはよりきつくなっていった。二人で行く営業先で昼食でも一緒に食べようものなら、食べる内容や順番にまでけちを付けられた。それだけならよかったけれども、週末に東京からやってきた西島さんの妻と娘が、お父さんのいるところは本当につまらないねと言っていたとうれしそうに話すのは悔しかった。

　荘介が遠野ＦＣの試合を観戦している様子を、地元で試合を放送する局のテレビカメラに抜かれるという出来事があった時は、あのチーム去年二部の20位ですよ20位、こいつはそんなチームを毎週毎週観に行ってるんですよ、時間の無駄ですよね、と得意先の担当者に嘲笑（ちょうしょう）を求めた。西島さんもその相手も、海外のサッカーを観ているらしく、バルセロナだとかレアルマドリーだとかバイエルンだとかユベントスだとかいう話で盛り上がっていた。その得意先は、本来荘介が出入りするところではなかったのだが、荘介が遠野ＦＣを観に行っているとわかって、わざわざ話のネタにするために西島さんは荘介を連れていったのだった。

　得意先の担当者は、正直言って、遠野ＦＣなどどうでもよさそうにしていて、強かろうと弱かろうと勝手にしてくれというぐらいのものだったのだが、西島さんは執拗（しつよう）に、荘介が遠野ＦＣの試合に行っていて、テレビカメラにまで映ってしまったことを嘲（あざけ）りたがった。

　荘介は、遠野は遠野で強いチームではないかもしれないが、何点差でも平気で追いつくからおもしろい、と言いたいような気もしたが、それを西島さんに言っても仕方がないと思った。

荘介が姫路で中に入って演じた、司朗の家の床の間にいる権現様にそっくりな獅子頭を通販サイトで発見したのは、その時分のことだった。

発端は、遠征先の遠野FCのゴール裏で、司朗が神楽の団体のリーダーであるということが判明した際に、じゃあ権現様をここに持ってきてくれないか、と言われたことだった。司朗は、愛する遠野FCのためなら、と駄目もとで先代の父親に相談すると、やはりだめだと言われ、うちの権現様は安政の大獄の頃に作られたものだし、やっぱり舞台でねどこさは連れでいげね、と返答されたという話を聞いて、荘介は初めて自分の団体の権現様の年齢のようなものを知ったのだった。安政の大獄がいつだったかを携帯で調べ、権現様は百五十歳を超えているのか、と誰かが言い出し、いやでももっと古いかしらはいっぱいある、十五世紀のやつとか、と司朗が言ったので、権現様が故障したらいったいどうしたらいいのか、という話になった。

司朗もはっきりとは知らないようだったのだが、職人さんに診せるということを父親が言ってたと答え、しかし、その人も高齢だと聞いたなと不安になることを言った。荘介は、かしらの管理をする立場ではないのだが、確かにいったいどうするのかということは気になったので、ネットで調べたのだった。そのなりゆきの中で、荘介は、司朗の家の床の間の権現様そっくりな獅子頭の通販をしているサイトを発見した。十万円だった。

思い返すと、職場のストレスでやけになっていたとしか言いようがないのだが、気がついたら「買う」というボタンを押していた。最近でこそ、遠野FCについてまわって県外に行くことが多くなり、そこそこお金を使っていた荘介だが、元はというと、休日は地元に帰って神楽の練習をして呑み会をするぐらいしか散財せず、盛岡の自宅でも、何よりだのんびりすることが好きだったため、そのぐらいの出費なら食うに困るということはなかった。

家にやってきた獅子頭をさっそく開封すると、全体的に赤いところの面積が多すぎるような気がしたので、次の日の退社後にアクリル絵の具を買いに行って、司朗の家の権現様の画像を参考に黒く塗った。歯が白いのもちょっと物足りない気がしたので、金色でピカピカにした。酔っぱらいながら、職場でのいやなことを忘れるように一心に塗った。平日の五日間をかけて、獅子頭を権現様っぽく彩色し終わり、やはり酔っぱらった状態で司朗に写真を送った。

「弟を作ってあげましたよ」という一言を添えたのはさすがにふざけすぎただろうか、と後悔したのだが、司朗からは、「土日にこっち来るのに弟を連れてこい」という返信があったので、土曜の神楽の練習に、荘介は彩色した獅子頭を持って行った。

なしてそんなもん買った、とからかいつつも、メンバーたちは荘介が持ってきた通販のかしらを取り囲んで、だんだん似てるように思えてきた、とか、たぶん似てる、とか、いやいやそっくりだべ、と口々に言い始めた。司朗も、しげしげと通販のかしらを見下ろして、たしかに、と重々しく言った。

本物に会わせてみよう、という話になり、練習場にしている集会所から司朗の自宅に移動して、床の間にいる権現様の前に荘介が塗ったかしらを置いて、全員で見比べてみたのだが、やはり似ていた。荘介が購入して黒く塗ったかしらの方が、じゃっかん若く見えたので、やはり弟といえばそのように見えた。耳がぴんと高めで、歯と鼻の穴が大きいところが似てるな、と司朗は二つのかしらを見比べながら、冷静に言った。

周囲はおもしろがっていたが、肝心の荘介はというと、すみません、という心持ちだった。お遊びとはいえこんなものを作り出してしまって、上の世代の人々、たとえば司朗の父親や荘介の祖父はどう思うのか。

「申し訳ねっす。勝手なことをすてすまって」

そう言いながら、荘介が権現様の前で正座をし、畳に手をついてあやまると、他の連中も、申し訳ねっす、と同じように謝罪し始めた。このところ、特にどこかに呼ばれて神楽を披露するということはなかったため、練習は半ば若手の呑み会と化していたので、酔っている者が大半を占めていたのだが、とはいえ民家の床の間の前で男どもがかしらに口々にあやまるというのは妙な光景だった。

「つぎましては、弟を遠野の試合に連れて行くことをお許しください」

斜め後ろから司朗の声が聞こえたので、荘介は思わずええーという声をあげて振り向いた。

「遠野は、今まで一敗もしてねえけど、一勝もしてねのっす」

　司朗は恐ろしいことを言ったのだが、考えてみればそうだった。今年から試合を見始めた荘介たちからすると、サッカーとは前半にリードされて後半に遠野が追いつく競技だということになりかけていたのだが、本当は違うのだ。

「このまま最後まで引き分け続けでるとしても、勝ち点42は昨年の残留争いのラインだと、釜石から来てる菊池さんが言ってました」

　誰なのだ、と言いたくなるのだが、スタジアムで仲良くなった人なのだろうと思われる。

「でぎれば引き分けの上さ、二勝ぐらいは欲しいのっす。シーズンはあと約半年だども、三か月に一回ぐれえは勝ちたいのっす」

　慎ましすぎるが現実的な願いでもあるように思える。けれども、遠野が「勝つ」という振れ幅を持つことによって、今度は「負ける」という状態もありうるようになるのではないか、と荘介は不安に思ったのでそれを話すと、司朗は、だから権現様の弟を連れていくんだろう、と答えた。荘介は、これはもう、自分から買い取ってでも司朗はこの通販のかしらをスタジアムに持って行くんだろうな、という予感がした。

　荘介は、携帯で遠野ＦＣの公式サイトを出し、権現様の顔の前に持って行って見せる。クラブのマスコットであるカッパのリリーさんが、山ぶどうつみ体験に行ってきたというニュースの画像が表示されている。リリーさんは、本名をリリー・フットボールという。サッカーの好きなカッパだとのことだが、なぜ名前が英語なのかはどこにも説明がない。名前はリリーだが性別は男の子だそうだ。市の花がやまゆりであることからその名がついた。

「これがあの、遠野ＦＣです。今年の全部の試合を引き分けでいます。首位にも最下位にも」荘介は画面をスワイプして、今度は遠野のＧＫである吉川高希（よしかわたかき）がセービングをしているまともな画像を出す。「いきなり弟が出ばってきてたまげてると思うども、どうぞお力をお与えください」

携帯を横からのぞき込んだ司朗が、先月来た伊勢志摩ユナイテッドの窓井のＰＫ止めた時のやつだ、と呟く。試合終了直前のＰＫで、あ、これは今度こそは負ける、と荘介は思ったのだった。しかし吉川は止めた。吉川はかっこよかった。その日も引き分けに終わった遠野だったが、スタジアムはやはり「実質勝ち」のような雰囲気に包まれていた。それではだめなのだが、司朗が名前を出した菊池さんのような危機感を持つ人は少ないようだった。

「遠野を残留させてください」

まだ六月であるにもかかわらず、司朗はそう言った。あと夏にいい選手が移籍してきますように、と陸朗が言った。

次のホームの試合のテレビ放送では、バックスタンドに鎮座している黒い顔の権現様に

似たかしらがさかんに映されることとなった。かしらがまとう紺色の布の下からは、人間の脚が伸びていて、権現様に似たかしらは、ときどき歯をカチカチと動かしたり、思い出したようにゆらりと揺れながら、試合を満喫している様子だった。

「おめえ、まさか夏場も入ったままでいる気か」

「わからねども、これさ入ってたら、テレビに抜かれても会社のいやな先輩にばれねえしな」

これからはこのスタイルで観戦する、という荘介の話を受けた司朗の問いに、荘介は答えた。司朗はしばらく、権現様の弟のかしらを眺めて、遠野のホームでは乗り切れるかもしれないけど、アウェイが問題だよな、と真面目に言う。

「保冷剤を大量に買って、背中の側さ置いだり布の中さ入れだりしたらなんとかなるべがな。扇風機も買うべ」

司朗のアイデアに、権現様の弟は、カチカチと歯を鳴らしてご満悦の様子だった。

よくカメラに抜かれてますよね、有名になってきた実感あるんやないですか？　と奈良FCの広報さんにたずねられて、荘介は、まあ、コンコースとかスタジアムの周辺でたま

に声かけられるようにはなりましたね、その時一緒にいるのは、神楽やるのと同じかしらではないんですけど、と答え、司朗は、客席で遠野を観てる方は、弟なんですよ、と口を挟んだ。弟？　と広報さんが不思議そうに訊き返してきたので、荘介は、通販で似たかしらがあったんで買ったんですよ、と答えた。

姫路対遠野の開幕戦のイベント会場で神楽をやった実績と、ハーフタイムの客席の映像で権現様の弟がやたらと映るようになったこともあって、荘介たちはときどきアウェイのイベントで神楽をやってくれと招待されるようになった。奈良と白馬と、倉敷に行った。交通費は出してもらえるし、試合もただで観られるし、試合後の飲み会にも招待してもらえたりするので、こんなにありがたいことはない、と荘介たちは喜んで出かけていたのだが、遠野は相変わらず勝てていなかった。

柳本さんから遠野ＦＣのことについてたずねられたのは、八月のリーグ中断期間を終えて九月に入ってからすぐのことだった。昼休みに、全員が出払ったフロアで一人で試合結果を見ながらごはんを食べていると、青木さんって実家が遠野なんだよね、それでよく帰ってるんだよね、と食事から帰ってきた柳本さんから声をかけられたのだった。

「サッカーチームあるでしょう。ちょっと前に、青木さんが客席にいるのが映ったところ」

相手が柳本さんとはいえ、職場で遠野ＦＣの話をするのは気が進まないので、ええまあ、と荘介は気のない様子でうなずいた。

「私はサッカーのことぜんぜんわからないんだけど、友達が好きでさ、遠野の客席に獅子舞がいるよねっていう連絡があって」

「へえ」

　獅子舞じゃなくて権現様、じゃなかった、権現様の弟、荘介は心中でだけ言い直す。

「獅子舞、スタジアムで頭嚙んでくれたりするんだよね。友達も嚙んでもらったんだって。彼女は職場のことでその時めちゃくちゃ悩んでて、すっごいいやなお局様みたいな人に目を付けられててね。そりゃもう仕事のことから私生活のことまで文句言われまくってたんだって。もう会社辞めようかって悩んでたぐらい。で、その後、お局様の方が旦那の転勤で会社を辞めることになったんだって」

　栄転だったため当人はご機嫌だったのが癪と言えば癪だが、とにかくもう離れられたことがうれしい、と柳本さんの友達は言っていたそうだ。

　その話を聞きながら荘介は、おれも一人どっか行ってほしい人がいるんだけどなあ、と思う。この年度末までの我慢とはいえ、その頃には今年のリーグの最終節などとうに終わっているため、ずいぶん先のことに思える。

「これも獅子舞に頭を嚙んでもらったからだって言ってたよ、その子」

　それで、ネットのニュース記事に、自分は白馬対遠野の試合で頭を嚙んでもらっていいことがあった、と書き込むと、何件かそれと同じような内容の返信があったそうだ。曰く、こじれていた離婚に関する話し合いが終わったとか、自分につきまとっていたＳＮＳの知り合いからの連絡が途絶えたとか、帯状疱疹の症状が軽くなった、などなど。

「縁切り系が多いね」

「自分が嚙まれたから自分の好きなチームの連敗が止まったっていう主張もあったらしいよ」

確かに、四連敗中だった白馬FCは、引き分け常連の遠野と対戦することで連敗を脱出した。そして次の試合にはちゃっかり勝ったそうだ。荘介は、遠野は相変わらず引き分けなんだけどな、と思う。

「サッカー本当にわからないんだけど、東京に帰るまでに一度は遠野のスタジアムに行きたいなあ」

柳本さんのその言葉に、荘介はふと現実に引き戻されるような感覚を覚える。引き戻されるも何も、それまでも単に職場の昼休みで雑談をしているというだけの現実だったのだが、柳本さんにとって、この年度が終われば東京に帰るということはすぐに口を衝くほどの身近なことなのだ、と荘介はうかがい知る。

「スタジアムでジンギスカン食べてったらいいよ。外で食べるとおいしいらしい」

少し考えたあげく、無難に応じる。実はホームの試合には必ず行っていて、アウェイに関しても、神楽をやってくれと言われなくても土曜日に試合がある場合はだいたい観に行っている、とは言えない。

「青木さんもさ、頭嚙んでもらいなよ。西島さんがさっさと本社に帰りますようにって。

また帰ってからも後輩いじめするんだろうけど、あの人はそれだけで人生終わる人だから。あんな人押しつけられてほんと大変だよね。たった二年だってみんな思ってるかもだけどそれだって貴重な時間なのに」

柳本さんの言葉に、荘介は虚を衝かれたような思いがする。そして、自分はちょっとでいいから誰かに自分の窮状に気付いてほしかったのだな、と思い至る。

「そうだね。貴重な時間だ」

柳本さんの言葉を後追いするように、荘介は言う。でもそれは、自分の人生に西島さんがいてすごく面倒だった、という時間の話をしているのではないような気がする。

西島さんがいなくなると同時に、この人もいなくなるんだな、と当たり前のことに改めて感じ入る。柳本さんは、何か荘介に言葉を返そうと口を開いたが、その瞬間に昼休みが終わるチャイムが鳴った。食事に出ていた人たちが次々に帰ってきて、柳本さんも手を振りながら自分の席へと戻っていった。

西島さんも、荘介の隣の席に帰ってきて、やはり不機嫌そうにがたがたとマウスを操作して、パソコンをスリープ状態から戻していた。

「青木おまえ、最近サッカー場には行ってないのか？　あの弱いチーム観にさ。テレビに映ったっていう話聞かないな」

視線を投げることすら惜しい、という様子で西島さんはやや大きな尖った声で、荘介に話しかけてくる。そして、荘介を連れていった得意先の名前と担当者の名前を出し、サッカーの話したがってたぞ、と明らかなうそを言う。荘介は、その語尾に被せるように、観に行ってますよ、と西島さんよりも大きな声で言う。

「弱くて勝てないかもしれませんが、予算規模を考えると今シーズン一敗もしてないのはすごいことだと思います」

荘介は、これから出かける農家の過去の取引先についての資料を確認する。荘介の会社が新しく一緒に仕事をしたいと考えている、ホップの農家だった。最初はあまり感触は良くなかったのだが、荘介が使っているボールペンが遠野FCのグッズで、試合を観に行っていると知ると、生産者さんの態度が変わってきた。息子さんが下部組織に入っているのだそうだ。あと一、二回話をして細部を詰めれば、おそらくは契約を結んでくれると思われる。

西島さんが黙ってこちらを見ているのがわかったが、荘介はそちらを見なかったし、言葉もかけなかった。やがて西島さんは、再び苛立ったようにマウスを操作して、あからさまな舌打ちをした。荘介は何とも思わなかった。

十月の終わりに、柳本さんが怪我をした。仕事中に盛岡の市街地で信号待ちをしていた

ところ、歩道に乗り上げてきた自動車を避けようとして転倒し、縁石に脚を強くぶつけてしまい、大腿骨を骨折したのだという。全治五か月なのだそうだ。話を聞きながら、さぞ痛かっただろう、と荘介は顔を歪めた。

週の半ばの水曜日に、所長がその報告をした後、首を横に振りながら、これだと東京に戻る件はどうなるのかな、と周囲の者に言った。

「東京では彼女は、本社の近場の細かい外回りだから、足が不自由だと不便なんだよ」

柳本さんは、本社の近所のカフェやレストランと、各地の営業所の間を取り持つ仕事をしていたのだという。店主さんたちがスムーズに農産物を手に入れるための調整係だったそうだ。

「ことによると、もう一年ぐらいこっちにいることになるかもしれないね」

所長の言葉に、荘介は我知らず手を止めてしまった。それはどのぐらい可能性があるのか、荘介は訊きたいと思ったのだが、所長はそこで話をやめてしまって、かかってきた内線を取っていた。所長が通話を終えても、荘介は結局何もたずねなかった。

柳本さんがもう一年ここで働く可能性があるのかについて、どうして自分がそこまで知りたいのかが荘介にはよくわからなかったのだが、今度は荘介自身に得意先から電話がかかってきたので、そのことについては忘れてしまった。

その週は営業所の全員が忙しかったので、柳本さんへのお見舞いは、日曜の午後にということになった。荘介も、遠野ＦＣのホームの一試合を休んで、入院している柳本さんに会いに出かけた。西島さんは、東京から家族が来る日だということで同行しなかった。

労災は下りるし、事故の相手も素直に非を認めている、と説明する柳本さんは、ベッドの上で脚を吊られている、という以外はいつもの柳本さんだったのだが、仕事の話になると、迷惑をかける、と顔を曇らせて、所長と引き継ぎの相談を始めた。

「相手は脇見運転だったわけだし、君には非はないだろう」

「それはそうなんですけど、私もちょっとぼーっとしてたかなって」

「それは言わない方がいいよ。しっかり集中して見てたけど避けられなかったんですって言わないと」

所長がそう言うと、柳本さんと営業所の人々は一応どっと笑った。お見舞いに来た人々が一通り柳本さんと話し、廊下に出たり病室に留まったりしながらだんだん関係のないそれぞれの話を始めた頃合いで、柳本さんは、あのね青木さん、と近くにいた荘介に声をかけた。

「これたぶんさ、悪口を言ったせいだよね。ばちが当たったのかも」

荘介は、柳本さんの言っている内容が、以前吐いていた西島さんへの辛辣な言葉を指していると理解したのだが、いやいや、そんなことは、と首を横に振った。

「元気に見えるでしょ？」

「脚以外はね」

「本当はめっちゃ落ち込んでるんだよ。これじゃ遠野のスタジアムに行けないからさ。来月でシーズン終わるんでしょ？」

「そうだね」

よく知ってるね、と荘介が言うと、サッカーの好きな友達が言ってたんだよ、と柳本さんは答えた。

「東京に帰る前に行けないかもしれないなあ」

外でジンギスカン食べたかったんだけど、と柳本さんが続けたので、べつにスタジアムじゃなくても、誰かの家の庭で食べたらいいんだよ、と答えた。司朗の家の庭が広いことを思い出したが、肝心の司朗がそんなにジンギスカンが好きでもないのがおかしかった。けれども頼めば普通にやってくれるだろう。

荘介がそのことを言うと、そっちも楽しそうだけど、スタジアムで食べたかったんだよねえ、どぶろく呑んで、と言って柳本さんは溜め息をついた。

「頭噛んでくれる権現様みたいなのいるじゃない？　本物使ってるわけじゃないらしいけど、試合に出没するんでしょ？」

サッカーの好きな友達から聞いているのか、柳本さんが『権現様』という言葉を使い、前よりも事情に詳しくなっていて荘介は少し焦ったのだが、そうらしいね、と相槌を打つに留める。

「あれに頭噛んでもらったら早く怪我治ったりするのかなあって」

「怪我を治して、ちゃんと東京に帰りたい？」

「そうだね。移動がめんどくさそうだから」

柳本さんは、荘介が知りたいのとはまた別のニュアンスで答えを返す。自分が訊きたい内容はちょっと違うんだけどな、と思いながら、荘介がもう一つだけたずねようとすると、柳本さんは先に口を開く。

「帰りたいのは帰りたいよ。友達がいるし、両親もいるし、住み慣れたとこだし、賑やかなのはやっぱり楽しいし」柳本さんは、少しの間荘介を見上げて、そして視線を外して窓の外を眺める。「でも、住み慣れるだけなら一年も住んだらそうなるよね。賑やかすぎるのも、本当に自分に必要だったのかなって」

「そうか」

荘介はうなずきながら、こっちのほうが良かったりするのかと訊こうとして、しかしやめにする。柳本さんが考えていることについて、自分が質問をすることで、何か少しでも修正が加えられるのは気が進まないと思ったからだった。何か自分に気を遣っていいことを言ってもらうのも悪いと思った。

職場の全員で病院を出て、せっかくだからと夕食を一緒に食べることになった。そばを食べに行った。食べ終わって店を出てから携帯を見ると、司朗から、遠野はまた今日も引き分けだったというメッセージが入っていた。これまでの三十八試合すべて引き分けということになる。司朗が言うには、不穏なのは、先週と先々週に続いて遠野が後半に追いつくのではなく、追いつかれる展開が続いていることだという。このままではいつか負けるのではないか、と司朗たちは心配しているらしい。

アウェイのＣＡ富士山のサポーターからは、今日は獅子舞はいないのかと訊かれたという。用事があっていない、と答えると、来年もまた来るからその時には用事を入れないように伝えてくれ、と言われたそうで、期待されてるぞ、とのことだった。

遠野の獅子舞に頭を噛まれると、すっごくいいことがあるわけではないけど、いろいろとけっこうましになるらしいって聞いて。ＣＡ富士山のサポーターはそう言っていたと司朗は言う。いろいろとけっこうましにってなあ、と考えながら荘介は、自分がずいぶんひさしぶりに日曜日の夕方の盛岡市内を歩いていることに気が付く。遠野ＦＣのホーム開幕戦からは、ずっと遠野のスタジアムに行っているし、アウェイでも土曜だとだいたい行って宿泊して帰ってくるし、試合がなくても荘介は休みの日は遠野に帰っている。

自分が頭を噛んだ人たちは、少し運命が好転したかもしれないけれども、自分の方は特にその様子もない。自分をかばってくれた柳本さんは怪我をしてしまったので、むしろ悪いことが起こっているのではないかとも思う。肝心の遠野ＦＣも勝てていないし、順位は下から数えた方が圧倒的に早い。

姫路のスタジアムに呼ばれて初めて現地でサッカーを観てからもう八か月が経つのか、と思う。柳本さんが東京に戻る頃には、次のシーズンが開幕しているということに気付きながら、荘介は一人暮らしの自宅へと帰っていった。その頃には柳本さんの怪我は治っているのか、遠野が二部に残留しているのか、荘介にはわからなかった。西島さんがおそらく東京に戻ることは喜ばしかったけれども、以前ほどは時間が進んでいくことを自分がうれしく思っているわけでもないことに、荘介は思い至りつつあった。

最終節、遠野FC対姫路FCの試合で、荘介たちは、遠野のスタジアムで神楽をやることになった。それまでは、よそのスタジアムではやったものの、肝心の地元では呼ばれなかったので、満を持してという様子で、司朗の団体だけではなく他の団体も呼ばれ、ちょっとした合同発表会の様相を見せた。アウェイでやってらっしゃるのはもちろん存じ上げてるんですけど、こっちはやっぱり地元だから、神楽をスポーツのイベントと結びつけていいのかなっていう真剣な話し合いがあって、と遠野FCのイベント担当者は話していた。司朗は、呼ばれたらどこでも行くんでこれからも声をかけてください、と何も気にしていない様子で言っていた。

キックオフ一時間前に出番が終わり、身支度が終わるのもそこそこに、今度は盛岡の自宅から持ってきた権現様の弟を取り出して、スタジアムを訪れた人たちの頭を噛んでくれという要請に応えることになった。権現様の弟に並ぶ行列をさばいてくれる司朗は、これはさっき神楽をやったのと同じ人ですか？　とたずねられて、あの方の弟です、と何度か答えていた。マスコットのカッパのリリーさんと並んだ写真を撮らせてくれ、というリクエストもいくつかあって、荘介は、遠野ＦＣの中の人間かというほど働いていた。

列の最後尾には、開幕節の姫路ＦＣとの試合で頭を嚙んだ娘さんと父親の親子連れがいた。荘介は思わず、権現様の弟の中から、おお！　という声をあげてしまい、娘さんはちょっと驚いて半歩後じさった。二人とも、ダウンジャケットの下には開幕の時と同じように、セルリアンブルーのユニフォームを着ていた。

「試合の映像によく映ってたの、見てましたよ」

父親のほうは笑ってそう言いながら、娘さんの肩を叩いて、荘介の方に軽く引き戻した。

「姫路の開幕の試合で頭嚙んでもらったん、覚えてるよな？」

父親の言葉に、そんなことぐらい覚えてるよ、と娘さんはやや憤慨したように言い返す。

「この人、そこそこ元気になりまして。権現様に頭を嚙んでもらったおかげです」

この方は前の方と違いますね、似てますけど、と父親のほうに指摘されると、司朗が、こいつが自分で通販で買って色塗ったんですよ、と答えた。娘さんは、あれからなんていうか、折り合いがついたんよね、と背伸びをしながら荘介の頭を見上げて話しかけていた。

「娘はサッカーやってるんですが、自分のクラブでいちばんうまかったんですけどね、怪我で休んでる間によりうまい年下の子が入ってきて、それで失望してたんですよね」

父親の説明に、そこまでは言わんといてよ、と娘さんは不満そうに父親を見上げる。父親は、すまんねと言いながら続ける。

「応援してる牧原も帰ってきたしな。良かったよな」

「去年の最終節で膝の大怪我したんやけれども、手術して先月から戻ってきてんやんか」

娘さんはそう言いながら、爪先立って手を伸ばして、権現様の弟の白い毛髪に触ろうとするので、荘介はゆっくりと頭を下げる。娘さんが、やさしく権現様の弟の頭をなでる感触が微かに伝わってくる。

「頭を噛んでもらったからやで」

「私はともかく、牧原は関係なくない？」

娘さんはそうやって、いちいち父親の言うことに突っかかりながらも、おおむね満足げだった。確かに、開幕節で会った時はもっと表情が暗かったし、つらそうだったと荘介は思い出しながら、娘さんの頭の上でかしらの歯を鳴らし、続いて父親の頭も噛んだ。司朗は、あっちにカッパがおるから写真撮ってってください、と屋台村をふらふらしているリリーさんを指さして、娘さんは、うわカッパ！　と言いながら小走りでそっちの方に向かっていった。父親のほうが、どちらで観られるんですか？　とたずねてきたので、バックスタンドです、と答えると、我々もです、それじゃあまた後ほど！　と言いながら娘を追っていった。

「あの子、元気になったじぇな」

父と娘の親子の後ろ姿を見つめながら、司朗が呟くのが聞こえた。

屋台村ではジンギスカンを食べた。お客が自ら南部鉄器で焼いて食べられるというのが売りで、よく晴れた空に煙がもうもうと上っていく様子を眺めながら食べるジンギスカンは、店の中でゆっくり食べるのとはまた違った趣があって楽しかった。

司朗や義広や他の神楽の仲間、司朗がスタジアムで知り合ったサポーターの菊池さんとその家族などと、地面に置かれた七輪の上の鉄器を囲んでジンギスカンを食べながら、荘介は柳本さんのことを思い出した。彼女はこういうことがやりたかったんだろうなあ、と思った。柳本さんは、十一月のあたまに手術をして、それは成功したのだが、まだしばらくは病院で安静にしていなければならないという。あれから所長が、東京の本社と連絡を取った際に、もしかしたら柳本さんはもう一年こっちにいることになるかもしれないという話が出た、と言っているのを耳にした。三月に入ってまだ松葉杖（まつばづえ）だったら、という具体的な話も出るようになった。

どうなるんだろう、と思いながら、荘介は空に上る煙の行方を眺めた。柳本さんは、帰りたいのは帰りたいと言う。自分は、帰ったら寂しいけれども、帰りたいなら帰るべきだと考える。だったらやっぱり帰れるという状態が正しいんだろう、と荘介は思い至る。

この残りの肉全部やる、とジンギスカンを特には好かない司朗が、皿の上の肉を指さしながら立ち上がり、ビールを買いに行った。荘介は、司朗が抜けて隣り合うことになった菊池さんに、これなんじょですか？　焼きましょうか？　と肉を示しながら声をかけた。菊池さん一家も、自分らももういいとのことだったので、荘介は、とりあえず焼いて、店の人に包んでもらって柳本さんにでも持って行くかと考えた。さめててまずいか。病院っ

て電子レンジあるのかな。さめたジンギスカンだけじゃかわいそうだから、山ぶどうのア

メも持っていくかな。

スタジアムの方から聞こえてくる音楽が、ますます大きくなったように思えた。片手にビールを持った司朗が、スタメン紹介が始まるぞう、と離れたところから荘介たちに知らせてくる。まず、GKの吉川高希の名前が呼ばれ、司朗はビールを持っていない方の腕を振り上げながら、スタジアムに歩いていった。荘介たちも立ち上がって皿を片づけ、それに続いた。途中で通りかかった屋台で、荘介は山ぶどうのアメを買った。

さすがに最終節なので、お客はこれまででいちばん多く見かけた。十一月にしてはかなり暖かい日だったのもあるかもしれない。先月の終わりあたりからスタジアムは「ものすごく寒い」という様子だったが、今日は「寒い」ぐらいだった。

荘介は、バックスタンドに続くゲートの前で権現様の弟の中に入り、そのままコンコースに上っていく。再入場のチェックをしてくれるボランティアさんたちは慣れたもので、ジンギスカンを食べるためにかしらを脱いでいた荘介が、おもむろに権現様の弟に入る支度を始めてもまったく驚かないのだが、姫路のセルリアンブルーのユニフォームを着た人たちは、これか！　などと言って、写真を撮ったり、ちょっとだけかしらにさわってきたりした。

司朗たちの後についてバックスタンドに入り、開場の時に養生用テープで携帯用座布団を貼り付けておいた席を探していると、おおい、おおい、という声がした。権現様の弟の

中に入っている荘介よりも、外界に対する反応速度が速い司朗が、あ、あの親子さんだ、と言う。

「おれらよりも後ろの席みでだども、隣が何個か空いでるみでだ」

通路側の最後列だから、かしらが行って前に座っても迷惑じゃなさそうだし、あそこで観るか？　と司朗に訊かれて、そうする、と荘介は答える。その場に残って観戦するという菊池さん一家に携帯用座布団を手渡してもらい、荘介たちは姫路で会った親子が手を振っている列へと上がる。選手入場のＢＧＭが鳴り響く中、これ名刺です、と父親は荘介たちに名刺をくれた。荘介はよく見えなかったのだが、司朗が、内藤さんね、はいはい、というのが聞こえる。権現様の弟に入ったまま隣に座る荘介を見上げながら、娘のほうは、なんで中に入ってんの？　と声を張り上げた。荘介は、最初は職場の人にサッカー観てるのばれたくなかったからなんだけど、最近はただの趣味、と丁寧に答えた。

「ネットで見たけど、人を幸せにするのが趣味？」

「どうかな。幸せにするまでの力はないけどね」

「そやね。私も頭噛んでもらったけど、幸せってまでにはなってへんわ」

内藤さんの娘さんが率直にそう言ったところで、試合が始まった。

とにかく一回ぐらいは勝って終わってほしい、という遠野ＦＣのファンたちの願いもさることながら、内藤さんの娘さんの、牧原を気にかける気持ちはそれをわずかに上回っているように荘介には思えた。守備的な位置でプレーするＭＦの牧原は、怪我明けだというのが信じられないぐらい、遠野の選手からよくボールを奪い、前へと供給していた。牧原がボールを持つたびに、内藤さんの娘さんは、アキト、頑張れアキト、と眉間にしわを寄せて身を乗り出し、呟いていた。遠野の選手たちは、一度対面で学習したことは全うできるのか、ほかの姫路の選手たちへの対応はしっかりしていたのだが、開幕戦にいなかった牧原には手を焼いている様子で、牧原がボールを持つと動きが鈍くなるのが不安だった。

前半の途中で、内藤さんの娘さんが教えてくれたところによると、姫路はこの試合をすごい点差で勝つとか、直近の上位チームがすごい点差で負けるなどすれば、昇格プレーオフに行けるらしいのだが、望み薄であろうとのことだった。しかし、望み薄でありながら、まったく望みがないわけではなく、姫路のファンの心中は複雑らしい。内藤さんは、娘と荘介の会話を聞きつけて、今年は運がなかったんですよ、と悲しそうに言った。娘さんが応援している牧原が離脱し、代わりにやってきたブラジル人選手はそこそこよくやってくれたのだが、夏に困っていた一部のチームが大枚をはたいたために、すぐに移籍してしまった。フロント主導の移籍であったため、チームはどれだけお金があっても即時的な対応に苦慮し、フォーメーションを頻繁に変えるなどして迷走する中、そこに牧原が戻ってきて、やっと持ち直したのだという話だった。それでも姫路は8位につけているため、遠野と比べたらよほど成績はいいのだが。

前半が0－0で終わると、内藤さんの娘さんは詰めていた息を吐き出して、あと四十五分か、と呟いた。荘介は、少し甘いものが欲しくなったので、席を離れてコンコースに入り、どぶろくのかかったソフトクリームを買って席に戻る。内藤さんの娘さんに、何それ？　とたずねられたので、まったく口を付けていない状態で彼女に、いる？　とカップを渡す。娘さんは、ほとんどどぶろくのかかっていない部分をすくって口に入れ、すっぱくておいしい、と呟く。

「半分あげるよ」

「半分もいらんよ、寒いし」

荘介は、権現様の弟のかしらをいったん膝の上におろして、内藤さんの娘さんが戻してきたカップからソフトクリームを食べる。あ、中の人出てる！　と誰かが声をあげるのが聞こえる。内藤さんの娘さんにどぶろくソフトをあげるためにうっかりした、と荘介は思う。でも、あわててかぶることもないと思った。西島さんに、おまえサッカーなんか観に行きやがってとまた言われたら、単純に、最終節だったんで、と言えばいいのだ。

内藤さんの娘さんは、厳しい顔つきで控えの選手たちがウォームアップをしている様子を見守っている。この年の女の子でも、こんなに厳粛な顔をするものなんだな、と荘介は内心で少し驚く。

「姫路に勝ってほしい？」

「そうやね。できれば5－0とかでね」

でも今年の遠野は五点でも追いつくっていう都市伝説があるし、と内藤さんの娘さんは続ける。

「勝ってほしい。そら勝ってほしい。でもまずはみんな無事でいてほしい。牧原には特に」

「怪我から戻ってきた選手か」

「去年の最終節に、牧原が担架で運ばれていくところをスタジアムで見てさ。自分も松葉杖突いてた頃で、本当になんていうか、神様を恨んだ」

内藤さんの娘さんは、関係はないと頭ではわかっているのだろうが、荘介の膝の上のかしらに視線を落とす。荘介もつられて、権現様の弟の顔をのぞき込む。いつもと同じ顔だ。どぶろくソフトを食べたかっただろうか、と荘介は思う。

「でも、とにかく時間が流れて、牧原も私も戻れるようになって、それでより何事もありませんようにって思うようになったんよな」

「後半もとにかく無事だといいよね」

荘介の言葉に、内藤さんの娘さんは深くうなずいた。フィールドに再び現れた選手たちを眺めた後、再び権現様の弟の中に入った荘介は、内藤さんの娘さんの願いが叶うように願った。

後半が始まって、地元の高校出身で十九歳のフォワード糠森がセンターサークル付近から蹴ったフリーキックが入って、いきなり遠野が得点し、先制しても追いつかれる展開に慣れ始めていた人々は、喜ぶ以上にざわついた。司朗も、おっかなくねが？ と両手で顔の下半分を覆いながら決まり悪そうに言った。荘介は、相手の守備を崩したわけでもねえしな、と同意する。

その後遠野は、転がり込んできた一点を守るように、これまで以上に慎重な試合運びに徹していたのだが、目先のことにとらわれすぎたのか、後半三十一分まで来たところで、牧原の思い切った長いパスがディフェンスの裏に走り込んだ姫路のＦＷに通り、おたおたしているうちに失点してしまった。内藤さんは立ち上がって頭の上で拍手し、内藤さんの娘さんは、安堵したように深い溜め息をついた。

勝つかどうかはとにかく、負けるところは見たくないんだよな、と荘介は思った。荘介が遠野ＦＣの試合を観るようになってから、まだ遠野は一度も負けていないので、負けた時にどんな気持ちになるのかが怖いというのもある。勝てない気持ちというのはさんざん知っているのだが。

追いつくのはお手の物なのに、追いつかれることはここ最近の経験でしかない遠野サポーターたちは、やや肩を落としながら、緊張と覚悟の面持ちで試合の残り時間を見守っていたのだが、後半四十三分、フリーキックを入れた糠森が、ゴール前で味方が全員マークの付いた状態で一度奪われたボールを何とか奪い返し、右サイドのほとんど角度のない場所から、選手たちの隙間を縫うようなシュートを入れた。勝ち越すという経験そのものが今シーズンはない遠野の人々は静まり返り、糠森自身も呆然としていたが、ほかの選手たちが駆け寄ってきて喜ぶ姿を観て、遠野のサポーターたちもばらばらと喜び始めた。司朗と荘介も、二人とも信じられないといった面持ちで二秒ほど顔を見合わせ、その後固く握手をした。

アディショナルタイムは二分で、短めでよかった、権現様ありがとう、と感謝しつつも歯噛みしながら冷たい汗をかいて見守っているうちに、試合は終了した。２－１で、遠野ＦＣは今シーズンの最初で最後の勝利を、姫路ＦＣからあげた。今年初めて勝ったー！と誰かが感極まって叫ぶ声が聞こえ、若草色のユニフォームやタオルマフラーを身に付けた人たちは、いつになくサッカーサポーターらしく、ハイタッチをしたり、肩を叩き合ったりしていた。

「初勝利おめでとう」

内藤さんの娘さんは、権現様の弟のかしらを見上げて言った。荘介は、権現様の弟の口をかちんと鳴らした。敗戦した相手側に祝われてしまい、どう答えたらいいのかわからなかったので、こういう時に権現様の弟の中にいるのは便利だ、と荘介は思った。

内藤さんも、片手を差し出してきて荘介や司朗やほかの面々に握手を求めた。糠森くんいい選手です、うちに欲しい、と内藤さんが言うのを、一緒に観戦した遠野の応援をしている人々は、ちょっと呆気にとられて聞いていた。よその人が欲しがるようないい選手がうちにいるんだ、という様子だった。

かしらの中から、牧原選手、怪我がなくてよかったね、と言うと娘さんはうなずき、荘介は、アシストもよかった、とあまりサッカーを見る目に自信がないながらも誉めた。内藤さんの娘さんは、さらに深くうなずき、よかった、と呟いた。自分自身がサッカーをやっている娘さんからしたらきっと、荘介が受け取る以上に響くプレーだったのだろう。

「ほんとによかった」

姫路の選手たちがゴール裏にあいさつに行くのをじっと見つめながらそう言った。負けた方の姫路ＦＣを応援していた内藤さんの娘さんだったが、牧原が帰ってきて良いプレーをしていること、そして特に何事もなく最終節が終わったということにほっとしているのかもしれない。荘介には、見かけ以上に様々な祈りが含まれた言葉であるように思えた。

荘介は、権現様の弟に最終節のセレモニーの様子を見せるために、頭から下ろしたかしらを膝の上に置いた。遠野の社長が、シーズン一勝という成績はふがいなくもありますが、無敗という部分で、どうか選手をねぎらってください、と言っていた。遠野は、去年より一つ上の19位でシーズンを終えた。姫路は二つ下の８位だった。

セレモニーの途中だったが、荘介は立ち上がった。盛岡に行く列車の時間が迫っていた。全部見たかったけれども、そこから盛岡に帰ると、病院の面会時間には間に合わないと思った。

それじゃあ失礼します、と荘介が告げると、内藤さんは、また姫路に来てくださいよ、と言い、内藤さんの娘さんは、また一緒に試合観ようよ、と手を挙げた。荘介は大きくうなずいて、権現様の弟のかしらがしまわれた箱を両手に抱えながら、スタジアムを後にした。

自分が頭を噛んだところで、柳本さんの怪我が早く治るわけではないかもしれないのはわかっていた。それでも、自分はそのことを願っているんだということが柳本さんに伝わればいいと思った。伝わっても伝わらなくても柳本さんの回復とは厳然と関係はないのだけど、あらゆる僥倖の下には、誰かの見えない願いが降り積もって支えになっているのではないかと、荘介はこの九か月を過ごして考えるようになっていた。

夕方の風は冷たくなり始めていたが、荘介は遠野の駅に向かって前を向いて早足で歩いた。試合の日の臨時列車がそろそろ来る頃だった。

第8話　また夜が明けるまで

私たちが観ると負ける。まだ結婚する前、夫の和敏と観戦のために浜松に出かけて、試合に負けて東京に帰ってくるたびに、忍はいつも冗談でそんなことを言っていたのだった。その頃のヴェーレ浜松は、クラブ創設以来のもっとも良かった時代の後半期にさしかかっており、まだ一部でも優勝争いの四番手だとか五番手が定位置だった。その後も一度はリーグで優勝した。だから笑って言えたのだ。私たちが現地で観戦すると、なんだかいつも負けるような気がするんだよね。

本当は「いつも」などではなかった。せいぜい十試合につき三試合ほど負けた程度だ。あとの七回は勝ちか引き分けで、しかし、東京から浜松に試合を観に行って負けると、やっぱり落ち込みはするものだから、「いつも」というような気がしていた。

私たちが観ると負ける。一部であんなに勝ってた時によくそんなのんきなことが言えたもんだよ、と今になって忍はそんなことを言っていた自分を叱り飛ばしたくなる。実際それができたとして、浜松が二年前に二部に降格したことに変わりはないのだが。

41節のホーム最終節で、ヴェーレ浜松は遠野ＦＣに引き分けてしまい、倉敷ＦＣとの2

位の自動昇格枠争いは、42節のモルゲン土佐との最終節に持ち越されることになった。シーズンを通して、カングレーホ大林と同じように倉敷ＦＣは2位までの自動昇格枠を争う強力なライバルだったわけだが、十月の終わりの時点では、浜松はなんとか2位に留まっていた。しかし十一月に入って、浜松は下位相手に大敗したり勝ちきれない試合を続け、現在は3位に後退していた。自動昇格枠の2位に入るためには、現在2位の倉敷ＦＣが最終節で負け、浜松が勝つことが必須となっている。両方勝つ、もしくは引き分けでは浜松は2位には入れないし、浜松が勝って倉敷が引き分けても、得失点差で引き離されているので倉敷は2位に留まるだろう。

今年も無理かな、と諦めたように呟く自分と、でも自分がチームを信じないのならいったい何を信じるというのか、と頑として自問する自分が、忍の中で入れ替わり立ち替わり現れて、夫の和敏とも毎日のようにその役割を交換している。そんな二人の間で常に一致している意見は、私たちが観ると負ける、ということだ。だから忍と和敏は、長い話し合いの結果、最終節のモルゲン土佐とのアウェイの試合には行かないことにした。粛々と、自宅で観戦するということで合意した。

明日の最終節など来なければいいのに、ということばかりを思いながら、忍は取材先に向かう夕方の電車に乗っている。仕事を終えて帰って寝たら明日だと思うと、家に帰ることすら気が重いので、相手の話が終わらなければいいのにとさえ思う。どうなのだろう。平日に三日だけ開店している、雑居ビルの中のパン屋の店主の取材なのだが、はたして先方は長く話してくれるのだろうか。

先方の店は、空港への乗り換えの駅が最寄りで、それが気が重かったのだが、今月は土曜の夕方のこの時間でないと話はできない、と言われたのだった。もちろん忍の方から、羽田空港は高知への直行便があるので空港には近づきたくないんです、明日の試合のことを思い出すから、などとは言えず、取材相手の店に向かうことになった。

だが、取材先の最寄り駅のホームに降りた瞬間、電話がかかってきたのだった。子供が風邪をひいたようなので、悪いけど今日は取材はなしにしてほしい、と先方は言った。忍は、はい、はい、とうなずき、それはもちろん仕方ありませんし、と何のよどみもなく口にしながら、一方で、頭の中が冷たくなり、まるでフラッペが機械の中でかき回されるように動き始めるのを感じた。

駅のホームに棒立ちのまま、次回のアポイントメントを提案しながら、忍はホームを案内する表示板を凝視していた。空港線への乗り換えは1番線だった。取材日の打診を二度断られ、三度目の日時を出しながら、忍は、最終節をスタジアムで観戦するかしないかまだ迷っている時に調べていた、飛行機の時刻表のことを思い出していた。ホームの時計は17：55を示していた。羽田から高知龍馬空港への最終は、18：55であることを、忍ははっきりと覚えていた。

三つ目の日時の提案を先方は受け入れ、忍は丁重に礼を言って通話を切った。反対側のホームには電車が到着していて、それに乗ったら、今日は仕事が一つ先延ばしになったので家に帰ってのんびりできるはずだった。

だいたい、私たちが現地で観たら浜松は負けるんだからスタジアムには行かない約束じゃないのか。

引き返す電車のドアが、目の前でゆっくりと閉まるのを、忍はじっと見つめていた。いや、判断が遅れたけれども、これに乗らなくてもべつにいい。このホームで待ち続けて、次の電車に乗ればいいだけだ。空港になんて行ってはだめだ。私たちが観たら浜松は負けるんじゃないのか。

しかし忍は、踵（きびす）を返してホームの階段を目指してまっすぐに歩き始めてしまった。階段を上った。1番線にはちょうど、電車が来たところだった。

搭乗直前に、実は空港にいる、高知に行く、と和敏に連絡をすると、やはりえーっという返事が返ってきた。繰り返し、現地の悪天候のため飛行機が約一時間半遅延しているというアナウンスが流れていたので、正気に返るためにもはや欠航してくれないだろうか、と忍は願いながら待っていたのだが、飛行機は高知へと飛び立つことになった。搭乗を待つ間にホテルの予約を済ませた。

まあ、鰹でも食べておいでよ、という和敏の言葉を思い出しながら、飛行機の座席に着いた瞬間、自分がいつもやっている何件分の仕事をこの交通費で散財したのだろう、とふと思い出して足に血が下がるような気分になったのだが、浜松のことを考え始めると、そのぐらいはいい、引き続きがんばって働くから、という開き直りが頭をもたげるのを感じた。

一時間三十分という機内での短い時間の間にずっと自分に言い聞かせていたのは、もし明日負けて昇格プレーオフに回っても、去年のようなことはめったに起こらないし、それを実際に経験した浜松が、これ以上あんな運命のいたずらのような試合には巻き込まれることはおそらくないだろう、ということだった。

忍と和敏が、そして他の多くの浜松のファンたちが、どうしても自動昇格枠である2位までの順位にこだわるのには、わけがあった。昨シーズン浜松が、3位で昇格プレーオフに回った末、決勝で負けたからだった。二部の年間3位から6位までのチームのトーナメントで争われる一部への昇格プレーオフは、順位が上であるほど有利と決められていて、決勝は引き分け以上で昇格への切符を手に入れられるはずだったのだが、浜松は4位対5位の準決勝を勝ち上がってきた5位のスエルテ会津若松と対決し、3－3で九十分をしのいだものの、アディショナルタイムにゴールキーパーにコーナーキックを直接入れられて一点取られ、そのまま負けるという結果に終わった。会津若松は、GKがシーズン最終盤に次々と負傷していて、プレーオフ決勝に出てきたのが大卒一年目の第三GKだったというところまで追いつめられていたのだが、あんな特技があるとは思わなかった……、と浜松を見守っていた人たちは青ざめながら口々に呟いたものだった。

忍と和敏も、スタジアムでその試合を観ていた。お互いに、何の言葉もかけ合うことができず、地元の駅まで一言も話さずに帰った。家に帰り着く直前、和敏が、今日浜松が引き分けられるんなら明日自分がいなくなってもいいと思ってたのに、と呟いた時の外気の寒さと街灯の光の冷たさを、忍は今も昨日のことのように思い出すことができた。

浜松はそんな世にも稀な憂き目にあうチームなので、だから自動昇格できなければだめなのだ、というのはヴェーレ浜松のファンたちの密かな総意と言ってよかった。しかし最終節の直前の時点で、浜松が2位の倉敷FCを差し置いて自動昇格圏内に入る可能性は、五分五分ですらなかった。浜松が最終節で戦うのは、20位のモルゲン土佐だったが、倉敷FCの相手もまた、格下の鯖江アザレアSCだった。しかも、土佐は浜松との試合に負けたら自動降格となる22位に転落する可能性があるので、必死に立ち向かってくるはずだ。対して、先月二部残留を決めた鯖江には、最終節で倉敷FCに対して必勝を期すような条件は特になかった。状況は、倉敷の2位自動昇格に傾いているように思われていた。

機体が高度を下げ始め、機内が少し揺れたような気がした。雲の上にいる時は気付かなかったが、外は激しい雨が降っているようだった。一時間半遅延してこれなのだから、少し前はもっとひどかったのだろう。

負けに来てしまったんだろうか、と忍は思いながら、取材に出るための用意だけしか入っていないバッグをぎゅっと抱いて、暗い窓の外を眺めた。機体がまたかすかに揺れた。

あさっての月曜に校了する原稿について、取材相手が文章の差し替えを要求してきたのだが、という電話がかかってきたのは、ゲートを出てすぐのことだった。夫婦で営んでいる小さな隠れ家的レストランについてのインタビュー記事なのだが、取材から先方に原稿確認を頼むまでの間に、夫の過去の浮気が発覚したため、できれば夫についての記述を削ってもらえないか、と言ってきたのだという。

到着ロビーを横切りつつ電話の応対をしながら、はあぁ？　うわきぃ？　と夜の空港中に響きわたるような素っ頓狂な声を出してしまった忍は、他の搭乗客を始め、空港の職員さんたちからも注目を浴びてしまったため、こそこそと逃げるようにトイレへと入っていった。

そんなこと言われたって、夫の支えがあってこそだって店主さんめっちゃ言ってて、私も真に受けて千字ぐらい書いちゃいましたよ、という忍の言葉に、編集者は、じゃあもうその部分を店に関する記述に変えるしかないよね、と答えた。取材メモはふんだんにあるし、本文に反映していないこともたくさんあったのだが、とはいえ原稿全体を見直して書き直さなければいけないし、別の仕事の締め切りもある中で、あさって中に仕上げなければいけないというのは気が重かった。

「明日一日ありますし、なんとか先方の希望を反映しましょうよ」

そう言われると、忍は言葉に詰まった。まさか衝動的に飛行機に乗って高知にやってきて、明日はスタジアムで試合を観るつもりだなどとは言えない。忍は、わかりました、と答えて、取材相手が具体的に削除してほしい記述について編集者が説明するのを、トイレの洗面台に手帳を置いてメモする。話しながら、なんとかどのように原稿を改変するのかという目処を立てて、溜め息をついていると、掃除の用具を持った制服の女性がトイレに入ってきて、ありゃ？　と大きな声をあげる。

「あの、お迎えでもあるがですか？　空港の近くに泊まるとか？」

女性の口振りに、忍はさっと頭から血の気が引くのを感じた。ないです、宿は高知駅の近く……、と乾いた声で答えると、女性はあわてた様子でトイレの外を指さして、バス出ますよ！　と忍を急かした。忍は、すみません！　すみません！　と何にでもなくあやまりながら、手帳と携帯電話をバッグに突っ込んでトイレから飛び出し、そのまま一階のフロアを全速力で走って建物の外に出たのだが、「高知駅・はりまや橋」行きのバスの車体は、無情にも雨の中を走り去っていくところだった。

初めて訪れた空港の夜のバス・タクシー乗り場は、奇妙に静まりかえっていて、雨の音以外聞こえなかった。待合いスペースの煌々と輝く蛍光灯の下に、忍以外に客はおらず、車両も一台として見当たらなかった。忍はよろよろとバス乗り場に向かい、羽田発の便が一時間半遅れたため、各社のバスも発車を遅らせる、という旨の貼り紙を発見して、待ってくれたというのに、とひとりでに呟いていた。

とにかく椅子に座って落ち着いてこの状況について考えることにする。高知駅への最寄りの駅まではタクシーで十分とのことなのだが、そもそも終電が終わっていた。そうだ、タクシー、と携帯で高知市内のタクシー会社を探して、五社ほど当たってみたのだが、どこからも、今日は土曜だし飲み会が多くて空港に迎えに行くには二時間ほどかかるかもしれない、と告げられた。

忍は、携帯をいったんバッグの中にしまって、周囲を見回す。これから二時間後というと、零時を回ってしまうのだが、それでもここにいさせてもらえるのなら待つべきなのかもしれない。電気を点けておいてもらえるかどうかすらわからなかったのだが。もしくは、空港の職員さんに頼み込んで、高知市内に車で帰る人がいたら乗せて行ってもらうか。いやもう別の場所でもいい。そこでどこかの家の軒先を借りられたらもういいかもしれない。雨は寒くてつらいけれども、そういう目にあっても仕方のないようなことを自分はやらかしたのだ。

なんてばかなことをしてしまったんだろう。

忍は、今朝起きた時に想像もしなかったような場所に自分がいて、途方に暮れていて、それがすべて衝動的に飛行機に乗ってしまった自分に原因があって、仕事に気を取られてバスまで逃してしまったことを呪った。つまり自分のすべての判断を呪った。

待合いスペースの電気を消さないでくれ、とまずは職員さんに頼んでみよう、とふらふらと椅子から立ち上がった瞬間、空港のいちばんの大きな玄関の前に車がやってきて停車するのが見えた。

くもったピンク色の軽自動車だった。女の人が、ウインドブレーカーのフードをかぶりながら出てきて、自動ドアの前で心配そうに建物の中をのぞき込んでいた。やがて電話でもかかってきたのか、女の人はウインドブレーカーのポケットから携帯を取り出して耳に当てた。

文子（ふみこ）ちゃんごめんよ、雨が降りゆうき空港の近くに住みゆう職場の友達が車で送ってくれることになったがよ、それで二人とも明日休みやき、その友達の家で呑（の）もうってことになってね。わざわざ来てくれたのに本当にごめんよー。ごめん。
ゆみちゃんは、何度も何度もごめんとあやまり、文子は、そのたびに、えいよえいよと言った。ゆみちゃんは、文子が付き合っている宗平（そうへい）君の三つ年下の妹で、空港のレストランで働いている。運転代行の仕事をしている宗平君は、週末の夜がとても忙しいので、代わりに文子が自転車通勤をしているゆみちゃんを迎えに来たのだが、必要ないという連絡

が少し遅れて、行き違いになったようだった。

建物の玄関まで来てるんならあやまりにいく、とゆみちゃんはわざわざ申し出てくれたのだが、文子は、かまんかまん、とやはり言って、自分の運転してきた車に戻ることにした。香南(こうなん)市の自宅からは大した距離ではないし、運転は好きだから、無駄足だったことは本当に何とも思っていなかった。むしろ、こうやっていろいろあることによって、少しの間でもサッカーのことを考えずにすんだことがありがたかった。

なんだったら自分もゆみちゃんと友達の呑みに加わって、明日の試合のことは忘れてしまいたいとさえ思った。そうやって、あれ、試合らぁあったっけ？　とか言っているうちにチームが勝っていてくれるのなら、いくらでも自分はモルゲン土佐なんて関係ない人間のふりをしようと思っていた。兄の宗平君と違って、ゆみちゃんはまったくサッカーに興味はないから、今日明日一緒にいたら楽だろうと文子は思った。

息を詰めて過ごそうと、酔っぱらって過ごそうと、明日は来る。最終節が来る。文子にはそのことが、まるで国境を越えるような決定的な違いのように思えた。いや、むしろ国境を越えるほうが大したことではないかもしれない。国を出たって好きなチームが降格しない人なんて山ほどいる。もしかしたら、最終節の前と後は、この世とあの世ぐらい違うのかもしれない。

モルゲン土佐は、最終節を前にして残留争いのただ中にいた。シーズンの最初の頃は、こんなことになるなんて考えてもみなかった。もしかしたら今年は、6位以内に入って昇格プレーオフに行けるのではないかという期待すらしていた。去年の順位は8位だったが、純粋に得点だけならリーグ3位だったのだ。その分失点も多かったわけだが、それは守備の選手を補強すればなんとかなるだろうとみんな言っていたし、文子も思っていた。

しかし現実は違った。去年あんなに得点できた攻撃陣の調子はなかなか上がらず、守備の戦術が選手たちに馴染(なじ)むのにも時間がかかった。かろうじて点を取れるようになっても必ず追いつかれ、いつしか逆転されることが多くなった。手は尽くしていたと思う。夏には補強もした。けれども土佐は、シーズンを通してゆっくりと他のチームから取り残されていき、気が付いたら20位まで後退していた。

こういう時にはどういう気持ちでいたらいいのか、周りの土佐を見守っている人々にたずねても、二部に昇格して八年、一度も降格に絡んだことがないからわからない、と首を振る。土佐は、自動昇格圏内の2位以内に入ったことはまだないけれども、昇格プレーオフ圏内の3位から6位には何度か入ったことがある。昇格プレーオフを制することはなかったが、トーナメントには比較的強く、年末に向けてのカップ戦では準決勝に進んだこともあり、文子は二部昇格二年目のその年に、土佐の試合を観に行くようになった。

希望はずっとあったはずだった。何が悪かったのか。自分の祈りが足りなかったのか。本当はそんなことは関係ないと文子はよくわかっていたのだが、そんなふうにこの九か月を振り返らずにはいられなかった。

電話を切った瞬間、自分が堰(せき)を切ったようにモルゲン土佐のことを考え始めたので、文子はあきれて頭を大きく横に振り、携帯をウインドブレーカーのポケットの中に突っ込む。車に戻りながら、このまま雨の中を一晩じゅう運転して、他県に行って温泉にでも入ってくるべきなのではないかと思う。そんなふうに少しの間逃げ出したって、月曜の朝に学校に行って授業をすれば、社会人としての面目は立つ。ただ、明日の最終節には仕事で行けないことが決まっている宗平君だけが悲しそうにするのだろう。

車のドアに手を掛けながら、文子は、静まり返ったバス・タクシー乗り場の待合いスペースに、女の人が一人で立っているのを発見した。この時間なら最終のバスも出てしまっているはずだというのに、女の人は本当にただ立っていて、悄然（しょうぜん）とした顔つきで降りしきる雨を見つめていた。空港の職員でもなさそうだった。三階建ての空港の中のどの施設なのかはわからないが、電気が消えた。

「あの、どうされましたか？」

きっと文子は、土佐が残留争いなんてしていない時でも、困っていそうな人には声をかけただろう。けれどもその日は、いつも以上にべつのことを考える必要があった。

「お迎えをお待ちでしょうか？」

女の人は、目を見開いて文子の方を向いた。傍らの椅子に置いたバッグのチャームは、ヴェーレ浜松のものだと文子はとっさに気が付いて、しまった、という言葉が一瞬頭をよぎる。サッカーのことを考えたくなかったというのに、近いところにいそうな人に声をかけてしまった。この人は、明日の浜松との試合を観に来たのだ。おそらくは。

「宿泊が高知駅の近くなんですけど、私が空港の中でもたもたしてるうちに、バスが行ってしまって。飛行機が遅延したのもちゃんと待っててくれたみたいなんですけれども。それで、タクシーを呼ぼうとしてるんですけど、来るまですごく時間がかかるって言われてしまって」

二十八歳の文子よりは一回り年上に見える女の人は、すがるように早口になってゆくのを抑えるように、何度か自分で自分の話にうなずきながら文子に説明した。

「電車ももうないんですよね？」

女の人の標準語に、文子は、そうですね、と深くうなずく。文子は少しの間、ウインドブレーカーのフードに雨が当たる音を聞きながら、女の人のバッグに付いた浜松のエンブレムを凝視する。浜松。3位だ。相性は悪くないけれども、長く一部で戦い、何度もリーグ優勝した名門だ。土佐が浜松のホームで対戦した時はスコアレスドローに終わった。明日土佐に勝って条件が揃えば2位に入って、一部に復帰する可能性がある。きっと必死で土佐に襲いかかってくるだろう。

「もしよろしければ、お送りしましょうか？　そんなに時間はかからないんで。ひどい雨だし、ここで長いことタクシーを待つのもお辛いでしょう」

わざわざよそから来られた人に辛い目に遭われて、この土地を苦手になってほしくないんですよね、と文子は何も包み隠さず、思うところだけを言った。自分がよそでこの申し出に乗るかどうかは微妙なところかもしれないが、自分は女だし、意図して現れた人間でないということはわかっているだろうし、別に断られたって何も困らない、と文子は考えながら、女の人の答えを待った。

「いいんですか？」

女の人は言った。文子は、いいですよ、とうなずいた。

宿をとった高知駅付近までは四十分もあれば行けるだろうけれども、ひどい雨なのでもう少しかかるかもしれません、とその女の人は言った。地元の方なんですか？　と助手席から忍がたずねると、高知市内で中学校の教師をしていて、家は空港のある南国市の隣の香南市にあります、と彼女は答えた。

「ヒロセと申します。弓にカタカナの『ム』の弘に、瀬は瀬戸内海の瀬」

忍は彼女のことを、弘瀬先生と呼ぶことにする。慎重な人のようで、もし私がお送りすることが不安でしたら、運転免許証をお見せしますので、写真に撮ってどなたかご親族の方などに送られてもよいと思います、とまで申し出た。忍は確かに不安ではあったが、そこまで言われたら逆に、結構です大丈夫です、と言うより他はなかった。

どちらから来られたんですか？　とたずねられて、忍は、東京です、と答えた。

「最終の便で？」

「そうです。お恥ずかしいんですけど、数時間前に突然決めて、サッカーの試合を観に来ました」

ああ、とハンドルを握る弘瀬先生は、ぎこちなくうなずく。この短い時間に見かけた中で、もっとも硬い動作だった。

「ヴェーレ浜松ですね。東京の方が浜松のチームの応援をするんですか？」

「浜松は昔強かったですから。日本代表の選手もたくさん出たし、その頃に好きになってずっとそのままです」

「名門ですよね」

弘瀬先生は、運転しているので当たり前とはいえ、じっと前を向いたまま、平たい声で話す。忍は、サッカーに興味がないか、もしかしたら嫌いな人なのだろうか、なら申し訳ないことを話してるな、と思いながら口をつぐむ。

少しの間沈黙があって、忍は規則正しいワイパーの動きと、絶え間なく降ってくる雨粒が窓に当たる音に眠気を感じながら、暗い車内を見回す。リアウィンドーにはカーサインが貼られていて、後部座席にはバッグとクッションが二つずつ置かれていた。

「明日、倉敷が負けて浜松が勝ったら昇格できるんでしたっけ」

弘瀬先生は、そう言いながらハンドルを切る。この人、興味がないどころか詳しい、と忍ははっとする。普通の女の人は、サッカーの二部リーグの昇格条件なんて知らない。車は海側の道路へと入ってゆく。暗い夜の風景に、道路の傍らに規則的に植えられた椰子の木が浮かび上がる様子は、忍の人生でおそらく初めて眺めるものだった。

「倉敷は勝つと思います。鯖江は昇格にも降格にも絡まないからあまりモチベーションないだろうし」

　気を取り直して、夫の和敏との間で何度となく繰り返された予想を話すと、そうですかね、と弘瀬先生は軽く首を傾げる。

「スタジアムに来る人たちは、どんな状況の時でも応援しているチームには目の前で勝ってほしいものだと思いますよ」

　弘瀬先生は、相変わらず硬い面持ちで話しながら、傍らの水を取って飲む。

「でも、私がスタジアムで観るといつも負けるんですよね。夫も浜松のファンなんですけど、ほんとによく負けるから、自分たちが観ちゃいけないんじゃないかって思い始めて」

　忍の話に、弘瀬先生は一連のやりとりの中で初めて声をあげて笑った。

「たかが一人とか二人の人間がそんな影響力を持つなんてありえないんですけどね。でも、そう思っちゃうんです」

　暗い海の方を眺めながら、初対面の人に偏った話をするな自分、と自嘲しつつ続けると、弘瀬先生は軽くうなずきながら話す。

「わからなくはないです。日頃の行いが悪かったのかしらとか、いちいち思い返しますよね。私なら、生徒にあんなふうに言ったのはまずかったかしらとか、小テストで意地悪な問題をだしてしまったからだろうか、とか」

運転をする弘瀬先生の横顔は、乾いた笑みを浮かべている。けれどもその下には、何か気後れのようなものを隠し持っているようにも忍には思える。

しばらく何も話さない時間が続く中、車は市街地へと入っていく。

「高知は初めてですか？」

少し唐突な弘瀬先生の問いに、忍は、初めてです、とうなずく。信号待ちで、ホテルは高知駅近くの何というところですか？ と別のことをたずねられたので、忍は名前を言う。弘瀬先生は、ホテルの名称を復唱しながらカーナビに入力していく。

車が再び走り出す。さっきの話の続きですけど、と弘瀬先生は口を開く。

「高知、初めてなんでしたら、明日少し案内しましょうか？」

「え、急だけどいいんですか？」

「キックオフは十五時だから、少し時間があるでしょう？」

「そうですね」

忍はうなずきながら、弘瀬先生の言葉付きに、もしかしたらこの人は、と一瞬胸が刺すように痛むのを感じる。雨粒をワイパーが拭うフロントガラスの向こうに、『あたごまち』というネオンサインが見えてくる。

「どちらに行かれます？　龍馬像とか見ていかれますか？」

「どこでもご都合のいいところで。本当に観光とか、ぜんぜん考えてなかったんで」

「じゃあまあ、明日になってから考えましょうか」

それからチェックアウトの時間を訊かれたので、忍は十時ですと答え、じゃあそのぐらいにホテルに行きます、と弘瀬先生は言った。『あたごまち』のネオンサインをいくつかくぐった後、車は右折し、少し走ったところで不意に停車した。このホテルみたいです、と弘瀬先生は大通りではなくやや狭い路地の側に面したホテルの看板を指さす。忍は、ありがとうございます、本当に助かりました、と何度も頭を下げながら、車を降りる。車道を横断してホテルの側に出ようとした時に、リアウィンドーに貼られたカーサインが目に入り、忍は眉を寄せ、首を横に振った。朝日の昇る浜辺を背景に、こちらに睨みをきかせている土佐闘犬のエンブレムは、確かにモルゲン土佐のものだった。

車が走り出さないうちに運転席へと回り込んで、窓を叩くと、弘瀬先生は窓を下ろして、なんでしょう？　とたずねる。忍は、明日訊けばいいのに、どうして今なのかと自分でも不思議に思いながら、けれども、この疑問を残したら夜眠れなくなりそうだからと自答した。

「あの、カーサイン見ました」忍の言葉に、弘瀬先生は諦めたように首を軽く縦に振る。どこか悪びれた様子だった。「土佐のサポーターの方ですか？」

「そうです」

弘瀬先生は、じっと忍を見上げながら言った。いろんな感情が入り交じって、あまりに複雑なので、結局何の気持ちも映し出していない、というような目つきだった。ごめんなさい、と忍は言いそうになって、けれども、そんな言葉を言われたってこの人も困るだろう、と思い直した。

「帰り道、お気をつけて」

忍が言えるのはそれだけだった。

「わかりました。また明日」

弘瀬先生はそう言って、軽く右手を振りながら運転席の窓を上げた。車道に残された忍は、前後を確認して雨の道路を横断し、数時間前に東京から予約した小さなホテルへと入っていった。

次の日、弘瀬先生はちゃんとチェックアウトの時刻に忍を迎えに来た。どこに行きたいですか？　とたずねられて迷っていると、龍馬像にしますか？　と提案され、桂浜(かつらはま)に行くことになった。

昨日は飛行機が遅れるほどの嵐だったのに、今日はうそのような快晴だった。くもったピンク色の軽自動車の助手席に乗せてもらいながらその話をすると、天気予報を見たら、試合の時もずっと大丈夫だそうです、と言いながら弘瀬先生は車を出した。

「私は対戦相手を応援してる人間なのに、いろいろとすみません」

「そんなのとんでもないですよ」

忍があやまると、弘瀬先生はすぐに首を横に振る。自分が逆の立場ならどうするだろうかと忍は考えるのだが、普段の試合ならまだしも、それぞれに昇格と降格がかかった最終節なら、雨の中で宿に送ったりはするかもしれないけど、観光の手伝いまではしないかもしれない、とやっぱり思ってしまう。よほど神経の太い人なのか大人なのか。

「本当に親切にしていただいて」

「それほどでも」

弘瀬先生は薄く笑いながら、しかしどこか硬い面持ちで答える。忍は、ヴェーレ浜松が一部から二部に降格した試合をテレビで観る前、自分はどうだったかを思い出そうとする。試合の後にどうなってもいいように家事と仕事をすべて済ませ、部屋の掃除をして、お茶を淹れて、寒かったり暑かったりしないように部屋の空調を念入りに調整した。もちろん、忍も夫の和敏も一切予定は入れなかった。前日の夜は二人で呑みながらだらだら別のチームのことを話し込んで、昼前に起きて、近所のレストランへ昼ごはんを食べに行って、キックオフの一時間前には買い物を済ませて自宅に帰った。

他人の観光の案内をするなんてとんでもなかった。なのにこの人は、特に弱音も何も言わず、淡々と運転をして、昨日出会ったばかりな上、敵のチームを応援している忍をまったく知らない場所へと運んでいる。

「日曜市とかもおすすめなんですけどね」市街地から出ると間もなく山道になることに忍

は驚いたが、弘瀬先生は相変わらず落ち着いた様子で話している。「四車線の道路の二車線が歩行者天国みたいになって、その通りにえんえんと店が立つんですよ。地元の野菜とか果物とか、練り物とか揚げ物とか甘いものとか。民芸品とか植木もあります」

「楽しそう」

「楽しいですよ」

ホテルの部屋に入るとすぐに寝てしまって、案内をしてくれるというのにろくに観光の情報を漁らなかった自分に腹が立つ、と忍は思う。くもったピンクの軽自動車は、やがて海側へと出る。太平洋が見える。東京の臨海地域で見るのとはまったく違う、真っ平らにどこまでも続いていく印象を受ける防波堤の向こうの海の様子に、忍は小さく驚く。

坂本龍馬の像は、思ったより高いところにあって大きかった。おそらくヴェーレ浜松もモルゲン土佐もなく、ただ龍馬像を観に来たという様子の観光客に紛れて像を見上げながら、忍はしみじみ、昨日からは想像もつかないほど遠くに来てしまったと思った。写真撮ります？ と弘瀬先生が言ってくれたので、忍は和敏に送るために一応撮ってもらった。そのうち、観光客の初老の男性が、お二人を撮りますよ、となぜか申し出てくれたので、忍と弘瀬先生は坂本龍馬の下で微妙な間合いを取りながら、忍の携帯に収まることとなった。

海は本当にきれいで、忍はほとんど和敏や親しい友達といる時と同じような調子で、きれー、きれーと百回ぐらい言いながら砂浜を歩いたのだが、斜め後ろでふんふんとそれを聞いてくれているのが、自分よりずっと年下に見える、昨日まで見ず知らずだった女性なのだと思い至るとはっとした。弘瀬先生は、そういう忍の無頓着な様子にはまったくかまわないという顔付きで、静かに海を観ていた。

「土佐のこと、いつから応援してるんですか？」

本当はこの人は、一時間先に一緒にいるかどうかさえ不確かな人なのではないか、と思いながら、だからこそ忍は少し踏み込んだことをたずねてみることにした。

「六年前からです。年末のカップ戦で準決勝に進んだ時に、地元のチームがこんなことしてたんだって気付いて、スタジアムに行くようになりました。それからホームの試合は全部行ってます」

「ああ、あの」

忍もよく覚えていた。三部から二部に昇格して二年のチームが、準々決勝で一部のチームを退けて、準決勝で延長戦まで食い下がった。準々決勝で戦ったチームは一部で4位のチームで、準決勝で土佐を破った一部のチームは優勝した。あの時のモルゲン土佐は運動量が多くて攻撃的で、観ていて気持ちのいいサッカーをしていた。忍と和敏も、いいチームがあるんだなあ、と感心して観ていた。

土佐はいいサッカーをしていると夫と話していた、と忍が言うと、弘瀬先生は少しばつが悪そうに首を傾げて、あの時の選手が土佐にはまだけっこういるから、その世代交代の遅さが今年の成績につながったのかもしれません、と悲しそうに言った。

「いいチームでしたよ」

「はい」

そう言うより他はない、ということを忍は口にして、弘瀬先生はただ深くうなずいた。

「ほんと、わかんないですよ。うちはなんていうか、あんまり運のないチームだし、土佐はモチベーションが高いでしょうし、わかんないですよ」

うちはたぶん負ける、という言葉が喉（のど）まで出かかっていたが、それはなんとか抑えた。信頼していると取り繕うことさえ諦めたら、自分はいったい何を信じればよいというのかということになる。浜松に勝ってほしいとほんの少しでも思う限りは、負けるなどとは言ってはいけないような気がした。

「どうなるんでしょうね、九月ぐらいからずっと、付き合ってる人とか周りのサポーターさんたちと降格するかもって話してて、覚悟はできてるつもりなんですけど」

「今日はその人と観戦される予定なんですか？」

「それが来れないんですよ。運転代行の仕事をしてて、高知市内のお得意さんの会社が今日は四万十（しまんと）で宴会なんですけど、えらい人たちが明日必ず出ないといけない会議があるから来てくれって言われてて、その前にも会社の他の人を現地に連れて行く仕事が入ってて」

「ずっとお二人で土佐が好きなんですか？」

忍は、いつもの取材をするような調子でたずねてしまう。それほど、よその土地で自分を助けてくれた、この落ち着いた年下の女性は、口には出さないけれども厚い背景を持っていて、いろいろと考えているのではないかと思われた。

「三年前に、サポーターの運動会で知り合ったんです。高松のチームが二部にいた頃、試合の前にサポーター対抗大運動会っていうのがあって、それに興味のある生徒を連れて行った時に、一緒に大玉転がしをやったんですよ」

そんなこともあるんですね、と忍が思わず笑ってしまうと、弘瀬先生も笑う。

「ほんまに最終節観に行きたかったがやけんど、でも仕事ちゃんとせんと毎年ユニフォーム買えんようになるきって言って。代行の仕事するまでいろいろ職場変わってきてたんですけど、土佐を観に行きだしてから落ち着くことに決めたみたいです」

ほとんど訛(なま)りを出さなかった弘瀬先生が、この代弁の時になって初めて地元の人のようにしゃべったことに、忍は小さく驚きながら、そうですか、とうなずいた。

少しの沈黙の後、次はどこ行かれますか？　とたずねられて、忍はやはり答えに詰まり、すみません、ぜんぜん調べずにやってきて、と言うと、じゃあごはんでも食べに行きますか、と弘瀬先生は言って回れ右をし、海を背に、忍の先に立って砂浜を歩き出した。

自分がいろんなことを考えたくないばっかりに、チェックアウトの時間から連れ回している東京から来た遠藤さんは、まったくこだわりのない様子で文子の行きたいところに同

行し、しかもいちいちその場で喜んでくれていた。

「なんですかここ、本気でここに住みたいですよ」

「知り合いの妹もそう言ってます」

要するに宗平君の妹のゆみちゃんがそう言っていたのだが、あんまり彼氏の話をするのもどうかと思ったのでやめておく。

とりあえず、龍馬像の他に県外の人に見せておいた方がいいものはひろめ市場だろう、ということで文子はヴェーレ浜松のサポーターの遠藤さんを連れてきたのだが、持ち出しも持ち込みも自由の飲食店が複雑にひしめく路地を楽しそうに行き来する人々の中にも、浜松のユニフォームを着ていたりタオルマフラーを巻いてたりする人がちらほらいる。市場は昼間から混んでいて、文子と遠藤さんはなんとか隅の立ち食いのテーブルを確保し、いったん解散して好きなものを買ってきて持ち寄る。

土佐はスタジアムの屋台もけっこう充実しているので、あくまで軽くと告げたのだが、遠藤さんは突然よその土地に来て何か判断が狂っているのか、かなり豪勢な鰹のたたきの皿を持ってきてうれしそうにしている。最初は舟形の容れ物に入ったものを買いたいと言っていたが、食べきれないかもしれないですよと文子は止めた。自分用には野菜のキッシュと男爵ポテトのサラダとほうじ茶を買い、遠藤さんには高知の野菜であるリュウキュウの酢のものを買った。

「ほんっとうに来てよかったです。あー取材先がドタキャンになってよかった」

にこにこしながら次々鰹の切り身を口に放り込んで地酒をあおる遠藤さんを眺めていると、あまりに気安く感じて、じゃあ勝ち点3をください、と言ってしまいそうになるのだが、それはさすがに大人げない、と文子は口をつぐむ。

「私ばっかり呑んですみません」

「いえ。私は金曜日にめちゃくちゃ呑んだんで」

おとといの金曜の夜に自宅で呑んでいた文子は、実は昨日の土曜の夕方まで部屋で倒れていた。クラスの不登校の生徒の家に押し掛けて、つまらないことを言ってしまったかもしれないという後悔からだった。放課後に小テストの採点をしている時に、もしかしたらこういう言い方なら届くかもしれない、という考えが浮かび、居ても立ってもいられず話しに行ったのだが、文子は説得しきれず、あえなく帰ってきた。

文子が四月から受け持っている、二年の棚野百合は感情を押し殺して生きている生徒だった。両親の仲が悪くて、話し合おうとしない二人の間を取り持とうと生まれた時から努めて、それに疲れ果てて学校にも来なくなった。というか、両親に対して棚野にできる抗議は、学校に行かないことぐらいだからそうしているんじゃないかと文子は考えていた。両親は自分のことを、かろうじて夫婦でいる理由として利用している、だからそういう行動で子供の人生が失敗したと感じさせてやりたい、という主旨のことを棚野は言ったことがあった。引きこもって過ごすうちに棚野は、ほとんど食べないしほとんど眠らなくなった。怒りを表明するために、目に見えて衰弱することを望んでいた。

六年の教員生活で、不登校の生徒と接するのは初めてだった。生徒にはそれはいろんな子供がいたけれど、寂しくて反抗的な生徒なら、自分が中学生の頃を思い出しながら根気強く話し相手になったりだとか、学業に興味がなさ過ぎる生徒なら、とにかくこのぐらいの学歴なら食べていけるというラインを示して最低限の意欲を促したりだとか、なんとかやってきたつもりだった。その体験を元に、棚野を学校に来させようと何度か話し合おうとしてみたのだが、一方的に文子が話した後、手詰まりになるということを繰り返していた。

金曜日に会う一つ前の話し合いで、棚野は言った。先生はなんやかんやで大学出て彼氏も友達もおって、実家の近くに住んで家族とも別に問題なくて、二週に一回サッカー観に行って楽しそうで、大変な思いもしたことないのに、私に何か言ってそれが通じると思う？　それに対して文子は反論できなかった。自分には、棚野を説得できるような体験はなかった。文子はどこまでも普通の人間だった。

これまで教員をやれてきたことに関して、自分はすごく運が良かっただけなのではないかと文子は今さら考えるようになった。それでも、頼むから自分自身を見捨てないでほしい、自分を大事にしてほしい、それをおこがましく感じるんなら、何か別のものを大事にしてほしい、親や友達や恋人みたいなもっともらしい存在でなくてもいいから、と文子は思ったのだった。金曜に家に行ってその話をすると、「何をよ？」と棚野は冷たく言った。

「先生やったら何？　サッカー？」

　それで文子は、自分とモルゲン土佐の六年の話を始めた。土佐の不調ぶりは、地元のメディアでもしばしば取り上げられていたので、明らかに馬鹿にされていたのだが、そんな棚野の態度にも、土佐の順位にも傷付けられながら、文子は土佐の話をした。途中までは、自分は土佐が残留しようと降格しようと応援する、という話をしていたのだが、そのうち、どうして世代交代がうまくいかなかったのか、という、いつも宗平君や知り合いのサポーターと話しているような話題になった。

　文子は棚野に話し続けた。

　土佐がファンを増やしたのは、カップ戦で準決勝に進んでからで、それからも中位、中位の上位、プレーオフ圏内と順調に順位を上げ、その間だいたい同じ選手を中心にやってきた。私らぁはずっと、土佐が右肩上がりな状況が普通で、それを長く担ってきた選手らを私らは大事にすべきだし、クラブもそうあるべきやと思ってきた。しかし、もしかしたらそういう姿勢がこの停滞をもたらしたのかもしれん。でも選手を責めることはできん。とはいえこのいきなりの凋落（ちょうらく）は何なが。ここまでツケが回ってくることをクラブや選手や私らがしたがやろうか。理不尽じゃないが。

　文子は、話すことがなくなってようやく、自分は生徒の散らかり放題の部屋でいったい何を話しているのか、とはっとしたのだった。しかも話している間、棚野は二回文子に緑茶を出した。濃すぎて頭痛がするような味だったが、文子は話していて喉が渇いたので二杯とも飲み干した。それも恥ずかしかった。棚野がどういう表情をしているのかにさえ、文子はもはや向き合うことができなかった。

そして文子は我に返り、そそくさと家に帰った。帰りの車中で、生徒にあまりに馬鹿な話をしてしまったことを恥じ、このまま防波堤に激突したいと思いながら、そんなことをしたら両親も宗平君もゆみちゃんもほかの友達も、まあもしかしたら生徒も悲しむかもしれないと思い留まり、すべてを忘れるために自宅でさんざん呑んだ。その後、泥のように眠って起き、せめて一日のうちで一つでもまともなことをしよう、とゆみちゃんを迎えに行き、そこで遠藤さんに出会って今に至る。

自分はモルゲン土佐のことを考えたくないあまりに、遠藤さんに対する人助けを利用したのだが、結局は土佐のことを考えている、と思う。しかも遠藤さんは今日勝たなければいけない浜松のファンで、文子の思惑は何一つうまくいっていないのだが、目の前で喜ぶ遠藤さんを見ていると、それでもいいかと思える。

「弘瀬先生も食べてくださいこれ、ほんとにおいしい。こんな元気なもの久しぶりに食べた」

そう言いながら、上機嫌で文子の手元のポテトサラダの容器に鰹のたたきを入れてくる遠藤さんに、文子は、このお店、スタジアムにも出店してるんですよ、と言う。遠藤さんは、そうなんだあ、と目をぎゅっとつむって、地酒を呑み干す。

「うちのスタジアムも鰻丼(うなどん)とかあるんですけどね」

遠藤さんはあーでもこれをホームで食べられるとか幸せだわ、と鰹を口に運ぶ。そうですか、と文子はうなずきながら、大阪より東のアウェイには行ったことがないな、と思う。仕事が忙しかったり、土日でも生徒や保護者の対応をしなければならないことが多いので、泊まりでは行けないからなのだが、一度は遠くに行ってみたいな、と思った。

建物全体がフードコートになっている市場で、知り合って間もない弘瀬先生と過ごすのはとても楽しかった。最終節の直前の過ごし方としてはもったいないぐらいで、忍は衝動的に高知に来てよかったと強く思ったのだが、同時に、龍馬像を見て鰹もうまかったのだから、もう帰ってもいいというようにも考え始めていた。

開場は何時でしたっけ？　という話から、でもまだ余裕があるからもうちょっとここにいましょうか、という会話の流れを三回ほど繰り返して、もはや二人ともが、ここへきて試合と向き合いたくないと思っていることが了解できた。もう充分楽しかったから私帰ります、と言っても、弘瀬先生はそのまま忍を送り出して試合を観ずに帰宅しそうだった。

携帯で時間を確認しながら、だんだん胸元に鉛のようなものが仕込まれている感じがしてきて、忍は酒でも満腹のせいでもなく自分がうつろな目つきになってきていることを自覚していたのだが、このまま試合を観ずに飛行機に乗っても、その感覚は体から出て行かないような気がした。だから結局、試合には行かなければいけないのだろう。

そろそろ行きましょう、と口にしたのは、弘瀬先生だった。忍はうなずいた。キックオフの一時間半前のことだった。弘瀬先生のくもったピンクの軽自動車に乗せてもらって、忍は試合開始まであと一時間という時刻に、少し山の中に入った総合運動公園の中にあるスタジアムに到着した。

バックスタンドのほぼ真ん中の高所の席が少しだけ空いていたので、そこに荷物を置いた。周囲は、土佐の赤と白のストライプのユニフォームやタオルマフラーを身に付けた人が五割、浜松の青を纏っている人が三割、残りがそのほかの人といった様子だった。土佐のことはよくわからないけれども、浜松のサポーターはわりとおっとりしていて、どんな時にもそんなに殺気立たない人が多いと忍は自認していたのだが、その日はさすがにどの人も思い詰めた顔をしていた。家族で来ていて子供がその場を和ませていたとしても、その親たちの笑顔はぎこちなかった。土佐の赤白の人たちは、半分ぐらいが呑んでいた。弘瀬先生もだいぶ呑む人のようなのに、運転するため呑めないことを忍は申し訳なく思った。

市場で食事をしたため、特に何も欲しくはなかったものの、せっかくなのでいったんスタジアムの外のフードパークを見に行くと、鰹のたたきの屋台に浜松のサポーターの大行列ができていて、忍はつくづく先に食べておいてよかったと思った。舟形のケースに入った鰹を持って列から離れる人の顔は、つかの間だろうがさすがにだいたい笑っていたので、鰹本当においしかったです、と性懲りもなく告げると、他のものもおいしいからまた来てくださいと弘瀬先生は答えた。

試合開始直前に、和敏からメッセージが来たので、忍は龍馬像のところで撮ってもらった弘瀬先生との画像を送った。和敏は、いいなあ、俺も行けばよかったなあと返してきて、忍は、でも二人揃ってたら負けるかもしれないし、と答えた。

うちなんかがこんな大事な試合に勝てるわけがない、だからまたプレーオフに回るのだ、と忍はこれまで何度も反芻（はんすう）した覚悟をおさらいした。けれどもそれも、選手たちが入場してきて、周囲が轟音（ごうおん）のような歓声で満ちると、そのうねりが忍のちっぽけな予防線など飲み込んでいくような気がした。メインスタンド側の観客たちは、全員が色の付いた四角い紙を持って、夜の海から朝日が昇る様子のコレオグラフィーを作っていた。土佐のゴール裏の大旗のいくつかは大漁旗だった。きれいだ、と忍は思った。土佐のサポーターたちが立ち上がってタオルマフラーやゲートフラッグを掲げる間、弘瀬先生は腕を組んで座ったまま、ひどく身を乗り出してじっとしていた。

円陣を解いた選手たちが陣地に散らばり、笛が吹かれた。開始三十秒で、土佐はシュートに持っていった。浜松のGKであるクロアチア人のノヴァックはなんとかクリアしたが、忍は震え上がった。その後、一分半、三分という時間帯にも土佐の選手はシュートを打ってきて、なんでこのチームが今20位なのかと大声で疑問を呈したくなった。土佐の選手のほうが、明らかに体が動いていた。それに対して浜松の選手たちは硬かった。忍は、両手で顔の下半分を覆いながら、やっぱりうちの選手たちはプレッシャーに弱いんだ、皆エリートなんだけど、と和敏と幾度となく話したことを思い出した。

十五分も過ぎると、さすがに浜松もやられっぱなしではなくなったのだが、シュートを一本も打てていなかった。だめだ、と忍は思った。一方、土佐は何度もチャンスを作ってシュートに持ち込んでいた。そのたびにポストにはじかれたり、ノヴァックに防がれたりしていたのだが、どう考えても土佐が点を取るのは時間の問題であるように思えた。二十二分の時点に土佐の選手のファウルがあって、浜松はフリーキックを獲得したのだが、それも入らなかった。もちろん、入らなかった、と忍は頭の中で補足した。浜松がようやく今シーズンの標準程度の動きを取り戻すまで三十分を必要としたのだが、どんだけ時間がかかるんだよ、と忍は絶望した。その一方で、その三十分はおよそ五分に感じられるほど短く感じた。

時間の経過は速度を増し、0‐0のまま前半が終わった。忍は背中に汗をかいていた。席に縫いつけられたようになかなか動けないでいる忍とは対照的に、弘瀬先生はさっさと立ち上がって、バッグから財布と携帯を取り出し、飲み物買いに行きますが、何かいります？　とたずねてきた。忍は、じゃあ何でもいいんであったかいものを、と答えた。弘瀬先生はすぐに戻ってきて、ほうじ茶です、とペットボトルを渡してきた。弘瀬先生も同じもののキャップをゆるめてさっそく飲んでいた。

「最初にシュート打った選手、今日が初スタメンなんですよね。土佐はトップチームの順位はこれだけど、ユースが今活躍してて」

弘瀬先生の言葉に、忍は、いい選手ですね、と答えた。それから二人は試合が終わるまで何も話さなかった。

後半が始まってすぐの時間帯にも、土佐は素早い突破を仕掛け、シュートに持ち込んだのだが、ポストに当たった。その後も土佐は何度も浜松の陣地を脅かしたにもかかわらず、ノヴァックに防がれていたシュートを自ら外すようになった。浜松の選手がボールを奪ってカウンターを仕掛けることも増えてきた。そのたびに土佐の選手のほとんどは自陣に戻り、浜松にシュートを打たせなかった。観ていておもしろい試合だと忍は思った。土佐と浜松はほぼ互角で、どちらかのファンでなければこの試合の観戦は楽しいであろうことが忍にはうらやましかった。

後半二十七分のところで、浜松がフリーキックを得て一点が入った。難しい角度から選手たちの壁の頭上ぎりぎりを狙って蹴ったのは、全試合スタメン出場しているMFで主将の江藤だった。一昨年から主将をつとめる三十歳の江藤は、どこかおっとりした性格で、技術と人望はあるものの、もしかしたら二部でのつらい戦いには向かないのではないかとファンの間ではときどき噂（うわさ）されていたのだが、この一点で浜松はやっと本来の力を思い出したように攻め始めた。土佐の再三の攻撃にも冷静に対処し、簡単にシュートに持ち込ませることはなくなった。

頼むからこれを守って逃げ切ってほしいけれども、そんなことは許してもらえないような気がした。運動量が落ちていた土佐は、フォワードの選手を二人交代し、また戦況は変わった。土佐は試合開始直後のような猛攻を仕掛け、浜松は再びGKの活躍が目立ち始めたのだが、他の選手たちも最初ほどはうろたえずに土佐の攻撃に対処していた。

なんとかこのまま浜松がしのぎきって試合終了かという後半四十四分に、交代で入ってきた土佐の選手の片方が打ったシュートをクリアしたこぼれ球を、もう一人の選手がペナルティエリア外の正面から打って点を入れた。三人の浜松の選手を縦に追い越していく強いミドルシュートに、スタジアム全体から揺れるような歓声が上がった。スタジアムが一瞬浮かび上がってどすんと落ちたのではないかと錯覚するほどだった。

見事なシュートに、忍は魂を抜かれたように何も考えられず、失望する余地もなく硬直していたのだが、その数十秒後、浜松は左サイドを使って素早い攻撃を組み立て、ゴールの正面にいた二人の選手に向かってクロスを上げ、片方の選手が土佐の三人の選手の間隙をつくシュートを放った。それは一度は土佐のGKの腕に当たったものの、ボールの威力でネットにまで飛んでいった。重力に沈没するようなスタジアムの空気を割り裂くように、浜松のサポーターたちの歓声が聞こえた。

そうやって浜松は勝った。長い笛が吹かれて、選手が整列した後、他会場の結果が大型ビジョンに映し出された。最終節前の時点で2位だった倉敷FCは、鯖江アザレアSCに敗れ、勝利したヴェーレ浜松は2位に浮上し、自動昇格が決まった。残留争いをしているチームの試合結果も表示され、モルゲン土佐の三部降格も決定した。

バッグの中で携帯が震える感触がした。和敏からだろう。けれども忍は、浜松のサポーターたちの歓声を聞きながら身じろぎもせずじっとしていた。

浜松の監督の胴上げが始まった。ゴール裏へとうなだれてあいさつに行く土佐の選手たちを眺めながら、文子は、意外にも自分が平気であることに驚いた。土佐の赤白のユニフォームを着た、前の席の若い女の子が泣き崩れていて、何か声をかけられればと思ったのだが、今は何も言われたくないし聞きたくもないだろうと思い直した。そもそも、何を言ったらいいのかもよくわからなかった。

宗平君も四万十に向かう車の中で、この結果をラジオで聞いているだろうと思った。文子は、自分の大丈夫さかげんを、それでも仕事をしなければならない宗平君や、前の席で泣いている女の子や、呆然（ぼうぜん）としている周囲の人々に分けられないかと考えた。泣いている前の女の子のさらに前の席に座っている青いユニフォームの人が、立ち上がって両手を上げ、ゴール裏に歩いていく浜松の選手や監督やコーチや通訳などそこにいる全員の名前を呼んでいるところを見て感心したので、隣に座っている遠藤さんもそういうことをやらないのかと思った。

「昇格おめでとうございます」文子は、周囲の歓声や、人が引き揚げていく時に掛け合う声に負けないように、少し大きな声で遠藤さんに話しかけた。「空港まで送りますよ」

遠藤さんは、ありがとうございます、とうなずき、セレモニーも観ていきます、と続けた。声は妙に遠く聞こえた。耳に膜が張っているような感じがした。

「昨日調べたんですけどね、セレモニーを観てからだと十八時台の便には間に合わなそうです」喉がひりつくのを感じた。「あとは十九時のが最終……」

文子は、自分が泣いていることに気が付いた。洟をすすって手のひらで涙を拭いながら、タオマフを持ってきたけど出すの忘れてた、と思い出した。

隣にいる人の手が、おずおずと文子の肩をつかんで、じょじょに力がこもってゆくのがわかった。

「また一緒にサッカーを観ましょうよ」

遠藤さんは言った。私も東京の近くで土佐の試合があったら観に行くことにします、と遠藤さんは続けた。文子はうなずいた。

仕事中は自分からは連絡してこない宗平君に、来週にでもうまいものを食べながら浴びるほど呑もう、とメッセージを送り、文子は遠藤さんと共にスタジアムを出た。外のグッ

ズ売場で遠藤さんは、おみやげに、とセールになっていた土佐のタオルマフラーや文具をいくつか買っていた。文子は、もう少し遠藤さんに地元を見ていってほしいと思ったのだが、時間はどんどんなくなってきていた。

「私はね、手結っていうところに住んでるんですけど、港に可動橋があってね。橋が上がってる時は道路が垂直に地面に突き刺さってるみたいで不思議ですよ」

どうでもいいことをしゃべっている、と思いながらも、遠藤さんはおそらくそれを聞いてくれる人だということはなんとなくわかるので、文子は話しながら駐車場へと向かう。けれども、頭の継ぎ目の部分が少しずれてしまったような非現実的な感覚が続いていたので、文子は気を取り直すために遠藤さんにコーヒーを買ってきてくれるよう頼む。

「ブラックでお願いします」

遠藤さんはうなずいて、強そうなの買ってきます、と文子の軽自動車の傍らを後にする。

文子は車体にもたれて、三部か、とぼんやり陽の落ちかけた空を見上げる。チームが少ないから試合数が減るな、と思う。その分クラブへの入場料の収入が少なくなるから、これからはバックスタンドじゃなくてメインスタンドのいい席に座るようにしようかな。

電話が鳴った。宗平君もこの結果はつらいだろう、とバッグから携帯を出す。しかし画面に出ていたのは棚野百合の名前だった。電話に出ると、観たで、テレビでやりよったき、と棚野は言った。

「先生はスタジアム行っちょったが？」

「うん。今帰り」

残念やったね、と棚野は言った。落ち込んじゅうよ、と文子は答えた。

「でも、おもしろい試合やった。土佐が追い付いた時も、浜松がやり返した時も、本当にびっくりした。初めてサッカーの試合を最初から最後まで観たけんど」

学校に行くかどうかはわからん、でも、親に思い知らせるためにおもしろいことは何もないって態度でおり続けるのはもう疲れた、と棚野は言った。文子は、そっか、疲れたが か、とうなずいた。

「私もいつか一緒にスタジアムに行ってえい？」

「えいよ」

遠藤さんが、両手に缶コーヒーを持って小走りでこちらにやってくるのが見えた。文子は、自分の居場所を知らせるために、左腕を大きく上げて振った。

第9話　おばあちゃんの好きな選手

両親の離婚以来、周治が初めて「おばあちゃん」に会ったのは、母方の祖母の通夜でのことだった。大学三年の時だ。親戚一同が集まっている、葬儀会場の旅館の一室のような控え室の巨大な座卓の隅っこで、その人は一人で煙草を吸っていた。周治は最初、その黒い和服姿の老婦人が何者かわからず、あれは誰かと母親にたずねると、あれはお父さんの方のおばあちゃんよ、と答えが返ってきた。

「あいさつした方がいいだーか？」

「どっちでもいいわね」

周治の両親は、周治が八歳の時に離婚していて、それ以来一度も会わないまま、周治が高校に上がった年に父親が亡くなった。葬式にも行かなかったので、父親の親族がどうしているのかということについて深く考えたことはなかったため、父親の母親の出現に周治は少なからず驚いた。父親が亡くなったということで、それより上の世代への想像力が途切れてしまっていたのかもしれない。母親はかろうじて連絡先を知っていたようだが、やりとりをしているという話を聞いたこともなかった。

周治が父親の母親について覚えていることは少なかった。小さな和裁店を営んでいて、いつも着物を着ていた。店は常連の客をそこそこつかんでいて、周治が両親に連れられて店舗兼住宅を訪ねると、必ず誰かが何かの注文をしていた。「おばあちゃん」は、厳粛な顔でお客の話にうなずき、彼らが帰った後にやっと周治の母親に、冷蔵庫に何々があるからどうぞ、というようなことを告げるのだった。そしてその後も、仕事をする片手間で両親と話していた。

誕生日やクリスマスやこどもの日にはプレゼントをくれていたが、それ以外に「おばあちゃん」について思い出せることは少ない。仕事の合間にやたら新聞を読んでいたということが記憶にあるぐらいだった。

周治が親戚たちの間をすり抜けて「おばあちゃん」の元へと向かう間に、「おばあちゃん」は新聞を座卓の上に置いて、妙にかくしゃくとした動作でめくり始めた。書かれていることを漫然と読むのではなく、真ん中のあたりに明らかに目的のページがある様子だった。

「おばあちゃん、お久しぶりです。周治です。孫の」

どう自己紹介をしたらいいものか、名字を名乗って意味がない状態はなんだか具合が悪いなと思いながら話しかけると、「おばあちゃん」は鳥のように首を即座に回し、目を見開いて周治を見上げた。あまりに動作が鋭かったので、周治は少したじろぎながら、十五年ぶりぐらいですよね、と続けた。

「ああ、そうね。そのぐらいだわね。お元気にしてらした？」

「そうですね。元気ですよ」

「二十歳になったのよね」おばあちゃんはそう言いながら、座卓の中央あたりに置かれた盆から湯呑みと急須を取って、お茶を淹れて周治にすすめた。「大変なご無沙汰で」

「そうですね」

まるで他人同士のような会話だが、おばあちゃんの側からは確かに、孫に接する時の気安さもぎこちなく漂っていた。

「学生さん？」

「はい、大学三年です」

「大学はどちら？」

「岡山です。就職はここ出雲か松江でしたいです」

「このあたりはいいとこよね。昨日の夕方に来て今日帰っちゃうんだけど」

おばあちゃんの言葉は、なんだか投げやりだが正直で、周治は接していて気楽なような気がした。やがておばあちゃんは、手元に置いた新聞を見遣って、ちょっと失礼、と目的の記事に視線を落とした。おばあちゃんはどうも国内のサッカーのリーグの順位表を見ているようだった。その真横には、『松戸、三連敗』という見出しが整列していて、おばあちゃんは眉をひそめていた。

「サッカー好きなんですか？」

「まあそうね」

「松戸が？」

「腐れ縁よ」

おばあちゃんは、今日いちばんの早口でそう言って、新聞をたたんで座卓の下にしまいこんだ。

「松江にもチームがあるんですけどね、あんまり強くなくて。三部だし」

話をやめてもよかったのだが、なぜか周治はもう少し何か話したいと思い、まったく興味のない地元のサッカーチームのことを思い出しながらそう続けると、おばあちゃんはやはり鳥のように鋭く首を動かして周治を見遣り、一度は座卓の下に置いた新聞をまた出して素早くめくり始めた。

「松江は去年二部に上がったし今は松戸より順位上よ」

ほら、とおばあちゃんは周治に順位表を見せてきた。松江04は13位で松戸アデランテロは15位だった。

「あなたご存じ？　04ってね、設立年が二〇〇四年っていう意味なんだけど、松戸の前身のチームは一九五七年にできたのよ。年齢でいうと四十七歳年下のチームより松戸は順位が下なわけ。情けない話よ」

おばあちゃんの言葉に周治は、そうですか、とうなずきながら、いったい自分は何をしているのだろうという気分になってきていた。この三年ほどずっと施設に入っていたとはいえ、祖母が亡くなってすごく悲しいはずなのだが、この突然現れたもう一人のおばあちゃんの存在は、祖母の葬儀の一連の出来事の中で、何かエアポケットのように浮かんでいるような気がした。

「スタジアムに試合を観に行ったりするんですか？」

「近くだからね」

　投げ出すようなおばあちゃんの言葉は、多分な韜晦を含んでいて、なんとなくそれ以上の追及は避けた方がいいなと周治は判断し、そうですか、とうなずくに止めた。そしてすぐに周治は母親に呼ばれ、それじゃ、と会釈しておばあちゃんの傍を離れ、また元の、祖母を喪った悲しさの中に戻っていった。

　祖母の葬儀の一連の出来事の中で、父方のおばあちゃんとは、それっきり話すこともなかった。葬儀の束の間の非日常から大学生活に戻った周治は、ときどきおばあちゃんのことを思い出しながら、変わった人だった、もしかしたら二度と話すことはないかもしれない、自分はサッカーにも興味がないし、と考えていた。

　しかし予想は外れたのだった。一年後、周治は松江04のスタジアムに通うようになっていた。おばあちゃんのことは忘れるどころか、順位表で松戸の名前を見かけるたびに頭をよぎる存在になっていた。

残留争いが熱いからって友達に無理矢理スタジアムに連れて行かれて、それではまったんですよ、三部なのか二部なのかすら知らなかったのに、と周治は電話でおばあちゃんに説明した。

「そうなのね。それでちゃんと仕事はしてるの？」

「してますよ。三年目です。和菓子屋の営業です」

祖母の葬儀以来なので、おばあちゃんとしゃべるのは四年ぶりだった。連絡先は母親に教えてもらった。あんたなんでそんなこと知りたいの？と母親は驚いた様子だったが、サッカーのことで、と言うと、ああ、とだけあきれたように返して教えてくれた。松戸と対戦するたびに、周治はおばあちゃんのことを気にしていたのだが、ただ連絡だけをするという決心が付かなかった。けれども、さすがに最近は仕事を覚えて身辺が落ち着いてきたし、松江04の今年の最終節の相手が松戸アデランテロであると知り、周治はおばあちゃんを松江に招待することを思いついたのだった。

「こっちに松戸の試合を観に来ませんか？　旅費は出します」

「すごく遠いんだけど」

「飛行機で来てください」

「飛行機乗ったことないのよ」

「じゃあ新幹線で来てください。岡山までなら迎えに行きます」

「それは手間じゃないの？」

「得意先の半分は岡山なんで出勤するのと同じですよ」

仕事の話をすると、そうなの、と常に緊張感のあるおばあちゃんの声が少しだけ柔らかくなった。自分が松戸に行ってもいいけど、最終節は特別ですからね、と周治が言うと、そうね、わかった、とおばあちゃんは答えた。


待ち合わせは、岡山駅の新幹線の改札で、ということにした。周治は、おばあちゃんが東京から岡山までの新幹線の特急券と岡山から松江までの特急券と往路全体の乗車券の合計三枚すべてを改札に入れて在来線の側に来られるか不安だったのだが、おばあちゃんは何にもつっかからず、すーっと改札を通って周治のところにやってきた。周治はときどき遠方への出張の時にこの改札に手間取るので意外だった。よくわかりましたね、と言うと、表示が出てたから、とおばあちゃんは事も無げに答えた。洋服を着ているところは初めて見たような気がする。

自宅からここまですでに四時間かかっているとのことで、特急の中ではほとんど話をしなかった。旅費を負担するからといって、全体で七時間かかる旅に呼び寄せたのは申し訳なかったのではないか、と周治が言うと、まあ、ずっと座ってますからね、とおばあちゃんはあっさりと答えた。

三時間近い車中で、話はそれだけになるかと思われたのだが、松江駅に着く直前に見える、線路沿いの大橋川の中の小島にある神社におばあちゃんは興味を示して、あれは何かと指さした。

「あれは手間天（てまてん）神社です。少彦名命（すくなびこなのみこと）を祀（まつ）ってるらしいですよ」

「お葬式に来た時に見えて、その時も気になってたのよ」

よその国に来たみたいな気分、とおばあちゃんは続けた。周治は、数年の間であってもそのよその国みたいな場所から来た女性を嫁に迎えたおばあちゃんと、そこから嫁いだ母親の縁を妙なものだと思った。

松江駅には十五時前に到着した。おばあちゃんの旅程は、今日が松江、明日はスタジアム、明後日は足立美術館へということになっていた。出雲大社と日本一の庭園ならどちらがいいか、と訊（き）くと、後者だとのことだった。

周遊バスに乗って松江城に行った。おばあちゃんは、電車の中にいる時とは打って変わって、水路がやたら多いとか、湖がこんなに近いってこと自体が珍しい、と所感を言い始めた。旅行によく行ったりするんですか？　と周治がたずねると、いいえぜんぜん、とおばあちゃんは首を横に振った。

松江城にやってきて、内部の見学をするのかどうかという段になって、おばあちゃんは、お城の見学ってすごく登るじゃない？　と言い出した。周治は、旅行に行かないのになんで知ってるんですか？　と困惑しながらたずねると、友達が言ってたのよ、と答えた。

「松本城に行って、すごくきれいだったんだけど、あまりにも登るから年寄りには半日仕事だったって。それは言い過ぎだと思ったけど。行ったことある？」

「ないですね」

二人とも行ったことのない、かといって外国でもない場所について話すのは、妙な気分だった。結局城内には入らず、庭園を少し見て回って、松江城のお堀の内側に建てられた洋館の中の喫茶室に入った。明治時代に、天皇を迎えるために造られたのだが明治天皇は使わずじまいだったという建物だった。喫茶室は満席で、おばあちゃんは待つんならべつにいい、とせっかちに言ったのだが、周治はまあまあとなだめた。席はすぐに空いたのでよかった。

二人ともケーキとコーヒーを注文した。席は窓際で、おばあちゃんは窓の外を見ながら、あの男の人は一人で観光に来てるのかしらね、とカメラを首から提げたぽっちゃりした男性を見遣って言った。

「よくわかりませんがそうだと思いますよ」

「一人でこういうとこに来ても楽しいわよね」

周治は、そうですね、とうなずきながら、おそらく一人暮らしのおばあちゃんが、あまり寂しがりではないのではないかということに気が付き、なぜか少しほっとした。離婚して離れた父親の母親だし、放っておいたという負い目があるわけではないのだが、一人息子を亡くして近くに親戚もないというおばあちゃんの状況を考えると、心配なところもあった。

ケーキはおいしかったので、ひたすら「おいしい」という話をしながら食べた。周治は、途切れそうになりながらも、おばあちゃんとの会話が細々と続いていることにも安堵した。そういえば煙草を吸っていないということに気付いて、煙草吸ってませんね、と言うと、やめたのよ、とおばあちゃんは簡潔に答えた。

ケーキを食べ終わると、おばあちゃんのバッグの中で音がした。おばあちゃんが携帯を取り出すと、ユニフォームの形をしたストラップ兼クリーナーが松戸アデランテロのものであることに気が付いた。誰かから来たメッセージに、おばあちゃんがゆっくりと返信をしている様子を眺めながら、ユニフォームの形のストラップを確認すると、松戸の21番の石切のものであることがわかった。

「友達から。サッカーを観に島根に来たって言ったら、あんたももの好きねって」

「観戦はお友達とは行かないんですか？」

「一人で行くわね。誘いようがないし。松戸は注目されてないから」

まあ、この試合もそうよね、とおばあちゃんは他人事のように言う。周治は、確かに地元の人全員が二部の試合に興味があるとは言えないことを知っているのでうなずきつつも、行ってみたら楽しいんで誘ってみたらどうですか、と提案する。おばあちゃんは、いつかね、と答える。

「ストラップ、FWの石切のですよね。好きなんですか？」

「そうね。今年から来たんだけど」

周治は話しながら、携帯で松戸の石切について検索する。二十五歳の石切秀児は、一部のクラブの下部組織で育ち、トップチームに上がったものの怪我や病気で出場機会がつかめず、レンタルで二部やタイやニュージーランドのチームに出されたのち、松戸に移籍した選手だった。松戸を含め、渡り歩いたクラブはすでに六つを数えていた。

「石切のどういうところが好きですか？」

「なんとなくかな。点を取ってくれるしね」

「このままいくと得点王なんですね」

周治は、石切の記事の見出しを無作為にタップしながら、おばあちゃんと話を続ける足がかりを探る。テーブルの上の、グラスの結露の跡を拭くために出したハンカチも、やはり21番が印刷されたものだったので、だいぶ石切が好きですね、と周治は言う。

「顔も好みだったりするんですか？　おじいちゃんに似てるとか？」

おじいちゃん、と口にしながら、周治は一度も会ったことがない、写真すら見たことがない父方の祖父の存在が、おばあちゃんと自分の間に浮かび上がるのを感じる。父親の口からも、おばあちゃんからも、父方の祖父についてはまったく話を聞いたことがなかった。生まれてこの方、父方の祖父の姿を一度も見ていないことについて、亡くなったのか、離婚して縁を切ったのかすらも周治は知らない。

おばあちゃんが険しい顔をし始めて、周治が、すみません、そういえば生きてるか死んでるかもずっと知らない人だった、と思い出したように言うと、どうなのかしらね、とおばあちゃんは窓の外を見る。一人で観光に来ていると思われる男性は、まだそこにいて写真を撮っている。

「家出したのよね。生きてたら女の人のところにいるんじゃないかしら。知らないけど」

「言いにくいことを訊いてすみません」

「でも夫は私より五つ年上だったから、もうこの世にいなくてもおかしくないか」

というか、いなくなってから頼った女のところに五十五年もいたらおかしいから、別の人のところかもしれないし、誰にも頼れなくなってるかもしれない、とおばあちゃんは妙に厳正に元夫の行方について考え始める。周治は、いたたまれないような、けれどもそれを遮るのも差し出がましいような気がしてくる。

「おばあちゃんが何歳の時に家出したんですか？」

「二十五歳だったわね。息子が二歳の時だった」

その「息子」である周治の父親も、周治が七歳の時に家からいなくなった。その後両親は離婚することになり、母親は周治を連れて東京から実家のある出雲に帰った。

「いろいろとつらいことを思い出させて申し訳ないです」

「いいのよ、あなたの父親とおじいさんのことだからね」おばあちゃんはそう言いながら、カップをソーサーの上に置く。「ちなみに、石切と夫はまったく似ても似つかない顔よ。

カエルとヤギぐらい違う」

そうですか、と答えながら、周治は納得のいくような、意外なような気がした。

おばあちゃんをホテルに送り届けて自宅に帰ると、出雲に住んでいる母親から、今から電話をしていい？　というメッセージが来ていたので、いいよ、と書き送るとすぐに電話がかかってきた。

「お母さんどげだった？」

〈お母さん〉という言葉が言いにくそうで、離婚した夫の母親のいい呼び名が世の中にないことを周治は意外に思った。

「元気そうだったわ。手間天神社に興味持ったりしちょったよ」

「そげならよかったわ。七時間もかかるところを呼びつけるから心配だったがね」

「まあ、とにかく来てくれたけん」

「あの人、私があんたの父親と離婚するちょっと前に婦人科系の病気をやっちょってね。予後があんまり良くなかったけん気にかかっちょったけど、今は影響なさげならよかったわ」

母のお葬式に来た時は、ちょっとしか話せんかったけんね、と母親は続ける。元夫の母親に関して、母親は、直接会いたいとは思わないが、様子は知りたいようだった。松江城を案内して喫茶店に行ってホテルに送っていったわ、晩ごはんは近所のコンビニで済ませるって、と周治が言うと、晩ごはんぐらいご馳走してあげーだわ、と母親は不満げに言う。

「明日スタジアムでおごーわ」

「いけんわね、もっとちゃんとしたのだわね。スタジアムに行く前に」

あとで一万円渡すから、私からだっていうのは黙っちょって、と母親は言う。

「あさっては午前中に足立美術館に行くことになっちょーけど、一緒に来る?」

「行かんよ」

　特に驚くような返答でもないので、周治はわかったとだけ言う。母親は、くれぐれも疲れさせないように、と強調して電話を切った。周治は、明日おばあちゃんを連れていく店を検索しながら、そういえば母親は、夫の母親の悪口は言わなかったな、と思い出した。良いようにも言わなかったけれども、二人とも同じように、周治の父親という人物にかき回されて去られた人たちであることを考えると、立場は似ていなくもないような気がした。不意に、男運がない、という言葉が浮かんだ。母親もおばあちゃんも。自分の生んだ男の子がだめな子であることも男運がないというのなら、おばあちゃんは母親の二倍男運がない。

　自分はどうなのだろう、と周治は思った。小さい頃は父親がふらふらしているのが嫌で、その後、地元の神西湖(じんざいこ)のしじみ加工会社で真面目に働く祖父の背中を見てきたから、自分もそれに倣(なら)おうとは思ってきたのだが。

　男運のないおばあちゃんの夫や息子の血が自分に流れていることを考えると、周治は改めて家系というのは不思議だと思った。もう父親の顔もほとんど思い出せないというのに。

次の日の昼ごはんには、以前得意先の接待で使った焼き肉の店に行った。しまね和牛がおいしい、と得意先の人々に好評だったからだが、店に入って席に着き水を飲んで、初めて、おばあさんに焼き肉を振る舞っていいのだろうか、ということが不安になった。

「すみません、こういうとこでよかったですか？」

「べつにいいわよ。そんなに食べられないけど」

「じゃあいい肉をちょっとだけ食べましょう」

周治が自分ではなかなか食べない等級の高い肉を注文しようとすると、いいわよ、普通のでいいわよ、とおばあちゃんは何度も言った。

「いいのよ無理に甲斐性見せなくて。お金取っときなさい」

おばあちゃんの物言いは真に迫っていて、周治は一瞬言うことを聞きそうになったのだが、それを聞き入れるのは母親の本意ではないだろうと思い直して、いいんですよ、予算のうちだから、と言ってそのまま注文を通した。

おばあちゃんが好きな選手である石切についていろいろ調べて話そうと思っていたのだが、おばあちゃんが口にしたのは、主に周治の仕事についてだった。続けていけそうか？

周りの人はいい人か？　周治は、自分の生活についてそれほど真剣にたずねられるという経験がなかったので少し困惑しながら、慢性的に人が不足しているので、入社年数が少ないのにいろいろなところへ行かされたりもするけれども、満足していると答えた。

「どこに行くの？」

「米子と岡山、あと広島とか神戸にも行きますよ」

「どこにも行ったことないわ」

岡山では昨日乗り換えたけど、とおばあちゃんは付け加える。周治は改めて、自分とおばあちゃんの住む世界はまったく違っているのだと思う。それでもこれから一緒にスタジアムに行くということが興味深かった。

「福岡に営業所があるので、そちらに行くことも将来的にあるかもしれません」

そう、とおばあちゃんはうなずき、一度は注文を阻止しようとした肉を口に運ぶ。おいしそうな顔をしているか、そうではないかを周治はうかがう気にはなれなかった。

「場所はいろいろ転々とすることもあるだろうけど、ちゃんと一つの仕事に根を下ろすのよ」

わかりました、と周治は答えながら、〈いろいろ転々とする〉という表現が、自分のこと以上に石切の話をしているように思えた。

「母親の方のおじいさんがすごく真面目な人だったんで、大丈夫ですよ」

なにが大丈夫なのかよくわからないが、周治はおばあちゃんを安心させようとそう言った。おばあちゃんは、そうね、ものすごく真面目な人だったわね、と答えた。周治はうなずきながら、おばあちゃんがもう手を付けないであろう肉を網から取って食べた。やはり得意先の人々が絶賛するのもわかるというぐらいおいしかった。

「あまり食べなくてごめんなさい。でもすごくおいしかった」

店を出る時に、おばあちゃんが言うのが聞こえた。ならよかったです、と周治はうなずいた。

松江駅の南側にあるスタジアムへは、駅前のロータリーから出ているシャトルバスに乗って三十分ほどだった。いつもどちらで試合を観るんですか？　とおばあちゃんにたずねると、バックスタンドの、どこでもいいから高いところ、と答えたので、周治はバックスタンドの自由席の券を買い、おばあちゃんをコンコースに待たせて席の確保に行った。おばあちゃんは、べつに私はいつも自分で席を取るからいいのに、と不思議そうな顔をして、周治も、それもそうだなと思った。

「いつもいい席を取れますか？」

「早めに行くからね」

「キックオフまで何をしてるんですか？」

「何も。ぼーっとしてる」

「スタグルとか食べます？」

「松戸のはあんまりなのよね。夏場は梨とかおいしいけど」

〈スタジアムグルメ〉の略が普通におばあちゃんに通じたことに周治が驚いていると、松江と松戸の選手たちがピッチに出てきて練習を始めた。周治は、石切を見つけようと携帯で顔写真を探して、松戸の選手たちと照合したのだが、顔の印象が薄いのでなかなかうまくいかなかったため、おばあちゃんに、石切はどの人ですか？　とたずねると、いつの間にか眼鏡をかけていたおばあちゃんは、黄緑色のスパイクを履いてる人、と答えた。

「いつも黄緑色なんですか？」

「そうよ」

石切はよく体が動いていて、調子が良さそうといえば良さそうだった。現在は二部の得点ランキング1位で、2位につけている伊勢志摩ユナイテッドの窓井草太とはわずか一点差だった。

「石切の方が有利っていう記事が多いですね」

しかし同時に、石切が来シーズン移籍することが濃厚だと最後に付け加える記事が多かった。噂(うわさ)される移籍先は、一部の下位に沈んでいる名門で、これまでではいちばん格の高いクラブだった。

「移籍の話、出てるでしょう」

これは言いにくいと思っていると、おばあちゃんからそう言い出した。

「つらいですよね」

「いいのよ。一年間楽しかったから」

選手たちがメインスタンドの中へと戻っていくのを見つめながら、おばあちゃんはそう言った。

「自分の孫とね、同じ年で同じ名前の選手が入ってきたのは、なんだか不思議な感じだった」

　そう言われて周治は、確かに自分と石切は生年が同じだと思い出した。それで同じ「しゅうじ」という読み方をするのだ。

「孫みたいっていうのは図々(ずうずう)しい話かもしれないけどね。でもまあ誰にも言わなければそういうふうに思っててもいいかって思ったのよね」今言っちゃってるからあんまり意味ないんだけど、とおばあちゃんは続ける。「孫に会うことはもうないかもしれないけど、このぐらいたくましく生きていってくれたらいいなって思ってたのよ。夫と息子はそうじゃなかったから。石切は正反対の選手に見えた」

　あなたのおばあさんのお葬式であなたに会った時、ちっとも夫や息子に似ていなくて、そりゃ安心したものよ、とおばあちゃんは言った。

「父やおじいさんのことを憎んでいますか？」

「いいえ。夫に関しては、家出した当時は腹を立てたものだけど、今は仕方ないと思う。愛嬌(あいきょう)があって顔がいい人だったから、いろんな女の人から好かれてかまわれた。それで寂しがりな人だったから、もともと家にいる人じゃなかったのよ。私とは正反対な人だった。私にはないものを夫は持っていて、私はそこが好きだったのよ」

息子は夫にそっくりなかわいい子だった、接したこともほとんどないのに、性格も似ていた、だから私が窮屈で寄りつかなくなった、とおばあちゃんは静かに言った。

選手たちを迎えるように会場の音楽がどんどん大きくなっていく中、周治はおばあちゃんの話に耳を澄ませた。おばあちゃんの口から父と祖父の話を聞くのは、最初で最後になるだろうと思った。

「あなたが心配でね。仕事の話ばかりしてごめんなさいね」

選手たちが入場してきた。周治は、周囲の人々と同じように松江04のタオルマフラーを首から外して掲げながら、黄緑色のスパイクの選手が石切しかいないことを確認した。松江も松戸も、苦しいシーズンを締めくくる試合となった。成績不振により監督が交代したり、チーム事情によって主力が移籍したり、残った選手にも負傷者が続出する中、松江は守備を立て直すことによって、松戸は石切一人の活躍によって、なんとか十月の中旬に降格を免れた。そこからは両者とも現状維持に尽力してきたシーズンだった。

「松江、スタジアム改修するのよね」

「そうですね。お金ないんですが」

周治の会社も、小さいけれども松江04のスポンサーとして名を連ねている。だから周治は今の会社を志望したのだった。

前半は、マイナスの拮抗（きっこう）としか言いようがない、固い展開になった。黄緑色のスパイクの石切はとてもいい動きをしていたが、松江の選手たちも、石切を厳しくマークしていたら松戸はなかなかチャンスを作れないということを理解していて、最初の四十五分は石切がボールにさわるという場面はほとんど見られなかった。前半のアディショナルタイムで、なんとか松江の選手の裏に飛び出した石切にボールが渡り、シュートを打つという場面があったものの、ボールの軌道はクロスバーの上を大きく逸(そ)れていった。前半終了の笛が吹かれると同時に、おばあちゃんはかなりあからさまに顔をしかめて首をひねった。

「塩試合ですが、最終節ですから」

「せめてどっちかに点が入ってほしいものよね。うちじゃなくてもいいから」

何か買ってきましょうか？　とたずねると、おばあちゃんは、私も見に行く、と席を立った。寒くなってきたからか、おばあちゃんは温かいしじみ汁を選んだ。周治がお金を出そうとすると、いったんは断られたものの、予算のうちですから、と固く言うとおばあちゃんは引き下がった。周治はコーヒーを買った。二人でコンコースの壁際に立ったまま、しじみ汁をすすったりコーヒーを飲みながら、なんだか自分たちは祖母と孫というより友達同士みたいだと周治は思った。

後半十五分、それまでほとんどシュートにつなげられていなかった松江のカウンターが成功し、一点が入った。もうスコアレスドローでもいい、と周治が思いかけていた頃合いで、松江は先制した。シュートした直後、フォワードの小豆沢(あずきさわ)が倒れていたので、他の選手と接触があったわけでもないのに何事かと周治が身を乗り出すと、足がつったんだと思うわよ、とおばあちゃんが言った。

「やっぱり勝ちたいわよね、最終節だし」

「ホームを勝って終わるのと負けて終わるのでは、順位関係なく違いますよね」

小豆沢が、チームメイトから祝福されつつも足を引きずってピッチから引き上げてゆく様子を見つめながら、二人は話し合った。松江のサポーターたちは大喜びで、タオルマフラーを振り回したり、小豆沢のチャントを歌ったりしていた。

小豆沢の一点に勇気づけられるように、それからは松江が松戸を攻める時間が続いた。同時に、石切へのプレッシャーが緩んでいるのを周治は感じたのだが、お互いの良いところを消し合っている試合よりはオープンな展開の方がおばあちゃんが喜びそうな気がした。おばあちゃんは無言で試合を観ていた。

「石切、点入れたらいいですよね」

「そうね」

周治はただスタジアムに来て、周囲のサポーターの一喜一憂を感じながら試合を観るということが好きなので、自分は特に選手の技術や組織の連係を見る目はないと思っていたのだが、それでも石切の姿には常に得点の匂いのようなものがあった。松江のファンとしては、最後まで本領を発揮してくれないに越したことはないのだが、おばあちゃんを呼びつけた孫としては、得点ランキングが絡んでもいるため、一点くらいはという思いもあった。

松戸の好機は後半四十分に訪れた。疲れの見える松江の選手の隙をついて裏に抜け出し、石切はボールを受け取った。石切が、追いついてきた松江の選手の股を抜いてボールをキープしたのを見て、周治は我知らずうわあと呟いていた。おばあちゃんは少し身を乗り出していた。

松江のGKは、石切の前に立ちはだかるように飛び出し、別の選手も石切のシュートの角度を消すように寄せてきていた。それでも今の石切が打ったら入るんじゃないかと周治には思えたのだが、石切は、松江の選手の背後に素早く走り込んできた味方が手を挙げたのを見つけ、松江の選手の頭を越える高いボールを軽く上げて、松戸の選手がそれに頭で合わせてゴールした。松江のスタジアムが落胆の溜め息に包まれる中、松戸のサポーターたちが歓声をあげた。

「自分で打ったらよかったのに」

周治が言うと、おばあちゃんは首を振った。

「あの局面じゃ、栗沢に出す方が確実だったわ」

栗沢は下部組織からのうちの生え抜きの選手なのよ、とおばあちゃんは付け加えた。スタジ

そして五分が過ぎ、アディショナルタイムが終わって試合は１－１で終了した。スタジアムは、とにかく苦しいシーズンながらどちらのチームも降格せずに終わった、という安堵感に包まれていて、誰も大騒ぎしたり大笑いしたりこそしていなかったが、拍手はずっと鳴り止まなかった。

「石切、得点王だめでしたね」

奈良FC対伊勢志摩ユナイテッドの結果を携帯で確認しながらおばあちゃんに言うと、おばあちゃんは、いいのよ、いいのよ、と呟いた。

「いいのよ、次のチームでがんばれば」

黄緑色のスパイクがゴール裏にあいさつに行くのを見守りながら、おばあちゃんは静かに言った。

次の日の午後早く、岡山駅で周治とおばあちゃんは解散した。お元気で、とおばあちゃんは言いながら改札を通っていった。

「おばあちゃんもお元気で」

「どうかしら。年だから」

「そんなこと言わないでください。来年は自分が松戸に松江を観に行きます」

周治が大きな声で言うと、おばあちゃんは少し驚いたように目を見開いた。

楽しみにしてるわ、とおばあちゃんは言った。周治は、改札越しに見えるエスカレーターに乗ったおばあちゃんの姿がホームに消えてゆくまでじっと見守っていた。

第10話　唱和する芝生

　富生は音楽ばかり聴いていてまったく学校の勉強をしなかったので、高校一年で新しく覚えたことは「鯵」という漢字の書き方だけだった。「魚」と書いて「ム」を右上に三つ書く。その下に三角の山の部分だけを書いて、「ミ」を反対にしたものを書く。必要ならば「ミ」を右側に書いてみて改めて漢字の中に書き込んで完成させる。その工程を考え出して自力で「鯵」と書けた時、富生は、おお！　と自分に感嘆したものだが、それで鯵坂先輩に近付けたということはもちろん一切なかった。

　鯵坂先輩は、吹奏楽部の一学年上の先輩だった。美人かどうかは知らないが、顔が濃いめで好きだし、トランペットを吹いている姿がすごくかっこよかった。スネアドラムをやっていた富生は、いつも北校舎の三階の3年8組の教室でパート練習をしていたのだが、鯵坂先輩が練習の前にいつもケムリの〈ニュー・ジェネレイション〉のイントロを吹いているのが聞きたくて、わざわざトランペット組が練習している二階の3年2組の近くにあるトイレに必ず行っていた。そしてトランペットのパート練習が始まるまでトイレでじっと耳を澄ましているので、パーカッションの練習には必ず少し遅れていった。それで怒られるということはなかったのだが、同じ学年の竹山には、おまえはなんでいつも二階の便所までわざわざ降りていくんだ？　と不審がられた。富生は、まったくうまい言い訳を考えつくことができず、この校舎は二階のほうがよく出る気がするんだよ、と何の工夫もないことを答えた。

そして部活の帰り道には、「ケムリ好きなんですか？　おれも好きです」と鰺坂先輩に声をかけてから、どうやって話を発展させるかについての想定問答を繰り返していた。富生が日々頭の中で予行していた問答には、鰺坂先輩が、ケムリというバンド単体が好きなのか、それともスカコアというジャンル全体が好きなのか、たまたま一曲だけ誰かから教えられて知っているだけなのかの三パターンがあって、富生はそのどれもに対応できるようにいつも頭の中で訓練していた。ケムリが好きならケムリの話をするし、スカコアが好きなら富生が最近よく聴いているバンドの話をするし、一曲知っているだけなら鰺坂先輩が普段聴いている音楽に寄せて話す。

富生が所属していた吹奏楽部は、部長が妙に政治的なところがあって、やたら全体の会議があったのだが、その時も富生は、鰺坂先輩にいつかどんなふうに話しかけるのかについて考えていた。鰺坂先輩は、会議の時はたいてい目立たない隅の席で居眠りをしていた。うつむいてじっとしているだけならいいのだが、けっこう派手に寝るので、一度だけ近くにあったロッカーに上半身ごとぶつかっているのを見たことがあった。どがん、とすごい音がした。宮原部長は、鰺坂眠いんなら顔洗ってきて、と少しきつい口調で言葉をかけ、鯵坂先輩は荷物を持って教室を出て、そのまま会議には帰ってこなかった。でも会議の後の練習には出ていた。

すべての物事に関して素人である富生は、当然吹奏楽のことも何もわかっていなかったが、鯵坂先輩がトランペットがうまいということは何となくわかっていた。うまいというか、いい音を出すということなのかもしれないと思い直すこともあった。とても鋭くて歯切れのいい音を出すのだ。目の覚めるような音だった。そんなふうに考えていたのは富生だけでもないらしくて、鯵坂先輩はいくら会議で居眠りをしても退部を勧められるということはなかった。会議にはやる気がなくても、練習にはまじめに来ていたからかもしれない。ただ、鯵坂先輩は異常に身支度が早く、誰よりも先に帰るので、富生が話しかける隙はまったくなかった。

先輩たちからしたらそうでもないのかもしれないけれども、下級生の富生にとっては鯵坂先輩は謎の存在だった。それでも好きになったものは仕方がないのだが、あまりにもよくわからない人だった。楽器が違うため、なかなか交流も持てず、鯵坂先輩が別の誰かと話している内容に聞き耳を立てるぐらいしか考えていることを知る機会がなかったのだが、それですら「昨日の日本代表の試合観た？　サッカーの。相手のベルギーの選手にすごいアフロの人いなかった？」みたいなとりつくしまのないものだった。「あんなでかくてしっかりしたアフロだったら、うつぶせにしか寝られなくない？」。鯵坂先輩に話しかけられた島谷先輩は、ちょっとめんどくさそうな顔で、真ん中に穴の空いた枕とかで寝るんでしょ、と答えていた。富生はサッカーには興味がないので、残念ながら鯵坂先輩がこだわるそのアフロを見ることはできなかった。自分でアフロになってみることも考えたが、アフロにできるぐらい髪の毛が伸びるまであと一年はかかりそうだった。

その会話を聞いてから富生は、とりあえずテレビで試合があったらサッカーを観るようになった。おもしろいともおもしろくないともつかない、富生が音楽を聴く時の「これだ」「これじゃない」と判断する明晰さとはかけ離れた鈍い態度でしか見物することができなかったが、とにかく勝負そのものは興味深い、と思っていた。

夏休みの半ばに小規模なコンクールがあるので、それが終わったら、ファミレスでの打ち上げで鯵坂先輩に話しかけようと富生は思っていた。鯵坂先輩のトランペットの音に耳を澄まし、完璧だったら完璧でしたと言い、普通ならとても良かったですと言い、万が一とちったのならお疲れさまですと言ってアフロの選手の話をしようと思っていた。

しかし鯵坂先輩は、やはり練習の時と同じように、ものすごい早さで帰っていった。打ち上げには出なかった。先輩たちの会話から推測したところによると、母親の実家への帰省が早まったようだった。明日から台風が来るから飛行機が飛ばないかもしれないので、早い便に振り替えて出かけたのだ。

結局何も話しかけられないまま新学期になり、鯵坂先輩は宮原部長と話しているところをよく見かけるようになった。吹奏楽部は、十一月の定期演奏会に向けての練習を始めていたが、鯵坂先輩は、ソロを吹いてくれという宮原部長の指名を辞退し、ときどき土日の練習を休むようになった。

そして九月の半ばに、鰺坂先輩は吹奏楽部をやめた。とりあえず竹山に理由を訊いてみたが「知らない」と言われたし、他の誰も答えられなかった。

富生が鰺坂先輩について知っていることは、実質「トランペットがうまい」「アフロの選手が気になる」「飛行機で帰省する」の三点しかなかった。なんとかして鰺坂先輩が今何を考えているのか知ろうにも、二年の教室は一年とは違う校舎にあったし、部活がなければすれ違うということさえない。同じ高校に通っているのにもかかわらず、鰺坂先輩は煙のように消えてしまったようだった。顔が好きでトランペットがうまいところが好きだったが、トランペットを吹いていないショートカットで中肉中背の女子高生である鰺坂先輩の後ろ姿を高校の廊下の雑踏で探すのは至難の業と言えた。富生は改めて、学校に行くとは知らない人ばかりの場所に無理して通い詰めることだと考えるようになった。

鰺坂先輩についての新情報が発覚したのは、新学期に入った新しい部員の元川さんが、音楽準備室にある吹奏楽部員のロッカーの奥に変なステッカーが貼ってあるから剝がしていいですか？　と宮原部長にたずねた時のことだった。元川さんは鰺坂先輩が使っていたロッカーを譲り受けていた。富生がそれとなく、何かのついでに前を通りかかるふりをしてロッカーの中をのぞいたところ、山の形のようなものが見えた。富士山のような尖った山ではなく、ちょっと平べったい感じで、山頂には雲のようなものがかかっていた。下部には鋭い三角のものが見えて、富生は目を凝らしたのだが、それが何かはわからなかった。富生は、元川さんが隣にやってきて、自分のロッカーをのぞき込まれることへの少なからずの不快感を示す険しい表情をしているのを承知で、この下の三角、なんだろう、と呟いた。元川さんは首をひねって、ちょっとどいてくれるかな、と富生を押しのけて前屈みになってロッカーに顔を突っ込んだ。

「船かな？」

「船？」

「船の舳先だと思う」

低い山と船の舳先。富生は、ロッカーから顔を出した元川さんが、腕を突っ込んでステッカーを剥がそうとしているのに、手伝おうか、と声をかけながら、数秒だけ見たそのステッカーの図像を脳裏に焼き付けた。

低い山と船の舳先のマークが果たしてなんなのかは、意外と早く判明した。学校の最寄り駅である川越市駅に貼ってあった二部のサッカーの試合の告知ポスターに、そのマークが印刷されていたのだった。マークというか、エンブレムだった。エンブレムが大きく二つ印刷されていて、真ん中に「VS」とあり、その周囲に明度を落とした感じでプレー中の選手がちりばめられているという横長のポスターだった。川越シティFC対桜島ヴァルカン、と言われても、もちろん富生は何のことかわからなかったのだが、とにかく川越にはサッカーチームがあって、桜島から来るチームと対戦するようだ。川越のエンブレムは、サッカーボールの真ん中にダルマが鎮座していて、ボールの周囲を取り巻くアールヌーボー風のつるをたどってみたら、下部にさつまいもが二本あるというへんてこなものだった。隣で見ていた竹山は、今日の昼休みに購買で買っていたいもせんべいの残りをぼりぼり食べながら、要素入れすぎだろ、と言った。とにかく、この試合に鰺坂先輩に近づくヒントが隠されているのではないかと富生は睨んだのだが、竹山は自分以上にスポーツに興味がなく、クレーメルが来日するぜなどと喜んでいるクラシック好きの堅い男なので、一切頼りにはならなそうだった。

「オフサイドのルールっておまえわかる？」

「わからんな。たぶん一生わからん」

富生もわからなかったが、とにかくその川越シティFC対桜島ヴァルカンの告知ポスターを携帯で写真に撮り、開催日と時間を覚えた。

携帯で調べるとスタジアムへのシャトルバスは、川越駅前のロータリーから出ているとのことだったので、とにかくそれに乗った。チケットは、コンビニでいちばん安い「ホーム自由席」というのを買った。フィールドの短辺側から観る、なんだか観にくそうな席だったが、目的はサッカーを観ることではなく、鰺坂先輩がステッカーを貼っていった桜島ヴァルカンとは何なのかがわかればよかったので、富生は入場料だと思ってその席のチケットを買った。

その日は部活を休んだ。富生はこれまで一切スポーツに縁がなかったし、音楽が好きといってもスタジアムで演奏するような金満そうなバンドにはまったく興味がなかったので、スタジアムに行くという状態は富生の人生の中ではきわめて異例なことだった。シャトルバスには、山吹色に紫の差し色のシャツを着たりタオルを首に巻いている人が年齢性別を問わずたくさん乗っていて、十人ほどそういう人たちを見かけた後、この人たちはサッカーのユニフォームを着ているのだ、ということに富生は気が付いた。この色まさか川越名物のさつまいもの色を意識してるんじゃないだろうなあ……、といやでも目に入ってくる斜め前に座っている女の人のトートバッグの全面に描かれた、サッカーボールの中のダルマのエンブレムを凝視しながら、富生は考えていた。鰺坂先輩の手がかりを追って、自分はすごくなじめないところに来てしまったようだと思う。富生の祖母ぐらいの年齢のおばさんでも、平気でサッカーのユニフォームを着ている様子は、シュールとしか言いようがなかった。

相変わらず、鰺坂先輩が今何をしているのかについてはよくわかっていなかった。校舎が違うので見かけることもなかったし、部は十一月の定期演奏会のことで必死で、やめてしまった人のことをたずねられるような空気でもなかった。一度だけ宮原部長に、鰺坂さんは退学とかしてませんよね？ と一言で返事が済むような質問をしてみると、してないよ、とのことだったので、富生はほっとした。鰺坂先輩はＳＮＳのたぐいを一切やっていないらしく、どれだけ部員同士のつながりをたどっても鯵坂先輩のアカウントは出てこないため、消息をつかむのは同じ学校にいても一苦労だった。なんでどうでもいい竹山の今日のプレイリストとか元川さんの買った雑貨とかの情報はどんどん入ってくるのに、鯵坂先輩が何を考えているのかについては全然わからないのかということに、富生は筋違いな苛立ち(いらだ)を感じることもあった。

駅からスタジアムのある総合運動公園までは、シャトルバスで約三十分かかった。そんなところにスタジアムがあるということは初めて知った。山吹色のシャツの人たちのまばらな流れに入りながら、たくさん人がいるのかいないのかすら判断できなかったのだが、スタジアムの建物の前の広場に、祭の日のようにたくさん立っている出店にはけっこう行列ができていた。富生は一瞬、昼ごはん代の予算について考えを巡らせたが、とにかく中に入って席を取らなければいけないのではと思い出して、出店にはかまわずスタジアムに入ることにした。

チケットに刷ってあるゲートのアルファベットを頼りに、なんとか建物の中に入り、たくさんの山吹色の人がうろうろしているコンコースを歩いて「自由席」という表示の出入り口に向かう。もぎりをしてくれた人はおじいさんだった。「席」というけれども座席はなかった。富生が生まれて初めて辿(たど)り着いたサッカー観戦の席は、傾斜のついた芝生だった。

何人かは数えられなかったが、吹奏楽部の全員を集めたぐらいの人数の人たちが前の方へ集まっていて、いちばん前にいるトランジスタメガホンを持った人が何か話してるのを聞いていた。風の強い日で、その近くにいる人の持っている大きな旗が軽くなびいていた。旗にはダルマが描かれていた。

「川越は、この試合に勝てば、残留が決定します！　昇格年である、今シーズンの、目標は、二部残留です！」周囲より少し高い台の上に立っているトラメガの男の人は、力強く、はっきりと、集まった人々に語りかけていた。「達成は近いです！　しかし、より多くの勝利を、得られるように、我々も、気を引き締めて、応援しましょう！」すごく若いというわけではないけれども、おじさんというにはほど遠いような年齢の男の人がそう宣言すると、山吹色の人たちは、おおーという歓声を上げたり拍手をしたりした。そしてドラムが三度打ち鳴らされ、カワゴエシティ！　カワゴエシティ！　というかけ声が聞こえ、ダルマが描かれた旗がいくつも振られるのが見えた。その後も彼らは、ドラムの音に合わせて、手を替え品を替え川越シティと川越の名前を連呼していた。

富生は芝生に突っ立って、目を丸くしてその光景を見つめていた。ライブに行った時と似ているような、いやしかしまったく接したことのないような価値観が、そこには広がっているような気がした。ちょっと、川越ですよ？と言いたくなった。いや、住みやすいと親は言うし、富生も特に不自由なく暮らしているけれども、そんなに川越の名前を叫ばれても。

川越と川越シティの名前を唱和する彼らの前に、選手の一人があいさつに来ると、彼らはドラムの音に合わせて「小南（こみなみ）（小南）、小南（小南）、我らの小南、鉄壁の守り、小南啓介」と歌い出した。メロディは〈森のくまさん〉だった。富生は、くまみたいな人なのかと芝生を移動して選手の姿を確認したのだが、グローブをはめたその選手は、長身で端正な顔つきの選手だったので、くまとは程遠く見えた。さらにもう一人、やはりグローブをはめたがっしりした選手がやってくると、「松島〜、松島〜、川越のペナルティエリアをー、右へー左へー」とまた新たな歌が始まった。聞き覚えはあるけれども何の曲かわからなかったので、富生はまったく松島という人に馴染みも何もないまま、耳をふさいで復唱してみると、サカナクションの〈アルクアラウンド〉だった。何なのだ、と富生は呆然とした。むちゃくちゃだろう。字数に収まってて歌えたらいいのかよ。

小南という選手と松島という選手が手を振りながらフィールドに戻っていくと、またドラムが打ち鳴らされ、カワゴエシティ、カワゴエシティ、という大声が上がった。手を替え品を替えの川越シティの唱和も、オリジナルと思われる短いコールから、美空ひばりの〈川の流れのように〉だとか、富生の親が大好きなユニコーンの曲まで無秩序をきわめていた。富生が音楽に詳しかったからいいものの、他の人からしたらもう完全にわかるかという感じだろう。けれども、芝生の前の方に集まった元気な人々は、まったく原曲になどかまわない様子で、ドラムに合わせて歌いまくり、飛び跳ねている。

竹山にメッセージを送りそうになる。「俺は大変なところに来てしまったらしい」。しかし部活を休んでいる手前、部活に出ている竹山に自分の居場所を言えるはずもなく、富生はただ立ちすくんで芝生の前の方の人々を見つめていた。

ゴールは当然、富生のいる側だけではなく、遠く離れた向かいの側にも設置されていて、そちら側の芝生にも富生のいる側と同じような唱和する人たちがたくさん固まっているようだった。富生の方ほどではないけれども、数十人はいる人々の最前列には富生の側と同じようにドラムが何人かと、さらに管楽器を手にしている人々が数人いることに富生は驚いた。目を凝らして必死に見てみると、トランペットとトロンボーン、サックスが二人いた。向こう側のトラメガを持った人が何か叫ぶと（女の人と思われる声が聞こえた）、ホーンの人たちが楽器を構えて、マッドネスの〈ワン・ステップ・ビヨンド〉を吹き始めた。

なんなんだ……、と富生はいよいよ口に出して呟いてしまう。自分は何を観に来たんだ。管楽器の音に合わせて、向こう岸の人たちは「さくらじまー、われらのー誇りー」と歌っている。マッドネス実物とは編成が違うのだが、桜島の側の人たちは自分たちの編成にアレンジして吹いている。遠くから聞こえてくるホーンの音の中に、鰺坂先輩のトランペットの鋭い音が聞こえたような気がした瞬間に、川越の側のトラメガを持った人が、さあ行こう川越！　と叫んで、「さあ行こうぜ川越、俺らがついてる、恐れることはないさ、この町の誇り」とボブ・ディランの〈見張り塔からずっと〉の節にのせて人々が歌い出した。

富生は、鰺坂先輩のトランペットの音の気配を必死で思い出しながらも、川越シティを芝生で応援する人たちに気を取られていた。どこというのはなく、強いて言えば全体に引きつけられていた。いったいどこの集団が、年齢も性別もかまわず、これだけの人数で、でたらめな日本語詞をつけた〈見張り塔からずっと〉を歌うのだろう。

呆然としているうちに、練習をしていた選手たちが引っ込み、富生でも耳にしたことがあるようなサッカーのアンセムが流れ、選手たちがなぜか子連れで入場してきた。笛が吹かれて、試合が始まった。

富生は傾斜のある芝生の高いところに移動して、目を凝らして試合を観察した。とりあえず、相手の陣地の網の張ってあるところにボールを蹴り入れたら一点、というルールしかわからなかったので不安だったのだが、無理に観始めたらけっこう観れるという感じだった。テレビなどでは横から試合を見るのに今は縦方向から観ているというのも、なんだか新鮮でおもしろかった。何より、芝生の歌いまくる人々の大声を聞きながら試合を観ていると、一種のトランス状態というか、サッカーと歌とコールだけがそこにあって、ほとんど別のことが考えられなくなって、それはそれで心地よかった。ライブやクラブでの状態に似ているかもしれないけれども、そこにいる人たちの年齢や性別にほとんど偏りがないため、周りを気にせずにいられた。ライブだと、聴きに来ているバンドに対して自分の服装がださいんじゃないかということがどうしても気になる富生だが、ここではそんなことはまったく思わなかった。自宅ぐらいださいかださくないかが問われない場所であるように思えた。

時折聞こえてくる桜島の側のホーンは、かなりレベルが高くてちょっとだけうらやましかったが、川越を応援する人たちが歌っている歌もけっこうおもしろかった。富生は携帯のアプリを開いて、耳にした曲の原曲を、思い出せる限りメモしていった。

どちらにも点が入らないまま、最初の四十五分は終わった。選手たちがスタンドの中に戻り始めると、スタジアム全体の空気が弛緩し、富生は突然空腹を感じたので、早足で芝生を離れて、建物の外に出てからは走って屋台が立っている場所に向かった。味噌だれの焼き鳥と厚切りベーコン串にした。安くてうまかった。もうすぐ寒くなるという含みのある風が吹いていたが、空は晴れていて心地よかった。富生は、外で肉を食うという原始的な喜びに、一瞬鰺坂先輩もサッカーも芝生の人々のことも忘れそうになりながら、スタジアムへと戻っていった。

川越シティの吉田という選手が点を入れたのは、後半が始まってすぐのことだった。名前を覚えてしまったのは、点を入れて芝生に向かって腕を広げて走ってきた選手に向かって、芝生の人たちが「吉田、ゴールに向かって、川越の生え抜きー」とオフスプリングの〈セルフ・エスティーム〉にのせて歌っていたからだった。富生がとても好きな曲だったのでおおっと思うと同時に、吉田というその金髪の選手が川越に長くいるということも判明した。

吉田という選手の得点はめでたかったものの、その後桜島は立て続けに二点を返し、川越は負けてしまった。試合の終盤、芝生の人々は沈痛な雰囲気に包まれたが、かといって歌や飛び跳ねることをやめるわけでもなく、最後まで応援を続け、トラメガの人はそれを鼓舞していた。

「あと五試合、あります！　全部勝つ、つもりでいきましょう！」試合後、トラメガの人はそう訴えた。拍手が起こった。「みなさんの、声援が、選手たちの、後押しになります！

最後の試合まで、声を出しましょう！」

　そうか、あと五試合あるのか、と富生はうなずきながら、それがいつまでの五試合かはよくわからなかった。今年中のことなのか、それとも来年まで続くのか。よく考えると、ダルマとさつまいものエンブレムのポスターはときどき駅で見かけていたはずなのだが、どういう頻度で川越シティが試合を行っているのかはいまいちわからなかった。

　鯵坂先輩のことをしばらく忘れていた、と富生は思い出して、もしかしたらあのホーンの人たちと何か関係があるのかもしれない、と考えたけれども、確かめようはなかった。

　成果は上がらなかったが、妙に興奮していて誰かと話したかったので、そろそろと芝生の前の方に移動して、隅の方からドラムケースを運んできていた人に近付いて、あの〈セルフ・エスティーム〉がよかったです、と話しかけてみた。三十代の半ばと思われるその男の人は、少し考える素振りを見せて、ああ、吉田のチャントね、とうなずき、首から下げたタオルで額の汗を拭った。

「ときどき来る？」

「初めてです」

「じゃあまたぜひゴール裏来て。今日は負けちゃったけど」

　男の人は、気安い様子で肩を竦めながらそう言って、芝生の人たちがたくさん集まっているあたりへと戻っていった。自分が来たここはゴール裏というのか、と富生はそこで初めて知った。まだ居残っている芝生の人たちに向かって、トラメガで話していた人は、今は素の声で語りかけていた。

「ホームあと二回、がんばりましょう！」富生は少し遠くから、ぼんやりとそのきわめて真面目な様子を眺めていた。「できるだけ来てくださいね！　アウェイ三試合もよろしくお願いします！　三鷹、浜松と比較的近くが続きます。遠野は遠いですがジンギスカンがおいしいらしいですよ！」

　おおお、という声が上がった。富生は遠野というところがどこかなんて見当もつかなかった。ただ遠いんだろうとしか。

　その夜に偶然、地元のケーブルテレビ局で富生は川越対桜島の試合を観た。桜島ヴァルカンの側のゴール裏で、鰺坂先輩がトランペットを吹いているのを目に留めて、富生は息を呑んだ。

　また駅で川越シティのダルマとさつまいものエンブレムのポスターを見かけた富生は、試合の日にちをメモしてスタジアムに出かけた。部活が休みの日でよかった。鰺坂先輩がいるかもと思ったのだが、よく考えたら対戦相手は桜島ヴァルカンではなく、鯖江アザレアＳＣという福井のチームだったので、鰺坂先輩は何も関係がないのだということには、またゴール裏に行ってから気が付いた。

　川越は鯖江に勝ち、選手全員があいさつにやってきた時にゴール裏の人々は、右手を挙げて前後に振りながら〈主よ、人の望みの喜びよ〉を歌った。「強く諦めることなく勝利目指し声援に応え夢を与えてくれる雨の日も風の日にも全力で往く共に我ら川越」歌詞の内容は別としても、性別も年齢も、普段歌を歌うかも関係なく、けれども声を合わせて自分のチームをたたえようとしている様子は富生が今まで見たことのないものだった。

　富生はまたドラムケースを席の隅から持ってきている男の人に近付き、バッハよかったです、と告げた。男の人はあははと笑って、うちのゴール裏であれがバッハってわかるの三人ぐらいじゃないかなあ、と言って富生に握手を求め、また来て、と言い残して去っていった。

　それから富生は、トラメガの人が勧めていたように、三鷹ロスゲレロスとの試合に行った。三鷹へ行くのは初めてだった。三鷹のグッズである緑の太いストライプの真ん中に太宰治が印刷されている下敷きを買って帰って学校で使っていると、竹山に「なんだそりや」と言われた。

川越のスタジアムでの今年最後の試合にも行った。泉大津ディアブロという大阪のチームとの試合で、富生はハーフタイム中のコンコースで、泉大津のユニフォームを着た大阪弁の女の人二人がしゃべりまくっているのを耳にした。「もうさあ、来年どないすんのんって感じやんな」「昇格チームに対してこんなんやったらうち降格あるでほんまに」「あ、あんた早よ行かなスタグルの芋のプリン売り切れんで。今日なんか入荷少ないって川越のサポの人言うてたで」「まじか。行かな」

立ち止まって、ちょっと身の竦むような思いで彼女たちの会話の抑揚そのものに聞き入りながら、そういえば初めて来た時に聞いた桜島のチームの応援の人たちも、聞いたことのないようなイントネーションでしゃべっていたことを思い出した。サッカーを観に来ると方言を聞けるのか、と富生は考えながら、すっかり気に入ってしまった焼き鳥とベーコン串を買いに出てまた芝生に戻った。

試合は引き分けだった。泉大津が試合終了間際に一点を入れて、川越がその二分後のアディショナルタイムに一点返した。得点した選手が芝生の前まで走ってくると、ゴール裏の人々は「俊足、中津川、敵陣深くへ、だれも、止められない、我らのゴレアドール」とクラッシュの〈ハマースミス宮殿の白人〉の節で歌った。やはり富生の好きな曲だったので、「また来て」のドラムの人を探し、〈ハマースミス宮殿の白人〉がよかったです、と告げた。

「中津川ね。三月生まれだからまだ十八なんだよ」

そう説明しながらその人は、俺は穂高っていうんだけど、きみは？　と名前を訊いてきた。岩田です、と富生が名字を名乗ると、三鷹戦にも来てたよね？　と首に掛けたタオルマフラーで汗を拭いた。

「きみ音楽好き？」

「好きです」

そう答えて、それだけでは何か物足りないような気がしたので、富生は、穂高さんのドラムけっこういいやつですよね、おれもちょっとやってて、と付け加えた。穂高さんは、そうかあ、とうなずいた。

「俺一月からアルゼンチンに行っちゃうんだよね。一年間」

「仕事で？」

「仕事。現地でサッカー観まくりで基本的には超楽しみなんだけど、ちょっとだけ気がかりがあってね。このチームのチャントはさ、三分の二ぐらい俺が作ってるんだけど。今年の新加入選手のとか全部俺が作っちゃっててさ」

チャントという言葉を確定的にわからないまま過ごしてきた富生だったが、おそらく芝生の人たちが歌っている応援歌だということについては認知しかけていた。

「もし来年もこの場所でサッカー観るつもりなら、頼みたいことがあるんだ。みんなが音楽のことで困ってたら、ちょっとだけ助け舟を出してやってほしいって話なんだけどね」

穂高さんは目を細めて、芝生の前の方で固まっている人々を見やった。みんな最後の試合で虚脱しているのか、動きがのろくてまだ飲み食いしながらそのあたりに滞留していた。最前列のトラメガの人は脚立を畳んだ後、何人かの山吹色のユニフォームの人々の握手に応えながら何度も頭を下げていた。

富生は一月から川越シティの練習場に行き始めた。部活や学校の授業との兼ね合いもあったけれども、とりあえず穂高さんから送られてくる川越シティの練習日と練習場所と時間を確認して、行けそうな時は行った。音楽を聴きながら練習をしている選手をぼんやり見ているだけだったが、富生は音楽を聴いていればだいたい機嫌よくいられる人間だったので、サッカーにあまり興味がなくても苦痛ではなかった。最初はどれがどの選手か見分けがつかず、イメージも何もつかめなかった富生だったが、観ているうちに脚が速いとかボールの扱いがうまいとか身のかわし方がいいということぐらいはわかるようになってきた。

練習場に行ってこれこれの選手を見てきてほしいんだ、詳しい特徴については自分が動画を見て書き送るんで、それと君自身の印象を元にして、俺らがゴール裏で歌ってたような替え歌を作ってほしい。そしてそれを持って二月の二週目の日曜に、公民館の中会議室に行ってほしい。

すでに四試合、現地で観戦していたものの、いまだものすごくサッカーが好きかというとよくわからない富生だったが、アルゼンチンにいる穂高さんの指示にはある程度忠実に従っていた。なぜそんな川越シティのゴール裏で二、三度会っただけの人の頼みを聞いているのか、富生は自分でもよくわからなかったが、頭ごなしでなく大人にものを頼まれるのが人生で初めてだったので、つい真面目に聞き入れなければいけないような気分があったし、鯵坂先輩の気持ちに近付くための道筋をつけてもらっているようなところもあった。とにかくこの人の言うことをきいていろいろやっていたら、自分は鯵坂先輩を理解できるようになるのではないか、とでもいうような。

富生が穂高さんに見てきてくれと頼まれた選手は四人だった。二人が川越のユースチームから上がってきた選手、もう二人がよそから移籍してきた選手だとのことだった。GKの藤原田（ふじはらだ）はとても背が高くて、一見ひょろっとしているけれども反応が素早く、FWの森巻はどうも脚が遅いがプレーからはあくまでボールに食らいつく姿勢が見えた。移籍してきたMFの田中は、ボールの扱いがうまくて味方との距離の取り方がうまいように思えた。体の大きいDFのフェリペからは、自分の守るゾーンは誰も通さないという気迫を感じた。練習を観に行って感じたそういうことを穂高さんに書き送ると、そうだね、当たってるんじゃないかな、という返事が返ってきた。コアサポのみんなが送ってくれる動画を見てもそんな感じだ、と言う。コアサポって何ですか、と訊くと、「コアなサポーター」というそのままの答えが返ってきた。

そういった自分の印象を元に、富生は替え歌を作った。穂高さんに提出しようとすると、それはいいんだという。そこまでコントロールしようとは思わないし、俺が作りすぎちゃっててみんなが今年困ったりしたら申し訳ないのを君に補完してもらおうってだけだから、とわかるようなわからないようなことを穂高さんは書き送ってきた。

そして富生は選手の替え歌を作り、二月に指定された公民館に出かけた。川越シティFCを応援する気持ちがある方なら誰でも来てください、という主旨らしく、予約申し込みなどはしないでよいとのことだったが、ぜんぜん内実を知らない集まりの内側に入っていくことはやはり緊張した。

中会議室には、富生のクラスの人数より少し少ないぐらいの人々が集まっていて、みんな机を壁際に移動させて真ん中の方にスペースを空けていた。富生もそれを手伝いながら、会議室の壁に設置してある大きなホワイトボードを見ると、今シーズンの報告、チャント決定、横断幕作製、と大きな字で書かれていた。

穂高さんによると、トラメガの人の役割はコールリーダーというらしく、名前は水郷(みずさと)さんというそうだった。穂高さんは副リーダーだったという。

「テナードラムで副リーダーの穂高君が、仕事で一年間アルゼンチンに行くことになりました。僕は川越シティが地域リーグにいた時から穂高君と応援しているんで不安ですが、がんばります。みなさんも助けてください」

水郷さんはそうあいさつをした後、副リーダーの立候補を募り、バスドラムを担当している浜島さんという女性が手を挙げたので、彼女にすんなり決まった。水郷さんは、テナードラムをしたい人も手を挙げてくれと言ったのだが、それはちょっとみんな後込みしているようだったので、あとで思い立ったらフェイスブックに連絡してくださいと告げた。

その後、チャントの会議が始まった。こちらもフェイスブックで募集を掛けていたようで、曲を作ってきた何人かが、歌を聴かせながらプレゼンテーションをして、多数決で決めるとのことだった。

水郷さんは、まずはユースから上がってきたGKの藤原田透選手のチャントからです、挙手をお願いします、と中会議室に集まった人々を見回すと、一番に太い緑のメガネをかけた会社員風の女性が手を挙げた。水郷さんが、実際に歌ってみて、音源があればそれを聞かせてもらえますか、と言うと、女性は、有名な曲なのでなくても大丈夫かと、と答え、水郷さんの隣に進み出て歌い始めた。

「ふじはらだとおる、ふじはらだとおる、これから花が咲く～」

〈バラが咲いた〉だった。富生は、いいのか「これから」とか言っちゃって、今結果を出さなくて、と少し驚いたのだが、水郷さんは、語呂が良くていいですね！　と拍手をし、ほかの人々もつられるように手を叩いた。次にプレゼンテーションをしたのは、富生の祖父よりもまだ少し年上だろうという帽子をかぶったおじいさんで、気合いが入っているのか川越のユニフォームを着てきていた。水郷さんが、音源は、と言うと、いいよいいよそんなもの、みんな知ってるよ、と手を横に振って歌い始めた。

「ふじ、はらだとおる、ゴールマウスの守護神、ラララふじ、はらだとおる、川越の星〜」

『大脱走』の主題歌だった。すごく歌がうまかった。またそこそこの拍手が起こり、富生はなぜだか恥ずかしくなった。理由はよくわからなかったのだが、自分ももっと単純に考えればよかったのではないかという心情がおそらく近い。次に歌ったのは、娘の代理です ー、と言いながら恥ずかしそうに進み出てきた富生の母親ぐらいの女性だった。女性は自分の携帯を水郷さんが持参した小さなスピーカーにつなぎ、グリーン・デイの〈バスケット・ケース〉の出だしの部分を中会議室の人々に聞かせ、ちょっと恥ずかしいんですけど歌います、うふふ、と笑って歌い始めた。

「ふーじはらーだー、川越のキーパー、ララララララララー芋が好き」

ええええ、と富生は口の中で言ってしまったのだが、直感的に、強敵かもしれないと思う。内容がそのまますぎるし、「芋が好き」は絶対にいらないのだが、むやみに歌いやすい。水郷さんを中心とした拍手が起こると、女性はうふふ、と笑いながらその場を後にする。富生は、今までのでも悪くなかった、と思いつつも、穂高さんに依頼された手前、とにかく手を挙げて実績は作ることにする。はい、と十六歳にして十年ぶりぐらいにまっすぐ手を挙げると、いっせいに中会議室の人々の注目が集まる。富生は、こ、これ音源です、と自分のプレイヤーを水郷さんに示しながらスピーカーにつなげ、用意していた原曲のサビの部分を流す。中会議室に集まった川越の熱心なファンの人々が、どんな顔で自分を見ているか、見返すことはできなかった。けれども歌わなければいけないので、富生は正面の出入り口のドアをまっすぐに見つめながら歌った。

「ふじはらーだーゴールの前で守り続けてー。ふじはらーだー長身敵に向かい立ちはだかーるー。ふじはらーだーゴールの前で守り続けてー。ボールめがけ飛び出して川越を守る」

パーソンズの〈7COLORS〉という曲は、母親の好きな曲だった。ドライブの好きな両親の車の中で何度も聴いた。水郷さんを始めとして、拍手は普通に起こった。富生は胸のつかえが一つ下りたような気持ちで元いた場所に戻る。あと三曲、三選手分作ってきたのだが、とにかく一回プレゼンを経験してしまえば慣れることができたような気もした。

議論が始まった。〈バラが咲いた〉は、キャッチーだけど藤原田の「ふ」の入れ具合が難しい、という意見が出て、〈大脱走〉は、藤原田透ではなく、原田透という選手の曲みたいに聞こえる、という話が出た。メガネの女性は、藤原田君に注目してたんでだめもとでー、と頭を掻いていて、おじいさんは、かもな、俺もそう思うよ！　と大声で同意していた。富生はどきどきしながらその話を聞いていたが、特に言及はされなかった。

結局、四曲に対する挙手で多数決をとることになり、娘に依頼されて歌った母親のものと、富生の歌が同点で残った。水郷さんは、じゃあ「芋が好き」がいい方は右へ、「川越を守る」がいい方は左へ分かれてください、と指示を出し、中会議室に集まった人々はざわざわと話しながら部屋の右側と左側に分かれていった。

結果は、10人対22人で富生の作った歌が勝った。その後も三回自作チャントのプレゼンが繰り返され、富生はそのすべてに自分の作った曲を提出した。三曲目あたりから「またおまえか」という雰囲気になったのだが、悪意のあるものではなかったし、水郷さんに「たくさん作ってきてくれてありがとうございます」とも言われたので、富生はそれほどつらい気持ちにならずに人前で合計四回歌った。富生の曲はそのうち二曲が採用されることになった。

その後、全員で床に新聞紙を敷き、その上に布を置いて、刷毛（はけ）を手に座り込んで横断幕の作製を始めた。作業の直前には、水郷さんから、穂高さんが置いていってくれたという自作の大旗が披露された。金色と緑と赤紫という、さつまいもを分解した川越のイメージカラーの布がその比率ごとに縦に縫い合わされただけの旗だったが、シンプルできれいだった。横断幕の文言は、『ＦＯＲＺＡ　ＫＡＷＡＧＯＥ』で、文字の枠は製図を仕事にしているサポーターの一人が書いてくれたのだという。富生の隣で色を塗っていたおじさんが、「穂高君もすごい音楽好きだけど、君も大概っぽいね」と話しかけてきたので、富生は、好きですね、と答えて、それ以上特に自分の口から何も出てこないのを不思議に思った。ああ、吹奏楽部です、という言葉が出てこなかったのか、と思い出した時には、おじさんはすでに受け持ちの場所を塗り終わって別のところに移動していた。

いろんな人がいる文化祭みたいだなあ、と富生は思いながら立ち上がり、座り込んで横断幕に色を塗っている人たちの頭をぐるりと見回す。これが一銭になるわけでもなく、むしろお金を出し合ってこの部屋を借りて道具も用意して、いい大人が手作りで、歌を作ったり太鼓を叩いたりしながら、サッカーチームの応援をしている。

富生は唐突に、特に前後の文脈はなく、いいんじゃないか、と思った。どうせ穂高さんが帰ってくるまでの一年のことだろうし、と思ったのかもしれないし、鰺坂先輩の気持ちになろうとするんなら行けるところまで行こうと思ったのかもしれない。

富生は、水郷さんを探してそろそろと近付き、あの、と声をかけた。穂高さんが帰るまで、自分がテナードラムをやってもいいだろうかと申し出た。

富生は二年になる前に吹奏楽部をやめた。期待はされていなかったので慰留などはなかったのだが、竹山は寂しがった。理由をたずねられて、川越シティの応援のとこで叩くことになったんだ、と言うと、そうかあ、叩ける機会があるんならなあ、と普通に納得したのが意外だった。竹山は太鼓がうまかったので、部で中心的な役割になることも多くなっていた。富生は平日は部活がなくなったのでアルバイトを始めた。
川越のゴール裏でドラムを叩くことになってから、富生は水郷さんや他の人のワゴン車に乗せてもらって、行ったことのない場所にたくさん出かけた。飛行機や新幹線で行くようなあまりに遠いところには行けなかったけれども、松戸、浜松、熱海、長野、山梨、伊

勢、奈良、滋賀、福井、大阪へ行った。奈良で大仏は見られなかったけど、滋賀では琵琶湖の近くを通ったし、富士山も浜名湖も見た。富生は運転ができないので、他のいろいろなことをした。同じワゴンの人たちの飲み物を用意したり、運転している人が眠くならないように話に付き合ったり、親子のサポーターの子供とひたすらゲーム機で遊んだりした。ドラムのメンテナンスも引き受けた。

それまでの自分からしたら、想像もできない、不思議な日々を送っていた。試合日程のサイトを見ながら、鯵坂先輩がどことどこの試合でトランペットを吹いているのかもなんとなくわかるようになった。おそらく、富生もついて行ける範囲の場所に出かけてトランペットを吹いているのだ。鯵坂先輩が行きそうな試合がわかっても、富生は川越の試合に行くので会えるということはなかった。けれども見逃し配信で桜島のゴール裏の様子はチェックしていた。

川越シティと過ごすうちに、鯵坂先輩は同じ学校の同じ部だった鯵坂先輩ではなく、桜島のアウェイのゴール裏でトランペットを吹いている鯵坂先輩に変わっていた。それで、同じ部にいた時よりも鯵坂先輩を近い人だと感じるのが不思議だった。

最終節の時点で、川越は22位だった。他の残留争いのチームは、20位のモルゲン土佐と21位のネプタドーレ弘前だったけれども、土佐のこれまでの実績を考えると三部降格というのはどうも現実的じゃないし、得失点差で並べば土佐がいちばん有利だし、だから実質的なライバルは弘前で、でも最終節に弘前と当たるのは最近残留決定した三鷹ロスゲレロスなのに、こっちは勝てば昇格プレーオフの可能性がある桜島ヴァルカンなわけで、まあ、だめなのはうちだろうな、と言う人は多かった。富生は、みんなよく順位表だけを見てそんないろんなことを考えられるな、すごい、と単純に思っていた。

「確かに、川越は地域リーグからゆっくりだけど確実に上がってきたんで、落ちるっていうことが想像つかなくて怖いのはわかるけれども、どこかが上がってどこかが落ちる以上、うちにそれが回ってくることもあるかもしれないと個人的には思ってきたよ」ある試合の後、水郷さんは横断幕をたたみながら淡々と話した。「なんにしろ、最後まで見届けないとわからない。落胆するかもしれないけれども、それもサッカーを観ることの一部だと思うよ」

いろいろな気持ちがよぎっているのはわずかに見て取れたが、水郷さんはほとんどそれを見せなかった。富生が、自分がそんなこと表明しても仕方ないかもしれない、と思いながらも、穂高さんが戻ってきて太鼓から外れても、おれゴール裏に来ますよ、来年受験だけど、と水郷さんに告げると、岩田君は普通に来年も観に来ると思ってたよ、と少し笑った。そして、まあ受験ならアウェイは難しいだろうし、ホームもほどほどにな、と付け加えた。

それから、最終節の相手は桜島だという話をした。水郷さんは、桜島は大きめのスポンサーが離れて、財政的にもまずいことがあったから、存続の危機って言われてたよね、と話した。主力の負傷もあったし、よくプレーオフ圏内狙えるまで持ち直したと思う、うちは大きなマイナス要因もなくて単に弱くてこの順位だから、見習わないと、とのことだった。

鰺坂先輩のチームはそんなことになっていたのか、と富生は思った。自分はそんなことにも目を配れないぐらい、川越と一年過ごしてきたのだな、と思った。勝ったらうれしかったし、追いつかれて引き分けたらがっかりしたし、追いついて引き分けたらまあまあうれしかったし、負けたら悲しかった。富生は、はじめはそういう気持ちを鰺坂先輩と照らし合わせて考えていたけれども、次第にただの自分の一喜一憂として受け入れるようになっていた。

最終節で、桜島は川越に猛攻を仕掛けた。つらいシーズンを過ごしたからこそ、昇格プレーオフ進出という結果を残したいという選手サポーター一丸となった願いが見て取れた。対する川越も、他のチームの結果いかんによるとはいえ、負ければほぼ三部降格という状態で、いくら桜島に事情があるとはいえ勝ちを譲ることは絶対にできなかった。

試合開始直前には、ひどい通り雨があった。観客も選手も芝生も濡れて、どこか悲壮感を漂わせているスタジアムの雰囲気は、より濃密で閉じたものになった。水郷さんはいつも通りだったが、試合の展開をいちばん最初に察するテナードラムの門谷さんは、太鼓を叩きながら顔を歪めて、首を横に振ったり、いつになくつらそうだった。富生も体が重かったが、自分は歴が浅い分、他の人たちよりは気楽なんだろうと思った。だからいつも以上に力を込めて叩いた。自分たちのコールとチャントの合間に、遠い正面の桜島のゴール裏からマッドネスの〈ワン・ステップ・ビヨンド〉が聞こえてくると、富生は懐かしい気持ちになった。よく見えないけど、鯵坂先輩がいるのだと思った。鯵坂先輩のトランペットは、相変わらずすごくいい音のような気がした。もう一年になるのだ。最後に鯵坂先輩が吹くのをスタジアムで聞いてから。

特に失うものはなく、勝てば昇格プレーオフに進出する可能性があり、つらい一年の帳尻がいくらかは合う桜島は、人数をかけてひたすら攻めた。勝ち点が必要で、かつ失うものが多い川越は防戦一方のように思われた。一シーズンゴール裏で観戦したわりに相変わらず周囲より展開を読むのが遅い富生でも、それはわかった。川越の選手の背中が遠のいていく様子ではなく、桜島の選手がこちらに向かって走ってくる局面の方が圧倒的に多かった。前半だけで川越は桜島に十本以上シュートを打たれていた。

「どうもありがとうございました！　後半もこの調子でお願いします！」前半終了の笛が吹かれた後、水郷さんはそう呼びかけ、一度トラメガをおろした後、また持ち直して続けた。「みなさんの声は、必ず選手たちに届きます！　それが力になります！」

本当だろうか、と富生は思った。選手たちはあんなに複雑で体力的にきついことをしながら、本当に自分たちの声を聞いたりできるのだろうか。けれども、まずは願わなければ、そして願っている人々の何分の一かでもそれを声に出さなければ、そもそも届きはしないのではないかとも思った。それは可能だとまずは信じなければ。

よく守ってますよね、と富生は水郷さんに言った。富生は、自分はサッカーについて何も知らないということをよくわかっていたので、試合の展開について何か言うことは今まで一度もなかったのだが、その時はそう述べた。水郷さんはタオルマフラーで汗を拭きながら、うん、とだけ言った。

後半十八分で、川越のＧＫの小南が、シュートを防ぐために横へとジャンプした際に、脚の違和感を訴え、藤原田に交代した。富生が最初に試合に来た時の第二ＧＫだった松島は、夏に三部のチームの主力にレンタルに出されていた。採用はされたものの、今シーズンで一回か二回しか歌うことのなかった富生が作った藤原田のチャントを歌った。

ここぞとばかりに桜島は攻撃した。富生は、目を凝らして藤原田の表情を見ようとしながら、太鼓を叩いた。前腕の付け根が引きつるような気がしてきたが、もちろんやめるわけにはいかなかった。交代してから川越のコールを三回するうちに、藤原田は失点した。浮き球に対する飛び出しの判断を迷っているうちに、その一瞬をつかれて桜島の選手がヘディングで押し込んだのだった。メインスタンドもバックスタンドもゴール裏の芝生も、さっと血の気が引いて、ああ、という嘆きに変わるのを感じた。しかし水郷さんは、すかさず藤原田のチャントの歌い出しを叫んだ。

まだ時間はある、と富生は思った。何が起こるかなんかわからない。自分だって、高校の吹奏楽部に入った時は川越シティなんていうチームのゴール裏で太鼓を叩くことになるなんて思いもしなかった。ワゴン車の窓から琵琶湖を見るなんて思いもしなかった。松戸に行くことさえ考えたこともなかった。

後半三十五分、右サイドの混沌(こんとん)とした状況からなんとか飛んできた微妙な高さのクロスを、フォワードの吉田が飛び込んで頭で決めた。富生の側からは、吉田の体ごとゴールに飛び込んできたように見えた。水郷さんの吉田のチャントの歌い出しはとても大きくて、トラメガの音が割れているのが聞こえた。

後半四十四分で、疲れ知らずに攻守に走り回っていたその吉田が、ペナルティエリアで桜島の選手を倒してしまった。門谷さんは、ちょっと接触しただけなのに、と訴えたけれども、審判はPKの判断を下した。富生は俯(うつむ)きそうになったが、藤原田は今回は自分の信じた方向に飛び、桜島の得点を防いだ。

アディショナルタイムは一分だった。スタジアムを覆っていた厚い雲の切れ間に光が射してピッチを照らすのを、富生は見た。

試合が終了し、川越シティFCと桜島ヴァルカンは1-1で引き分けた。芝生の人たちもスタンドの人々も、喜ぶとも落胆するともつかない、ただ何かを待っているような神妙な空気を漂わせたのち、ビジョンに映し出された他会場の結果を見て、いっせいに声をあげた。弘前は勝ち、土佐は負けた。川越は21位だった。入れ替え戦だ、と水郷さんが呟くのが聞こえ、次の瞬間にはコールが始まっていた。

テナードラムを足下に置いて、ほとんどの屋台が撤収してしまった総合運動公園の広場のベンチで、半額のさめた厚切りベーコン串を食らっていると、トランペットのケースを提げた髪の短い女の人が小走りで近付いてきた。

「岩田君だよね、吹奏楽部だった」鰺坂先輩だった。富生はベーコンを飲み込みながら何度もうなずいた。「配信見てたら川越のゴール裏に見たことあるって子がいると思って、よく見たら岩田君だった」

入れ替え戦行くよ、アウェイはわからないけどとにかくホームは絶対行く、と鰺坂先輩は言って大きく手を振りながら去っていった。

第11話　海が輝いている

まだキックオフまではずいぶん時間があったけれども、呉線の快速の車内には紺とグレーの配色のユニフォームを着ていたり、錨がモチーフになったエンブレムのついたタオルマフラーを首に巻いている人々が何人かいた。アドミラル呉FCのサポーターたちだった。功が勤めていた造船会社の蹴球部が母体となって誕生したクラブだった。今も会社は、かなりの割合でアドミラル呉に出資をしているらしい。全国に六箇所ある支社のうち、呉に勤めている社員は熱心に応援していると聞いたことがあるが、他の場所ではそこまででもない。

功自身も今日、呉のスタジアムに行く理由は対戦相手のカングレーホ大林を観に行くためだった。大林は、横浜の設計総括部にいた時に、会社が用意したアパートが大林大森林公園の近くにあって、公園に隣接したスタジアムに行きやすかったからという理由で試合に行っていたら、いつの間にかファンのようなものになっていた。休日の二週間ごとに、公園をぶらぶらして博物館をのぞいたあと試合に出かけ、ビールを呑んで家に帰り、テレビで他の試合の結果を眺めるのはただ気楽だった。同じアパートに住んでいた若い部下と観に行くこともあったが、だいたいは一人だった。大林は、おととしあたりから一部で低迷し始めて、去年クラブ史上初の降格が決定したため、今年は二部で戦っていたのだが、今日の最終節のみを残し、四十一試合が終了した現時点では、ほぼ1位での自動昇格が決定していた。仮に今日呉に負けても、2位の倉敷FCの結果如何で順位が入れ替わることはあるかもしれないけれども、一部への昇格は確実だった。

対するアドミラル呉もまた、去年一部から降格したチームだったが、その歴史の中では二部にいることも珍しくないクラブだったので、大林の降格ほど騒がれることはなかった。3位に離され5位を引き離している勝ち点で、4位で昇格プレーオフに進める様子だったので、呉線に乗っているサポーターたちも、それほど思い詰めることのない落ち着いた表情をしているように見えた。勝敗が何かを強烈に分ける試合ではなかったが、でもやっぱり勝ってプレーオフに臨みたいだろうと車内にいるアドミラル呉のサポーターと思われる人々をそれとなくチェックした後、功はボックス席に座った。正面にはイヤホンを付けて携帯でゲームをしている若い女性が一人座っているだけだった。

功は今年の三月末に六十五歳で退職し、出身地である安芸郡海田町に戻ってきた。呉の支社に二十二歳で採用されて、四十歳で横浜に移って以来なので、広島に住むのは二十五年ぶりだ。両親は二人ともすでに亡くなっていたが、郷里に戻ろうと思った。両親の遺した一軒家があったからだ。けれどもそれも、最後のリフォームからかなり年月が経っていたし、一人で住むには広いように思われたので、そのうち処分して、地元の別の場所か、もしくは結婚していた頃に長く住んでいた県に手頃な中古のマンションでも買おうと思っていた。

退職し、広島に戻ってきてから三か月ほどは、特に何もせずにただ実家の整理などをして暮らしていたけれども、あまりにぼんやりしすぎているのもな、と思って、今は駅の自転車置き場の管理のアルバイトをしている。他のことはよくわからないが、船のことなら説明できるので、呉のどこかの博物館などでボランティアでもできないかとも考えているのだが、特に伝手を探しているわけでもない。

快速が次の駅に着くと、功の前のイヤホンをした若い女性が降りるのと入れ違いに、アドミラル呉のタオルマフラーを巻いたおじいさんと、ユニフォーム姿だったりカットソーの上に呉のTシャツを着た男の子たち三人が電車に乗ってくる。男の子たちは見た目に年齢差があって、いちばん年上は中学生になるかならないかに見えたが、小さい子はまだ幼稚園の年長ぐらいのようだった。真ん中の子は、まさしくその真ん中の小学二年か三年といったところだろうか。おじいさんが功の正面の席が二つ空いていることを見つけて、まず三人の男の子たちのうちの小さい二人を座らせ、功の隣の席にいちばん年かさの少年を座らせようとしたが、少年は首を横に振って吊革を握っただけだった。四人全員をボックス席に座らせようと功が腰を浮かせると、おじいさんは、いやいや、いやいや、と開いた手を縦に振って、功を席に押し戻すような動作をして席に座った。

「いいんですか？」

功とおじいさんのやりとりを後目に、小さい男の子二人はゲーム機を取り出し、年かさの少年はイヤホンを耳に入れて窓の外に視線をやる。電車が動き始める。少年は、頑なに外を見続けている。捨てると決めたもの、この場合は、自分が座らないと決めた席には一切心を残さないとでもいうような少年の態度に、功は密かに感心する。

「お孫さんたちと観戦ですか？」

「いえいえ。この子たちは近所の子です。三人兄弟で。お母さんが今日は仕事だから、一緒に来たんです。私が連れてきてもらってるようなもんです」

標準語で話しかけると、おじいさんも標準語で返答する。

「そちらもスタジアムですか？」

「そうですね。最終節ですし」

どちらかというと、カングレーホ大林を観に行くのだということは言わないでおく。

「呉のスタジアムにはよく行かれるんですか？」

「前の山奥にあったスタジアムの時は何度か行ったんですけどね。二十五年前とか」

「ああ。プロのリーグ創設の年に」

私はその頃はサッカーになんて興味がなくて、いい時分に行かれてたんですな、とおじいさんは付け加える。話し好きな人のようだ。

「呉はその頃は地域リーグにいましてね。そこではだんとつに強かったたな」

二十五年前、娘の仁美に、会社でチケットをもらったからサッカーを観に行かないか？とたずねると、行かない、と言われたので、仕方なく同僚と観に行った。それはそれで楽しかったが、もう少し強く仁美を誘っておけばよかったという後悔は、今もなぜか心に残っている。塾の補講があるというのは知っていたのだが、それでも言っておけばよかったと思う。その後、功は何度チケットをもらっても、呉の試合に娘を誘うことはなかった。勉強の邪魔をしてはいけないと思ったからだ。頭ではそれでよかったと理解しているのだが、アドミラル呉の試合についてテレビや配信の予定などで見かけるたびに、ときどきそのことが心をよぎる。

「それからすぐに私は横浜の方に転勤になったんで、呉のことはあまりよく知らないんですけどね」

「ああ、じゃあ大林の応援ですか？」

功は同意するか慎重に考慮したのだが、おじいさんの口調に、まったく咎めるようなところはなかったので、そんなようなもんですね、と答える。本当は、何年もユニフォームを買っていたし、別の場所に転勤になるまではシーズンシートも持っていたぐらい大林を観に行っている時期もあったのだが、転勤を繰り返しているうちに、大林を追いかける熱も一時ほどではなくなった。それでも、舞鶴、石巻、津と数年ごとに異動しながら、最寄りのクラブが大林と対戦する際は、必ず試合を観に行っていた。

単身赴任を経て離婚すると、その後もずっと単身赴任をしているような気がしてくる、と功は同僚に語ったことがある。それで、自分は単身赴任だという気持ちのまま、一生を終えるのだ。それも悪くないな、と二度結婚して離婚をした同僚は、妙にまじめな顔をしてうなずいていた。

「大林は昇格できますし、来年は楽しみですね」

うちもプレーオフ勝ち残るといいねえ、とおじいさんがゲーム機を操作している男の子二人に話しかけると、うん、と大きい方の子がまずうなずき、小さい子もつられるように、勝ちたい、と言った。

「それはいいんですけど、一部に上がったら呉に来なくなるからちょっと不便だなとも思います」

「そりゃあなた、呉も昇格するんで大丈夫ですよ」

おじいさんは屈託なく笑う。

「何年呉を観に行かれてるんですか？」

「今年で五年になりますね。将棋の友人に、スタジアムでボランティアをやっている人間がいまして、チケットのもぎりなんかしてておもしろそうだったんで行ってみて、そのまま通ってます」

去年おととしと私もボランティアをやってたんですがね、今年は少ししんどくて、でもまたやりたい、とおじいさんは言い添えて窓の外に目をやる。建物で遮られていた視界が開けて、海が見えてきた。

空は晴れて海面が光を反射しているのが、電車の窓から見えた。功の前に座っている小さい男の子二人は、ゲーム機をさわる手を止めて窓の外をいったん眺める。

「今は広島のどこかにお住まいなんですか？」

そうおじいさんにたずねられて、功は海田町の両親の家のことを答える。

「でもそのうち呉に引っ越すかもしれません」

功は、呉で元妻のみどりと離婚についての話し合いをした時のことを思い出した。二人とも結婚生活をやめる意志は固まっていて、みどりには充分な収入があったため、仁美の養育費をどういう分担で出すかということだけを話した。功が仁美の大学の学費をすべて負担するということで、あっさり話は終わった。両親が別れる、という話を、仁美はどう受け取っているのか？　とみどりにたずねると、特に何も、とみどりは言った。

呉駅前のホテルの喫茶室で、じっと中庭を眺めながら、みどりはまったく功に顔を向けようとしなかった。木で鼻をくくった、というのはこういう状態のことをいうんだろうな、と功は思ったけれども、そう思う自分も冷たい人間だと感じた。功や、もしかすると仁美に対しては、ずっとそんな様子のみどりだったが、主宰している料理教室の生徒さんたちには、とても良い先生だったのだという。

堂河内（どうこうち）先生は、いつも穏やかで優しい方でした、その上で大きくなってゆく教室の采配を振って、他の先生方の助けも上手に借りられて、仕事には妥協を許さない強い方でもありました、堂河内先生と話すと、自分もがんばらなければいけない、と思ったものでした。

みどりの告別式にやってきた女性の一人が、功がみどりの元夫であることを知ると、そんなふうにとくとくと話し始めたのをよく覚えている。娘が一人いることは知っていたが、離婚していたことは知らなかったという。

みどりが結婚四年目から、自宅の一室で始めた週一回の料理教室は、その後事業の幅を広げ、今は呉と広島市内に一箇所ずつ教室を持っており、数人の講師も抱えている。みどりの事業については、親戚が引き継ぐことにしたと通夜の後に誰かが話していた。仁美が、処分もしないし相続もしない、みどりの遺産はすべて放棄する、と宣言したからだ。

みどりの告別式の後、少しだけ仁美と言葉を交わした時にそのことについてたずねようと思っていたが、結局やめた。自分が話すことでもないと思ったからだった。元妻の料理教室については、月一回発行される沿線のフリーペーパーで言及されているのを二度ほど見かけたことがある。自転車置き場で一緒に働いている、功と同い年の女性も、一か月習いに行ったことがあると言っていた。簡単な要領をたくさん覚えるというよりは、こだわりのある人向けの教室なので、そう何度もは行かなかった、とのことだった。ただ、習うと料理を店で食べるもののようにおいしく作れることは保証付きだそうだ。

みどりは同じ会社の事務員だった。十八歳で入社していて、勤続年数自体は功より四年長かったので、職場のさまざまなことを教わるうちに付き合うようになって結婚し、仁美を妊娠して仕事をやめた。そして仁美が三歳になると、子育ての友達を集めて料理教室を始めた。離婚の原因は、功の側の、みどりと夫婦や家族でいたい気持ちの自然消滅、としか言いようがない。みどりは頭の良い人だったので、教室を運営しながら、功や仁美のことをおろそかにしたことはなかった。少なくとも外面は、ほとんど欠点のない妻だった。まるで何か、具体的な付け入る隙を家族に与えまいとでもするように、家をきれいにして食事を作り隙のない振る舞いをしていた。だからひどく大きな痛みを家族に与えたわけではないと思う。ただ、ずっと不機嫌だった。家の中では、ここにいるのなら自分の言うことを黙って聞いていればいいという態度を崩さなかった。功が自分の好きなものを買ってきて冷蔵庫に入れていると、あんなまずくて健康に悪いもの、と言ったし、仁美が自分で何か料理を作るために台所に立つと、私の子供はそんなことはできなくていい、私ができるんだから、と言い放った。功も仁美も、いつしかみどりに「あれを食べたい」と言うことはなくなった。どんなささやかなことでも、みどりの前ではおそらく間違っていることなので、口にしなくなった。物質的には満たされていて、両親共に親としての行動面では申し分ないものの、心情的には、それぞれの部屋ぐらいにしか居場所がない家庭だったと思う。

四十歳で横浜への単身赴任が決まって、会社からあてがわれたみどりのいない小さな部屋に帰った時、功はほっとしたのだった。だからもう別れようと思った。このまま夫婦生活を続けても、ここまで安堵（あんど）するということがないのなら、退職して一緒に暮らすようになってもきっとつらい気持ちになるだけだろうし、とてもではないがそれに向かって生きていけるという自信は功にはなかった。

二年の単身赴任の後、正式に離婚した。自分たちは離婚するのだ、と大学に合格した仁美に話すと、そうなるかもしれないと思っていた、と仁美は言った。呉のれんがどおり商店街近くのコーヒーショップでのことだった。人生で一度だけ入った店だった。

「みんな夫婦になって子供を作りゃあなんとかなる思うんよ。お父さんとお母さんはそうならんかったけどね」

別れたければ別れればいいと思う、二人とも家族をやるには向いてないのにがんばったんだと思うことにする、と仁美は最後に口の端を上げた。笑おうとしていたけれども、失敗したようだった。

それから、歩いて駅前に戻ってバスに乗り、なぜか自分の会社が部分的に公開している造船ドックを仁美と見に行った。その時も今も、なぜ自分が造りかけの船を仁美に見せようと思ったのかは説明できない。何度かバスで通ったことはあるけれども、ちゃんと見たのは初めてだ、と仁美は言った。歩道橋の上からドックを俯瞰してのぞき込みながら、功は無数のクレーンがそれぞれに何をしているのか、補修中の船が海でどんな役割を果たしているかについて説明した。仁美は黙ってそれを聞いていた。陽が半分落ち、海風が恐ろしく寒くなってきた後、我に返った功が帰ろうと声をかけても、仁美はもう少し見ていく、と答えた。

仁美は東京の大学の設計関係の学部に進んだ。三年の終わりまでは半年に一度ほど会って食事に行き、様子を聞いていたけれども、就職活動を前に仁美は、もう会うのはやめようと言い出した。理由をたずねると「本当はこの人は自分を見捨てたんじゃないかって疑いながら人と会い続けるのは苦痛だから」と言った。もっともな話だ、と功は思った。自分が仁美に離婚を告げた時の、そうなるかもしれないと思っていた、という言葉を、今度は自分が言う番であるように感じた。

それから十五年後、ふとしたことから功は、仁美が自分と同じ会社で働いているということを知った。最後の赴任先だった津から、横浜の設計総括部へ各支社の設計責任者が集合する会合に行き、その後の呑み会でアドミラル呉の話になった時のことだった。呉の責任者の川口くんは陽気な男で、アドミラル呉の熱心なサポーターだった。呉じゃみんな応援してるかもしれないけれども、全社ではそれほどでもないよ、といなされながらも彼は、呉が一部と二部を行ったり来たりしていること、実は社内では会長がアドミラル呉のいちばんのファンだから、呉がどんな成績でも地元の人間がある程度観に来てくれる限りは手放さないだろうということ、呉支社の人間だけが熱心だというが、各支社にも熱狂的なサポーターはいるんだということを話してくれた。

有明の支社から車をとばして、月一回は必ずホームの試合を見に来る女の人だっているんですよ、と彼は言った。我々と同じ設計の人でね、若い人ですよ、と川口くんは携帯を取り出して、名簿のようなもののデータを画面に表示して確認を始めた。そりゃ若い女の人だってサッカーぐらい観るだろう、という見当違いな野次にもかまわず、川口くんは試合後の呉での歓迎会に参加してくれた支社の社員たちの名前が記されているという名簿をスクロールし続け、そう、この人、変わった名前なんだ、と指さした。

「堂河内仁美さん。フラッグを寄付してくれたんです」

仁美は母親の旧姓を名乗っているようだった。そうか、という功の呟きは、呑み会の喧噪にかき消された。有明の責任者が、ああ、ああ、とうなずいて、この人は優秀だ、と言い添えるのを、功は何か遠いテーブルで起こっていることのように見つめていた。

なので功は、自分はアドミラル呉のホームスタジアムに行ってはいけないのだと思っていた。サッカーを観ていると自分のことを何も考えなくなって気楽なので、本当は応援しているカングレーホ大林が来るわけじゃなくてもサッカーを観に行ってもいいんだけれども、スタジアムで娘の仁美に会うようなことがあったら気まずいだろうから、やっぱり観に行ってはいけないとずっと思っていた。けれども最終節の日に、どうしてもカングレーホ大林を久しぶりに現地で観たいという思いが高じて呉線に乗ってしまった。

「女房は野球が好きだったんで、私がサッカーなんか観に行ってるって言ったら、ここの地元の出身でもないのにあんた何やっとんのって言ってました。女房が入院してた病院が呉にあったんでね。ときどき会いに行った帰りに試合に行ったりしてるって言うとね」

おじいさんは笑いながら話を続けていた。ゲーム機を操作している三人兄弟の真ん中の子が、あんた何やっとんの、とおじいさんの真似をして言うと、末っ子がさらにその真似をする。真ん中の子は、おまえおばちゃんに会うたことないけえ似とるわけないじゃろ、と末っ子を肘でつつく。おばちゃんが死んだ時、おまえ赤ちゃんでばあちゃんちに預けられとったろ、なぁ兄ちゃん、と真ん中の子が、立ったまま外を眺めている長男に言うと、少年はゆっくりと何度かうなずく。話が聞こえているのかどうかは定かではない。

「この子らはうちの向かいに住んでるんですよ。だから奥さんも仕事忙しいのに葬式のこといろいろ手伝ってくれたり、上の子二人も」

おじいさんの言葉に、末っ子が、ああもう自分があんた何やっとんのいう感じじゃ、と溜め息をついてゲーム機を下ろす声が重なる。そして窓の外をしばらく眺め、クレーンいっぱい見えてきた、とぼんやり呟く。おまえはサッカーじゃのうてクレーン見に来とるんよの、と真ん中の子は言いながら、ゲーム機をリュックの中にしまって自分も窓の外を眺め始めた。呉の駅はもうすぐだった。

電車の中で同じ試合を観に行く誰かと話すようなことがあっても、だいたいは駅でいったんばらばらになるのだが、おじいさんが「シャトルバスの発着所がちょっとややこしいんですよね」と言ったので、功は彼らに同行することにした。おじいさんが連れている三人兄弟は、そもそも功の存在など目に入っていないようで、好き勝手におじいさんを追い抜かしたり別のものに気を取られたりしながらついてきた。末っ子が、帰りさ、潜水艦観

て帰ろうや、とおじいさんにしきりに言っていて、真ん中の子は、潜水艦飽きたとわざとらしくあくびをした。

駅はロータリーへと降りていく出口と、歩道橋に直結している出口があって、アドミラル呉とカングレーホ大林のユニフォームを着た人たちの流れはそちらに向かっていた。歩道橋はかなり大きなもので、三人兄弟の末っ子が言っていた「潜水艦」の博物館や、松山に向かう船が出る桟橋のあたりまで続いているようだった。あまり幅が広いとは言えない歩道橋を、ぞろぞろとサッカーのユニフォームを着た人たちが歩いていく様子は、いかにも試合の日の最寄り駅周辺のそれで懐かしかった。

しばらく歩くと、紺のジャンパーを着た人たちがいて、今日のアドミラル呉対カングレーホ大林を観戦される方は、こちらから降りてシャトルバスにご乗車を、と地上へ降りる階段に誘導していた。料金は百円ですよ、とおじいさんは功に声をかけてくる。仁美のことを思い出したので、もう桟橋の側に出て松山にでも行ってやろうかなと思っていた功は我に返る。

バスに乗るまでは五分ほど並んだ。前からやってきた功と同じぐらいの年齢の呉のユニフォームを着た男性が、おじいさんに向かって「よっ」と軽く手を挙げて、最後尾に並んでいた。

バスに乗り込んで着席すると、いつもより人が多いですね、とおじいさんは言いながら、首に巻いている紺とグレーのタオルマフラーを確認し、もう一度いい按配(あんばい)に巻きなおした。

端には、エンブレムではなく背番号がプリントされた、選手個人の仕様のものだった。24番だった。

「呉の24番はどんな選手なんですか？」

座席に全員が着席し、バスが走り出す振動を感じながら功がたずねると、おじいさんは、吉内(よしうち)ですね、MFです、右側の、とうれしそうに答えた。

「小柄だけど、とても頭が良くて視野が広くてね、いつも上手に味方を使うし使われます。諦めないしね」

「いい選手なんですね」

「三年前に、廃部になった企業のチームからうちにやってきてね。すごく活躍して、あの年はリーグ2位で一部に昇格したんですが、それと同時にもっと上位のチームに移籍して、でもそこでは干されてしまって、次の年に期限付きで移籍した二部のスエルテ会津若松を、今度は昇格プレーオフ決勝で二点取って一部に上げて、でも監督が替わって戦力外になって、また期限付きでうちに戻ってきました」

「あのキーパーがコーナーキック入れた試合にも出てたのか。いろいろあったんですね」

そう言いながら、数奇な運命、という言葉が功の頭をよぎるのだが、サッカーの選手ならその程度の移動は普通かもしれないので、口にはしないでおく。

「呉もそれから二年で降格しましたしね。去年は一部でずっと最下位で、こんなに弱いなんて呉はもう二部ですら中位以下のチームになってしまったのかもしれないってこの兄弟たちやスタジアムで会う人たちと話してたんですけど、いざ落ちてみると一応中位の上の方はキープしてたんでほっとして、でも何落ちて安堵してるんだって気分にもなって、そこからなんとか頑張ってプレーオフ行きですよ」

たった三年で、いろんな浮き沈みがあるもんです、とおじいさんは言う。功は、確かに、とうなずきながら、その浮沈がチームの数だけあるのかと考えると気が遠くなる。けれどもそれと同時に、何か説明しがたい痛快な気分にもなるのだった。サッカーの勝ち負けという所詮他人事（ひとごと）に、何だったら応援していると言っても多くの人は知らないかもしれないチームの勝敗に、女も男も年寄りも子供も、貧しい者も金持ちも、幸福な者も不幸な者も、そのどちらでもない者も心を悩ませ、喜んでいるという事実に対して。功自身もまた、どうしてサッカーを観るのかについては答えが出ていない。

「練習を観に行ったら、ここにサインしてくれたんですよ、吉内」そう言いながら、おじいさんは功にタオルマフラーのエンブレムの部分を見せてくる。「雨の日の帰りに呼び止めちゃったんだけど、急ぐ様子も見せないでね」

おじいさんの言葉に、ここに書いてもろうた！　と前の席に座っている三人兄弟の末っ子が、突然通路に身を乗り出して、Tシャツの背中の部分を見せてくる。他の選手のサインも一緒に、小さく五つほど書かれている。

「何年も一年ごとに引っ越して、いろんなこと考えると思うんだけどね」

突然道が開けて、バスは海の側に出る。何本も湾に突き立てられたようなクレーンと、大型のフェリーが見える。海を右手に、バスはゆるやかな坂道を上っていく。この人は優秀だ、という言葉が突然思い出されたのだが、功には、いったい誰が誰に言った言葉なのかがよくわからなくなる。

前に座っている三人兄弟の末っ子と真ん中の子が、造船ドックじゃ！　と窓の外を見ようと座席が動くのがわかる。

この人は優秀だ。

そうか、と功は思う。誇りに思うと言ったら仁美はきっとわずらわしく思うだろう。みどりの告別式で会った時にも、父親の自分と同じ仕事をしているということは一切言わなかったので、きっとそのことすらも知られたくないのだろう。

「こういう話をしてるとさ、どんな気持ちでも生きていけるんじゃないかって思うよね」おじいさんは言う。功は数秒してから、そうですね、と同意する。造船ドックでは撤積船が半分まで造られていた。海が輝いていた。桟橋と山々が見えた。

造船ドックが窓から見えなくなったあたりで、バスは慎重に左折し、静かに急な坂道を上っていった。

おじいさんと三人兄弟はいつもバックスタンドの自由席で観るというので、功も同じ券を買った。功の先に立つ四人は、バックスタンドのホーム側の真ん中寄りの席を上っていく。少し高い位置に誰か知り合いを見つけたのか、おじいさんがおおいと大きく手を振ると、四十代半ばぐらいの男性が、表情はまったく崩さず小さく手を振るのが見えた。その一帯の人々は、おじいさんの知り合いのようだったが、どこまでがそうなのかはよくわからなかった。いちばん若いのは先ほどの男性で、上はおじいさんより少し年下に見えるぐらいの老人がいて、その間の年齢の男女がなんの脈絡もなく、二人か三人ずつ縦に連なって座っている。功がこんにちは、と声をかけながら、適当に彼らの近くに座ると、前の列に座っていた功よりは若い中年男性が、メロンパンもらったんですけどいります？　と袋を渡してくれるので、功はありがたくもらうことにした。

それからいったんコンコースに出ることにした。呉の紺とグレーのユニフォームを着ていたりタオルマフラーを巻いた人たちに混ざって、オレンジカラーの人々が行き交うコンコースは、そこそこ混んでいて、閑散としていて心配だということもなかったし、人がいすぎて不快だということもなかった。とりあえず一周してみよう、とぶらぶらしていると、ホーム側ゴール裏への出入り口のある通路から景色が一望できるようだったので、功は手すりへと歩いていった。少し遠くに、呉湾を見下ろすことができた。クレーンも船も桟橋もそこにあった。地域リーグ時代からの移転後のスタジアムに来るのは初めてだったが、いい所に造ったなあ、と功は自分がいた会社の元企業チームを褒めたくなった。

メインスタンドの通路には、海自カレーの屋台がいくつか出ており、その周囲を錨の形をした着ぐるみがうろうろしていて、カレーを勧めたり、周囲の人々の求めに応じてポーズを取ったりしていた。どの屋台にも、オレンジ色のカングレーホ大林のサポーターが楽しそうに並んでいて、功も大林のスタジアムに戻ってきたような気分で後ろに付いた。カレーを持ってコンコースをさらに進み、一周したところでも止まらず、また湾の景色の見えるところに行って、そこで立ったままカレーを食べた。アドミラル呉のゴール裏のコールと太鼓の音が充満する通路で食べるカレーは、野菜がたくさん入っていてうまかった。

会場のDJが今日のスターティングイレブンのアナウンスを始めたので、功はいちばん近い屋台で売っていたこしあん入りのフライケーキの大袋を買って、席に戻った。大音量の音楽と、これから始まる試合を思い思いに待つ人々の話し声に包まれて座席の階段を上っていると、ほとんど自分自身が漂白されたような無感情さを覚えるのが、やはり心地よかった。スタジアムで試合を待っているとどうして必ずこんな気分になるのか、功はいまもわからないでいる。

みなさんに回してください、とフライケーキの袋をおじいさんに渡すと、どんどん近くの人が袋に手を入れて中身を取っていく。功の所に、フライケーキが二つ残された袋が返ってきた頃合いで、キックオフの笛が吹かれた。

おじいさんの言うように、呉の24番の吉内は観ていて楽しい、とてもいい選手だった。小柄で運動量が多く、敵がボールを持った時にはどこにパスを出すか、味方ならばどこに出しやすいかの最適解がわかっている選手のようでいながら、体の小ささを逆手にとって相手がファウルを取られるように誘うような狡さも持っていて感心した。対する大林は、選手全員に余裕と落ち着きがあった。大林のFWのバスク人イサギレは、吉内なんかと比べると無駄な動きが多い選手だったが、味方の整然とした攻撃に合わせるように、今日はそれほど守備をせずに静かに構えていた。実際に観て良い選手だなと思ったのは、二部に降格した今年下部組織から上がってきた左サイドのMFの堀だった。夏頃から使われ始めて、秋にはチームに完全にフィットし、そこから大林は危なげなく勝ってきた。なので前節のホーム最終節でなぜか三鷹ロスゲレロスに負けたことが悔やまれる。

前半、大林はイサギレが堀のアシストで一点を入れた。呉にもいつ得点してもおかしくない気配はあったが、どうしても大林の守備に突き返されてしまうのが、三人兄弟の二番目と三番目にはもどかしいようで、呉の選手が敵陣のいいところまで進んで結局ボールを奪われるたびに、ぎゃーとかうわーと悲鳴を上げていた。前半が終わると、兄弟の末っ子は、勝ちたいーと誰に訴えるでもなく呻いた。

後半が始まると、どこからともなくからあげのパックが回ってきたので、功は「ありがとうございます」と言って一つもらった。大林は二人交代し、堀と同世代か一つ上ぐらいの若い選手を投入してきた。なめとる！　と兄弟の真ん中の辛辣な言葉に、功は表だってうなずかないまでも心中で同意した。

後半十二分に、吉内がドリブルで打開して大林のGKと一対一になる局面があったのだが、吉内のシュートはわずかにそれ、ポストに弾かれた。おしいよー！　と三人兄弟の末っ子は、すかさず立ち上がって叫んだ。次はいける！　と真ん中の子も立ち上がった。そして長男も、諦めるな吉内、と座ったまま背筋を伸ばして強い声で言った。

後半三十分で、今度は巨漢のディフェンダーの百合岡がコーナーキック時の競り合いに勝って頭で押し込み、呉のスタジアムの空気が青ざめたと思われたその直後に、呉は素早くボールをつないで敵陣に運び、吉内が弧を描いてポストとGKの背後の間を抜けるような見事なシュートを決めた。まだ一点足りなかったが、それでも呉のスタジアムは息を吹き返したようだった。

歓声を聞いていると、功は自分がただフィールドを眺めながら人々の声と熱を受信する装置になったような気分がした。そして瞬間の価値を、本当の意味で知覚しているような思いもした。人々はそれぞれに、自分の生活の喜びも不安も頭の中には置きながら、それでも心を投げ出して他人の勝負の一瞬を自分の中に通す。それはかけがえのない時間だった。

功は、自分が大林のスタジアムで何度も「もういい」と思ったことを思い出した。もういい。何も後悔のない人生などない。それでも満足のいく一瞬がどこかにあればそれでいい。そう思って、呉に帰るか？　という会社の打診を断り、舞鶴に赴任することにしたのだった。

落ち着いていると形容できたはずの大林は、吉内の一点からは別のチームのように攻撃的になり、むきになってボールの支配率を上げ、呉の選手をそれまでよりも浅い位置では ね返すようになった。呉は更に攻めあぐねるようにも思われたが、大林に対してはチームの格も点数の上でも挑戦者であるという立場の分、自由に動いているように見えた。

アディショナルタイム二分のところで、呉の吉内のクロスが大林の百合岡の裏を駆けようとするFWの杉島に届いた瞬間に、笛が鳴った。呉のスタジアムは、少しの間溜め息と落胆に沈んだが、すぐに持ち直すように拍手が起こった。もうちょっとじゃったのにー、と三人兄弟の末っ子は首を横に振るのを、長男が、大林相手にここまでやったんじゃけえ、プレーオフではいいとこまでいくかもよ、となだめていた。

試合は終わったけれども周囲の人々が誰も席を立たなかったため、大林の優勝と閉幕を祝うセレモニーをメロンパンをかじりながらすべて観た。おじいさんは携帯を見ながら、プレーオフの初戦の相手は嵐山か、どうかな、と言いながら立ち上がり、嵐山は呉より金持ちなんよねえ、と真ん中の子はぐねぐね動きつつ、階段をどたどたと降りていった。無口な男性は、じゃあプレーオフで、とおじいさんに言ってコンコースの人混みに消えていき、他の人々もゆっくりと散り散りになっていった。

遠くからでいいから、呉のゴール裏の通路から見える景色が見たい、と少し背筋を伸ばすと、長いスカートの上に紺とグレーのユニフォームを着た女性が、まっすぐに功がキックオフ前にカレーを食べた手すりの所に歩いていくのが見えた。背が高く、髪の短いその人は、右手に旗を持って左手にカレーの器を持っていた。背番号は12番だった。彼女は旗を手すりに立てかけ、湾を眺めながらカレーを食べ始めた。仁美によく似ているような気がした。でも今は、それを確かめる時ではないと功は思った。

「景色を見ますか？」

「いえ」

おじいさんの言葉に、功は首を横に振ってゲートを出た。潜水艦を見て帰ろうや！　という末っ子の声が聞こえた。功は、帰りのバスからは夕焼けの海が見えるだろうと思った。

エピローグ――昇格プレーオフ

「大阪帰ったらまた晩ご飯おごるよ。負けて申し訳なかったし」

「いいって。潜水艦の中見れたりしてじゅうぶん楽しかったから、ほんとに」

オスプレイ嵐山(あらしやま)は、昇格プレーオフ準決勝でアドミラル呉(くれ)に負けた。3-2で終わった試合は確かにオープンでおもしろかったけれども、アディショナルタイム終盤、外山(そとやま)にパスが通った時点で無情に笛が吹かれた時、ヨシミは内臓が全部椅子に落ちたような気分がした。無駄に楽天的にはならないようにしていた。勝負なのだから、負けることもあるだろうとは思っていた。それでも勝ちたかったのだ。「勝てる」という期待は慢心していたと断じて手打ちだけれども、「勝ちたい」という願いが叶(かな)わなかった苦しみには終わりが見えない。

海でも見よう、と珍しくえりちゃんから提案されたので、二人はフェリーの発着所に行くことにした。展望台もある桟橋の建物は四階建てとかなり立派だった。二階からテラスに出ると、松山と広島を結ぶフェリーがこちらに向かってやってくるのが見えた。もうあれに乗って松山に行ってやろうかな、とヨシミは呟(つぶや)きそうになったけれども、またえりちゃんに迷惑をかけそうなのでそれは言わず、海風に吹かれて波間を眺めているうちに忘れてしまった。電車の時間の前にカレー食べにいこうよ、とえりちゃんは言った。

その日靖は、だいたいいつも仕事に行くぐらいの時間に起きて、弟の昭仁と倉敷に出かけた。すごく遠いのではないかと身構えていたけれども、新幹線を使えば日帰りができる距離でよかった。

昭仁は、高速バスぐらいの額なら自分で出せるのに、新幹線代を出してもらって悪い、というようなことを、今朝と試合前と帰りのシャトルバスで言った。靖は、べつにええよ、このぐらい、とそのたびに答えた。

奈良FCがプレーオフ準決勝で負けた、ということについては、帰りの新幹線の座席に着いてから初めて口にした。

「これからまた一年がんばらんとあかんな」

「うん」

2－3だった。前半の終わりに奈良が一点入れて、もしかしたら、という思いで靖は緊張しながら試合を見守っていたのだが、結局後半の四十分までに倉敷に三点を取られ、その後奈良は一点返したものの、試合には負けた。

「奈良、来年は上がれるんとちゃうかな」

「どやろ」

試合結果の話をしている間に、新幹線は新大阪に到着した。昭仁はホームで、こんなに近いんやったら、岡山ほぼ大阪やんか、と甚だ岡山の人に失礼なことを言っていた。晩ご飯は、新大阪駅の改札内のフードコートでねぎ焼きを食べた。割り勘にした。旅の疲れと安堵(あんど)の入り交じった空気のフードコートで、昭仁と食事をするのは奇妙な感じがした。

「四月から住む京都の嵐電沿いさ、花見するとこいっぱいあるから来いよ」

平野神社とか、仁和寺(にんなじ)とか、と続けながら靖は、昭仁がいまいち浮かない顔をしていることに気付いていた。

十八やもんな、花見の良さとか知らんでええよな。

けれども靖は、来いよ、ともう一度言った。昭仁は、うん、と深くうなずいた。

先週の二部三部入れ替え戦第一戦で、ホームの上毛(じょうもう)FCに前半だけで四点取られた時は、さすがに戦況に鈍感な富生(とみお)もドラムのスティックを落としそうになった。大旗を振っている一人の四十七歳の緑川さんは、四十七歳の男の人なのにユニフォームの肩口で涙を拭い

ながらポールを操作していた。富生も他の太鼓の面々も、ハーフタイムは地べたに座り込んで放心しているしかなかった。水郷さんだけが、諦めないでください！　と呼びかけていた。その後なんとか川越シティは一点を取り返し、ホームで第二戦に臨むことになった。降格しないためには相手を〇点に抑えて、自分たちは三点を取ることが必須、という条件下で、もはやスタメン総入れ替えでもしない限り一縷の希望もない、と思われた川越だったが、第一戦と同じメンバーで臨んだ。不満の声がスタンドから飛んでくるのをかき消すように、芝生の人々はコールをして歌った。さしあたっては、そうするより過ごし方がなかったから。立ち会わずにすむのならどれだけよかっただろう、という悲痛な試合だった。

芝生の後方からトランペットの音が聞こえ始めたのは、前半の最後に川越がＰＫを取る直前のコールからだった。緊張のあまり水ぐらいしか口にしていなかった富生は、もう腕がつってきて立っているのがやっとのような状態だったのだが、その音に首の後ろを摑まれるようにして気を取り直し、川越が一点先取するのを見届けた。

ハーフタイムはひたすら何かを食べた。鰺坂先輩を探そうとは考えなかった。後半、やっと上毛ＦＣの守備に慣れた川越は、右サイドが弱いということを発見し、ひたすらそちらに人数をかけることによって、二十分ごとにじりじりと得点し、最終的に３－０で試合を終えた。笛が吹かれた後、水郷さんはトラメガを下ろして深く溜め息をつき、再び腕を上げ「川越シティ！」と叫んだ。

選手が芝生の前にやってきて整列し、ゴール裏の人々が〈主よ、人の望みの喜びよ〉を歌っている時に、富生はやっと、川越のゴール裏の人々に混ざってトランペットを吹いている鯵坂先輩の姿を見つけた。

富生はただ感謝した。そしてベーコン串をおごろうと思いながら、そのシーズン最後のチャントを叩(たた)いた。

プレーオフ準決勝が終わった次の日、アルバイトの休憩時間に、松下が興奮した様子で「昨日の試合観たかい？」と話しかけてきたので、松下に試合のことを教えた貴志は、観た、とうなずいた。携帯の画面では心もとないということで、彼女からタブレットを借りて観始め、準決勝の二試合と入れ替え戦を観て、気が付いたら夜の九時になっていたんだがと説明を始めた松下は、呉も倉敷も一部で活躍するといいな、と話を締めくくった。それに対して貴志が、いや、まだあと倉敷対呉の決勝があるよ、と言うと、ええっとちょっと目を輝かせた。松下は相変わらず、リーグの仕組みはよくわかっていないけれども、試合自体を観るのはとても好きなようだ。
「今週末の日曜に倉敷で倉敷対呉の決勝があって、土曜には川越のホームで上毛との入れ替え戦の二戦目がある」

「川越なら行けるな」

糸川くん行こうよ、と言われ、貴志はつい、そうだな、とうなずいてしまった。

その後松下は、週の半ばになって突然、やはり決勝も倉敷に観に行きたくなったので、試合のチケットも夜行バスの席も予約するんで一緒に行こう、と言い出した。貴志は、本当にこいつにできるのだろうか、と思いながら、いいよ、とうなずいた。貴志の懸念は杞憂に終わり、松下はその日のうちに試合のチケット二日分と夜行バス往復を二人分調達してしまった。

それから週末になり、貴志と松下は入れ替え戦二戦目の興奮もさめやらぬまま夜行バスに乗り、倉敷へと向かっている。早朝に目が覚めてしまった貴志は、三列シートの窓際のカーテンを少しだけ開けて、トンネルのオレンジ色の光が心地よい速さで次々通り過ぎていくのを眺める。もう次で終わりなのか、と思う。たった二週間前に、スタジアムに行くことを復活させたばかりなのに、自分が寂しがっているのを不思議に思いながら、貴志はあくびをしてまた瞼を閉じた。

娘の日芙美に、今日は晩ごはんはいらないからね、と言って出かけようとすると、シー

ズンも終わったのにどこに？　とたずねられた。友達の家に昇格プレーオフ決勝の試合を観に行く、と答えると、日芙美が、もしかして細田さん？　と言ってきたので、睦実は、そう、とうなずいた。

「わたしも行っていい？」

「いいけどなんで？」

「暇だから」

おおかた、自分一人の夕食を作るのが面倒になって外食でも狙っているのではないか、と思いながら、睦実は細田さんの了解を取り、日芙美を連れて細田さんを訪ねることにした。

細田さんにお土産として百貨店の地下で買っておいたケーキを渡すと、いいのに、ほんといいのに、と言いながら受け取って、わたしはプリンを作ったんですけどね、と細田さんは言った。日芙美は、プリンなんか自分で作るんですか？　と身を乗り出していた。睦実は、内向的な子だと決めつけていた日芙美が興味を持ったことにはすぐ反応する様子に少し驚いた。

キックオフまでまだ少し時間があったので、細田さんは日芙美にプリンの作り方を教えてくれて、睦実は準決勝の試合を見直しながら早くも一缶目のビールを空けた。スタジアムにいるわけではないけれども、好きな人たちと過ごす午後は心地よかった。

瀬戸大橋からの景色は、二年前に宗平君の車の助手席で見たことがあった。シーズンオフの時期に、岡山に遊びに行った時のことだった。高知の海も好きだけれども、瀬戸内海の眺めはまた違う美しさがあってすばらしいと思ったので、文子はそのことを後部座席に座っている二人の女子生徒に伝えた。前方を走る宗平君のワゴン車には、三人の男子生徒と宗平君の妹のゆみちゃんが乗っている。棚野以外の四人は、担任をしているクラスのホームルームでプレーオフの決勝を観に行くのだという話をした後の放課後に声をかけてきた生徒たちで、棚野は自分で試合のことを調べて、文子の携帯に「行く?」とメッセージを送ってきたのだった。

「じゃあ先生、窓開けてえい?」

棚野にそうたずねられたので、いいよと答えると、斜め後ろから冷たい風が車内に吹き込んでくるのを感じた。暖房で暖まりすぎていたのか、十二月の海の上でも風は心地よく感じた。

遠藤さん夫妻は、昨日倉敷に到着したとのことだった。すごく晴れてます!　と朝、ホテルの部屋から景色の写真を送ってきてくれた。

窓枠に顔を近付けてしばらく外を眺めていた棚野が、きれい、と呟くのが聞こえた。もう一人の女子生徒である岡林が、どれどれ？　と言いながら、海が見える棚野の側の窓に身を寄せていくのが視界の端に見えた。まっことときれいね、ねえ、というやりとりが聞こえた。運転をしている文子は、瀬戸内海を眺めることはそれほどは叶わなかったが、フロントガラス越しの空がすごく晴れているだけで充分だと思った。

内藤さんは、倉敷のスタジアムから荘介（そうすけ）に画像を送ってきた。娘さんがアドミラル呉の錨（いかり）の形をしたマスコットと並んでいる画像だった。錨のマスコットと妙に間隔を置いて立っている着ぶくれた娘さんは、少しだけ口の端を上げ、がんばって表情を作っていた。司朗の家の庭に設置したキャンプ用の椅子に腰掛けた柳本さんにその画像を見せると、写真が嫌な年頃ってあったからね、と柳本さんは松葉杖（まつばづえ）を左手でまとめながら、右の人差し指で荘介の携帯を示した。

「今の子なんてはなっから写真撮りまくって撮られまくる文化だから、わざとらしいポーズなんて付け放題なんだろうけど、この子は違うみたいね」

「なんかいい意味で厳粛な娘さんだったよ」

肉焼けたぞ荘介！　と司朗の声が聞こえたので、取ってくるけどどのぐらいいります？　と柳本さんを振り返る。柳本さんは、そりゃもうたくさんですよ、と笑う。庭の中ほどに置かれた南部鉄器の近くにわらわらと集まってきた神楽の仲間たちになんとか先んじて、荘介は肉や野菜をタレの入った器に取って、いったん柳本さんの所に戻って渡し、自分の分を再び取りに行く。柳本さんは、おいしい、幸せ、おいしいと器に箸をつけるごとに言いながら、ぎゅっと目をつむったり軽く首を横に振ったりしている。荘介はその様子を眺めながら、立ったまま肉や野菜を頬ばる。

「試合始まるの何時から？」

「十五時」

「あとちょっとか」

司朗の家の庭でジンギスカンをしながら、それぞれの手持ちの端末で昇格プレーオフの決勝を観ようということになり、会社にジンギスカンに来たい人がいるのだが連れてきていいだろうか？　と仲間にたずねるといいよとのことだったので、柳本さんがそれに加わった。

「東京で勤めてた頃の上司がさ、別件でこっちに出張に来てて私のことも話し合ったんだけど、もう一年こっちにいることになると思う」

柳本さんの言葉に、荘介は、そうなんだ、とうなずく。

「これ食べてますますこっちにいようって気になった」

「それはよかった」

　鉄器から、煙のような蒸気のようなものが高く空に上がっていくのを見つめながら、それはよかった、と荘介はもう一度言った。

　プレーオフ決勝の前日に東京へ出張に行くことになりましたので、次の日は一緒に観戦しましょう、と周治が書き送ると、了解です、とおばあちゃんは返信してきた。文面の最後には、親指が立っている絵文字が入っていた。じゃあおうちに行っていいですかね？という周治の打診に、おばあちゃんは、自宅で孫と試合を観るのはなんだか辛気くさいから、外で観たいです、という返事をしてきたので周治はおばあちゃんと千葉市内のチェーンのスポーツバーに行くことにした。
「こういうところに来られたことはありますか？」
「十年ぐらい前に食事にだけ来たことがあるわね、友達と」
　ビールの好きな女性だったのよ、とおばあちゃんは言った。おばあちゃんもビールを頼んだ。周治は呑まずにジンジャーエールを頼み、フライドポテトとフライドチキンとボロネーゼのスパゲティとコーンスープを注文した。大型テレビから、近すぎず遠すぎない距離の席を取った。

「どっちが勝つと思いますか？」

「予想してもだいたいその通りにはいかないから、観た試合を楽しむことにするわ」

「そうですね」

周治が同意した後、おばあちゃんは、いや倉敷かな、と首を傾げて、建前と違ってますよ、と周治は少し吹き出した。

倉庫のアルバイトを十四時半であがらせてもらい、圭太は飲み物を買って家に帰った。家に帰るまでの自転車の時間と、手洗いうがいの時間を考慮すると、キックオフには間に合うはずだったのだが、好きな味のファンタが売り切れていたため、代わりを探すのに手間取ったせいで家に帰るのが数分遅れた。
帰って手を洗っていると、居間から試合の音声が聞こえてきて、しまった、と思いつつも平静を装って、圭太は台所に水筒を持って行く。三人掛けのソファに両親が座り、妹の真貴は床のラグに体育座りをして、自分以外の家族三人が昇格プレーオフ決勝を観ていた。試合に見入りながらも、三人はそれぞれに圭太に「おかえり」と声をかけ、圭太は「帰っ

たよ」と小さい声で言った。

　圭太は立ったまま、倉敷FC対アドミラル呉の試合の中継を数分観た後、結局食卓から椅子を持ってきてソファの横に並べて座った。

「呉の24番いい。うちにほしい」

「いいよね。来てくれんかな」

　両親は相変わらずの会話をして、圭太は押し黙ったまま、いやうちにほしい、と頭の中でだけ話に加わった。

　この試合が同点なら倉敷が一部に上がるんよ、兄に説明された三人兄弟の末っ子は、ずるい！　と不平を言ったけれども、年間順位が上の方が有利なのは仕方ない、一年間よりがんばった方へのごほうびみたいなもんだ、というおじいさんの言葉に、そりゃそうかもな、とすぐに納得した。
「一点取ればいいんだろ。吉内が取るよ」
　ハーフタイムの末っ子の予言は当たって、アドミラル呉の24番吉内(よしうち)は、後半の七分に得た呉のフリーキックで、いったんは倉敷のゴールキーパーに防がれたこぼれ玉にダイブして頭で押し込んだ。

もしかしたらこっちが上がるかもな、と功は三人兄弟の真ん中の子と末っ子に、タブレットで吉内のゴール場面を見せながら思った。まだ二回しか見ていないチームを「こっち」と思うのは自分でも少しおかしかった。

呉の吉内に得点され、後がなくなった倉敷は攻勢に出たものの、動きは硬いように見えた。選手たちはここへ来てまた昇格が手をすり抜けていくような気がしているのではないか、と誠一は思った。センターバックの野上だけが落ち着いたプレーをして的確に味方に指示を出していたが、やはり本人の運動量は落ちていた。吉内はそのことにいち早く気付いていて、躍起になって野上のゾーンの隙をつこうと狙ってくるのがつらかった。

後半二十五分で、野上と浦野の交代を知らせるボードが出た。呉の吉内と杉島は、その小さな変化に乗じるように、二人でボールを回しながら野上の裏に抜けようとしたけれども、左サイドの光畑と野上の二人で杉島に素早く寄せたので、シュートには持ち込めなかった。野上は浦野と何事か少し話し、一礼をしてピッチを後にした。

浦野が入ってすぐに、また呉は人数をかけて倉敷の陣地に押し込んできたのだが、浦野が吉内からボールを奪うと、手薄になっていた呉の中央に長いボールを入れ、それを受けた倉敷の最前列の選手がドリブルで突破し、それが決定機になった。呉のＧＫをかわした倉敷の選手のシュートは、ゴールネットの真ん中を突いた。ベンチに座っていた野上が立ち上がって走り出し、ピッチの中の味方の選手たちを祝福に行くのが見えた。

試合は１－１で終了し、昇格プレーオフ決勝戦を制した倉敷ＦＣは一部への切符を手にした。自分は泣くだろうかと誠一は思ったけれども、泣きはしなかった。ただ、十七年前に自分から迷い出ていった半身が久しぶりに戻ってきて、ようやく収まるべきところに収まったような気がした。

年間最終順位

	1位【自動昇格】	カングレーホ大林
	2位【自動昇格】	ヴェーレ浜松
↑1部昇格	3位【PO決勝】	倉敷FC
	4位【PO決勝】	アドミラル呉FC
	5位【PO準決勝】	オスプレイ嵐山
	6位【PO準決勝】	奈良FC
	7位	桜島ヴァルカン
	8位	姫路FC
	9位	泉大津ディアブロ
	10位	琵琶湖トルメンタス
	11位	伊勢志摩ユナイテッド
	12位	CA富士山
	13位	白馬FC
	14位	鯖江アザレアSC
	15位	松戸アデランテロ
	16位	松江04
	17位	熱海龍宮クラブ
	18位	三鷹ロスゲレロス
	19位	遠野FC
	20位	ネプタドーレ弘前
入替戦勝利で残留	21位【入替戦】	川越シティFC
↓3部降格	22位【自動降格】	モルゲン土佐

得点王　窓井草太（伊勢志摩ユナイテッド）

あとがき

この小説を書いていた二〇一六年からの二年間は、四十年の人生の中でもっともいろいろな場所に行った時期でした。日本各地のＪ１、Ｊ２、Ｊ３のスタジアムを訪ねて回ることは、自分に新しい日本の見方を教えてくれました。また、クラブのある場所だけでなく、ない場所にも取材に出かけて、その土地それぞれの人々の個性や思いやりに、情報ではなく実感として接することができたと思います。

遠野から鹿児島まで、日本の各地のさまざまな人々の話を聞いて回ることは、その土地に生きること、伝統芸能に携わること、地元のチームを応援することなどにまつわる「誇り」という感情の大切さを考え直す機会でもありました。苦しい時もそうでない時も、人間を立たせるものは他でもない誇りなのではないか、また、その土地に生きる誰かに誇りを持たせるということへの一助を、Ｊリーグや他の地域密着のスポーツのチームは担っているのではないかと、一連の取材を通して考えるようになりました。この小説を書こうと思わなければ、長い間気付けなかったことであるように思います。

小説を書く上で、現地での取材、方言の監修、物語の着想、設定に関するアドバイスなどでお世話になった方々を以下に記します。

今井勇太さん、岡沙織さん、苅山泰幸さん、川上英樹さん、川畑大輔さん、菊池長男さん、菊池富幸さん、北原諭さん、木村俊介さん、惟康もとこさん、齋藤セイ子さん、佐々木金人さん、佐々木政嗣さん、瀬崎久見子さん、多田静江さん、田中タエ子さん、中津純子さん、中山笑美子さん、浜田加代子さん、樋口真衣さん、兵庫慎司さん、福地幸博さん、福留健二さん、藤原辰史さん、渡辺さおりさん。並びに、朝日新聞の社内でそれぞれの出身地の方言をチェックしてくださった皆さんと、朝日新聞金曜夕刊連載時の担当の柏崎歓さん、校正の久保田智香さん、前任の書籍担当の山田京子さん、書籍担当の水野朝子さん。

本当にどうもありがとうございました！　この方たちがいなければ、自分はこの小説を一行も書けなかったと思います。どうもありがとうございました！

そして行く先々のスタジアムで出会ったすべてのサポーターの皆さんに、心からの感謝を申し上げます。

小説の書き手としての十三年の生活の中で、もっとも幸せな仕事でした。手に取っていただいた方も、どうもありがとうございました。

二〇一八年五月　　　　津村記久子

解説

スタジアムで少しずつ生き延びる

星野智幸

津村さんの小説は、いかにこの世をカジュアルにサバイブするか、が書かれたバイブルだと私は思っている。聖なるものの登場しないバイブル。

サバイブする、生き抜くと言うと、何やらハードボイルドめいて聞こえるけれど、もちろん津村さんの小説で書かれているのはそういうタフさではない。戦って勝ち抜くのでもなく、頭脳で狡猾に立ち回るのでもなく、ひたすら打たれ強く耐え続けるのでもなく、権力を受け入れて利口に従うのでもない。

そういった世界観自体をすり抜けて、ぎりぎりのところでいかに自分を譲り渡さずにいられるか。「幸せになれそうかはわからないけど、不幸をかわす力はそれなりにありそう」(p189)という生き方。そういう生き方がどこかこの世の隙間にあるんじゃないかと、探られている。

面白いことに、そんな生き方が可能な場を、津村さんはプロサッカーのスタジアムに見出した。2部リーグの、各地域のスタジアムに。

サッカーという勝負にサバイバル術を見つけたのではなく、サッカーをスタジアムに出向いて観戦することを日常とする人たちに、力を抜いてサバイブする姿を見たのだ。人生を総じて見ればプラスが少し上回るぐらいの、譲り渡さなさを。

その人たちは一応、特定のクラブチームのファンとかサポーターとか言われる人にあたる。一般的にサポーターというと、チームの勝敗に人生を賭けているような熱狂的な人々をイメージするかもしれないが、実際にはさまざまな人がいて、つかみどころがない。

この小説の登場人物たちも、そのひとくくりにできなさを、次のように感じている。初めてスタジアムに行った第7話の荘介(そうすけ)は、「老人から子供まで、そして男も女も、どういう人たちが多い、と一見では判断できないぐらい、いろんな人間が集まってくるものだとは想像したこともなかった」(p209)。また、第3話のヨシミは、「映画館やライブ会場など、ヨシミが出かけたことのあるさまざまな人が集まる場所の中でも、サッカーのスタジアムはもっとも誰がいてもおかしくない空間であるように思える」(p94)。やはりサッカーに関心はないのにひょんなことから初めてスタジアムに来た第10話の富生(とみお)は、「ライブやクラブでの状態に似ているかもしれないけれども、そこにいる人たちの年齢や性別にほとんど偏りがないため、周りを気にせずにいられた」(p329)。

つまり、その雑多な空間は、社会のミニチュアのようなのだ。スタジアムとは、日本社会のサンプルのような場所として捉えられている。

私は浦和レッズのファンなので、この作品で描かれるよりずっと巨大なスタジアムに観戦に行くのだけれども、試合が終わって埼玉スタジアムから浦和美園駅までのんびり歩く、三十分弱の時間が大好きだ。同じ方向に歩いている数万の人たちはまったくの他人で、それぞれが私と関わりのない人生を歩んでいるはずなのに、その日の数時間だけ、どこかで心を合わせながら手に汗握っていたのだと思うと、気が遠くなる。果てしもない宇宙に自分が消滅するような、あのめまいのような感覚がたまらない。世界はここに詰まっているんだと感じる。

そんなスタジアムに足を運ぶこの小説の登場人物たちは、どちらかといえば地味で、それだけで物語になるような派手な不幸とも成功とも無縁で、淡々と日々を生きている。

と、ここで突然ですが、主な登場人物の皆さん19名に、アンケートを実施いたしました。項目は、①スタジアムに試合を観に行くようになったきっかけは何ですか。②スタジアムまでの交通手段を教えてください。③誰かと観に行きますか。④ふだん、どの席で観ますか。

アンケートは無記名で回答してもらったので、集計結果だけ発表しますね。人によって答えのなかった事項もあります。

①10名の方が、家族や恋人や友人知人からの誘いや影響を挙げています。最初からサッカーというスポーツに興味関心があったわけではないようで、実際、ずっと観戦していても、競技としてのサッカーにはそんなに詳しくないままの人もけっこういます。観戦が習慣になったのには、②のスタジアムが近い、ということも関係していたりします。

②自転車や徒歩、自家用車で行ける人が6名、電車やシャトルバスという人が8名。いずれも地元のスタジアムですね。一方、遠くのスタジアムや、あちこち遠征する人は、5名でした。

③圧倒的に一人での観戦が多く、11名。他は、家族、兄弟、夫婦や恋人、友達同士、職場の同僚、ご近所さん、サポーター仲間。

④これも回答のあった方はほぼ全員がバックスタンド自由席で、11名。ゴール裏が1名。

この結果からわかるのは、この小説で焦点を当てられている人物たちの大半は、ふだんバックスタンドの自由席で一人で観ている、ということ。メインスタンドの指定席（私の経験によると、いわゆる「こだわりのあるサッカー通」が多いように感じられる席）でもなければ、ゴール裏のコアなサポーターの席でもない。

つまり、サッカーに詳しくもなければ、熱烈に応援するのでもない、けれどもホームゲームには毎回通う、ゆるい層の人たちだ。しかも、観戦仲間がいるわけでなく、一人で来ることに何となく意味がある。

この感覚、とてもよくわかる。心当たりがありすぎ。私もこの人たちの一人なので。この小説の、等身大な感じの地域クラブと同じようなタイプである、女子サッカーのリーグ戦を、バックスタンド自由席の中央寄り上のほうから一人で見ているのが、楽しくて心落ち着く。

一人で観戦するのが習慣となっている登場人物たちは、日常生活の中に小さな違和感や困難を抱えている。「小さな」というのは、はたから見れば些細に見える、ということであって、当人の毎日の中では決して小さくはなく、頭や心のかなりの部分がその問題で占められていたりする。

第4話の香里(かおり)は、つきあっていた吉原(よしはら)さんに何の前触れもなく去られてしまって、スタジアムに行くたびに姿を探している。第5話の靖は、ずっと二人で生きてきた弟との間に溝ができてしまった。第6話の睦実は、夫の浮気と娘の不登校という現実に向き合わねばならない。第7話の荘介は、上司からモラルハラスメントを受け続けている。第11話の功(いさお)は、かつて妻と離婚した後、成人した娘から絶縁を言い渡されている。

そして、複数の話で出てくるのが、不登校だ。

第3話、大学3年生であるえりちゃんは、友人たちが陰で自分を裏切って開き直っているのを聞いてしまってから、大学に行けなくなった。第6話の睦実の娘、日芙美(ひふみ)は、エスカレーター式の私立高校に小学校から通うが、高校1年の2学期から行くのをやめている。第8話、中学の教師である文子(ふみこ)の教え子、2年生の棚野(たなの)百合は、「両親の仲が悪くて、話し合おうとしない二人の間を取り持とうと生まれた時から努めて、それに疲れ果てて学校にも来なくなった。というか、両親に対して棚野にできる抗議は、学校に行かないことぐらいだからそうしているんじゃないか（中略）怒りを表明するために、目に見えて衰弱することを望んでいた」(p275)という状態にある。

登場する学生や生徒たちの言葉をつないでいくと、大人も含めた本書の登場人物たちが、そこはかとなく世の中に背を向け、一人でスタジアム観戦している心境が、うっすらと伝わってくる。

日芙美は学校に行かない理由を、母親の睦実にこう説明する。

「同い年のたくさんの人と理由もなくいて、その人たちの意向をくみながら行動するとかっていうのが、なんかどうしても耐えられなくて（中略）同い年だからってだけの理由で大勢と一緒の部屋にいてうまくやっていかないといけないっていうのだけがいやなんだ。向いてないんだよ」（p188）

高校で友人たちと特に齟齬を抱えているわけではない第10話の富生も、「学校に行くとは知らない人ばかりの場所に無理して通い詰めることだ」（p321）と考える。

えりちゃんは、山梨のCA富士山というクラブチームを応援するようになって大学に復帰し、バイトも始めた。今も学校はいやだし、バイト先も楽しいってほどではないけれど、「でもなんか、そういうもんだと思えてきて。（中略）ずーっと一人で冷たい広い川を渡ってる感じ。つまんないのが普通で、でもたまにいいこともあって、それにつかまってなんとかやっていく感じ。富士山の試合があってくれるっていうことはさ、そういうとこに飛び石を置いてもらう感じなのね。とりあえず、スケジュール帳に書き込むことをくれるっていうか。それってなんかむなしそうだけど、でも、勝負がかかってんのは事実なんだから、べつにむなしくもないんだよ」（p88～89）。

子どものときにあきらめて、囚われて生きることをよしとした者は、大人になっても囚われた生き方しか知らないから、そのように生き続けるしかない。囚われる、とはこの場合、自分が自分である部分を譲り渡してしまう、ということだ。

本書の子どもや若者たちは、非力で無力で、自力で自らの道を切り開くような人間ではないかもしれない。ヘタレと言ってもよい人物もいる。それでも、共通しているのは、何とか自分の根幹までをも譲り渡さないで済む道はないかと、目線を低く、人の見ないところに目を凝らし、あきらめずにしつこくもがき続けていることだ。

この小説の大人たちも、子どもたちよりは一見自由があるように見えるけれど、基本的には自分の抱える問題に縛られながら、自分をすっかり捨ててしまうという対処をせずに、つまり世間的な解答に自分を合わせてしまわずに、その境界のところでぐずぐずと結論を出さないでいる。だから一人で観戦する。

一人で観戦することとは、孤独でいることであるようでいて、そうではない。日芙美の言い方を借りれば、「同い年のたくさんの人と理由もなくいて、その人たちの意向をくみながら行動する」のではなく、ひいきのチームのサッカーを見るという一点のみにおいてスタジアムに一緒にいる理由を共有していて、誰の意向もくまずにそこにいてよいのだ。

そんな環境に身を置くことには、「サッカーを観ていると自分のことを何も考えなくなって気楽」(p366)、「ほとんど自分自身が漂白されたような無感情さを覚えるのが、やはり心地よかった」(p373)、というような効果がある。

一人なのに、見知らぬ近くの席の人たちに話しかけてもごく自然だし、初対面の人同士で食べ物を分け合ったりもするし、知らない地方の言葉の会話が普通に聞こえてくるし、晴れた空の下「外で肉を食うという原始的な喜び」（p330）に浸れたりして、「そこに集まる人が大勢で多様であればあるほど、自分が一人であることだとか、他人が自分を知らないことを受け入れられるというのは、逆説じみていていつも不思議」（p95）という気持ちになる。

やがて、高校生の富生は「唐突に、特に前後の文脈はなく、いいんじゃないか、と思った」（p343）し、定年退職した功も「スタジアムで何度も『もういい』と思ったことを思い出した。もういい。何も後悔のない人生などない。それでも満足のいく一瞬がどこかにあればそれでいい」（p376）と感じる。

一人でありつつ、まわりにいる人たちと同じ関心でゆるく関わりながら、自分の問題はそこではいったん置いておくけれど、視界のすみには入っていて、試合に心を奪われていると、突然、問題を受けとめられると感じられる。誰も自分をジャッジせずに、そこにいてよいと感じさせてくれるから。

こうして、スタジアムという環境の中で、自分がありきたりの自分でいられ続ける細い道を見つけ出すサバイバーたちの、あきらめの悪さと見出した知恵の輝きに、私は深く影響される。

私がこの解説を書いている現在は、コロナウイルスの感染が爆発する中で東京オリンピックが開かれている最中で、スポーツ観戦好きの自分と、五輪強行開催が許せない自分とが引き裂かれ、苦しくてしょうがないのだけど、この小説を読むことがどれほど救いになったことか。私の感じるスポーツの価値は、この小説の中にある。

中でも偏愛しているのが、第8話「また夜が明けるまで」。何度読んでも、涙が出てくる。悲しいからでも感動したからでもなく、その理由は説明できない。文子が自分が泣いていることに気づいたときのように、泣いているのだと思う。サッカーを観に行ったり旅をしたりしているとき突然、無人の夜中の空港に忍が取り残され、そこだけ灯った照明にガラス張りの空港玄関が照らされている光景が、私の頭に自分の記憶として浮かんでくることがある。この小説はサッカーを通じて、私の内部と地続きになってしまった。

きっと本作の読者の多くが望むと思うのだけど、続編というか、また別のスタジアムやリーグを舞台にしたものでもいいから、読んでみたい。もう津村スタジアムなしでは生きていけないから。

（ほしの　ともゆき／作家）

ディス・イズ・ザ・デイ　朝日文庫

2021年10月30日　第1刷発行

著　者　津村記久子（つむらきくこ）

発行者　三宮博信
発行所　朝日新聞出版
〒104-8011　東京都中央区築地5-3-2
電話　03-5541-8832（編集）
03-5540-7793（販売）
印刷製本　大日本印刷株式会社

ISBN978-4-02-265011-5